○闲雅小品丛书○

主编 吴小林

山水有清音
——游记小品赏读

林薇 编著

中州古籍出版社
·郑州·

图书在版编目（CIP）数据

山水有清音：游记小品赏读 / 林薇编著 . —郑州：中州古籍出版社，2012. 4（2022. 6重印）
（闲雅小品丛书）
ISBN 978-7-5348-3769-2

Ⅰ . ①山… Ⅱ . ①林… Ⅲ . ①游记 – 文学欣赏 – 中国 Ⅳ . ① I207.6

中国版本图书馆 CIP 数据核字（2011）第 276539 号

SHANSHUI YOU QINGYIN: YOUJI XIAOPIN SHANGDU

山水有清音：游记小品赏读

丛书策划	梁瑞霞
责任编辑	梁瑞霞
责任校对	牛冰岩
装帧设计	知耕书房

出 版 社	中州古籍出版社（地址：郑州市郑东新区祥盛街27号6层　邮编：450016　电话：0371-65788693）
发行单位	河南省新华书店发行集团有限公司
承印单位	河南大美印刷有限公司
开　　本	890 mm×1240 mm　　A5
印　　张	11
字　　数	200千字
版　　次	2012年4月第1版
印　　次	2022年6月第5次印刷
定　　价	25.00元

本书如有印装质量问题，请与出版社调换。

总序

　　小品文是源远流长、丰富多彩的中国古代散文遗产中的重要组成部分。钱穆先生曾指出："中国散文之文学价值，主要正在小品文。"(《中国文学中的散文小品》) 此说有些绝对化，不尽恰当，但他认为小品文有很高的文学价值的看法十分正确。古代小品文短小隽永，活泼灵动，饶有情趣，富于美感，在中国散文史上独具魅力，广为人们所喜爱。

　　"小品"一词，在晋代就已出现，原是佛教用语。南朝宋刘义庆《世说新语·文学》中有"殷中军读小品"语，刘孝标注曰："释氏《辨空经》有详者焉，有略者焉。详者为大品，略者为小品。"小品与大品相对，是佛经的节本。把"小品"一词移植到文学领域，并将其看做一种文章的类型，是在晚明时期，当时出现了许多以"小品"命名的文学作品。当时，有人把自己的集子称为"小品",如朱国桢的《涌幢小品》、陈继儒的《晚香堂小品》等;有人把编选的作品命名为"小品",如王纳谏编的《苏长公小品》、陆云龙编的《皇明十六家小品》等。这些作品所收多为短篇小文。"小",即篇幅短小,就成为小品文外在形式上的一个特征,也是其最基本的标志。

不过,短篇文章不等于小品文,正如叶圣陶先生所言:"篇幅短小,不一定就是小品文。"(《关于小品文》)小品文除有短小的外在特征外,还具有其内在特质。对此,前人多有论述。如陈继儒提出"短而隽异"(《苏长公小品叙》),在篇幅短小之外,还强调隽永新异。唐显悦说"幅短而神遥,墨希而旨永"(《文娱序》),突出语短意长,尺幅千里。袁中道指出:"率尔无意之作,更是神情所寄,往往可传者。托不必传者以传,以不必传者易于取姿,炙人口而快人目。"(《答蔡观察元履》)认为文章应该随意任情,富有神韵,快人耳目。要而言之,简约隽永,以小见大,自由灵活,韵趣兼胜,就是小品文所具有的内在特质。

一提起小品文,人们往往想到晚明小品,似乎古代小品文直至晚明才出现。其实小品文历史悠久,古已有之,晚明只不过是小品文的鼎盛时期。本丛书所收小品文,自魏晋始,至清末终,并以晚明为侧重点,是与古代小品文的流变轨迹相一致的。有的论者认为小品文最早在先秦就产生了,《论语》、《孟子》、《庄子》等书中含有不少很好的小品文,但那只是著述片断,还未独立成篇,故而只能看做古代小品文的滥觞。小品文正式出现于"文学的自觉时代"(鲁迅《魏晋风度及文章与药及酒之关系》)——魏晋。曹丕、曹植兄弟的书札,王羲之的序文,陶渊明的序、记,吴均、陶弘景的书信,其中有不少精美的小品文。刘义庆的笔记集《世说新语》,更是后世小品文的典范。唐代白居易的序、记,韩愈的杂著,柳宗元的游记、寓言,其中优秀的小品文甚多。至唐末,皮日休、陆龟蒙、罗隐等人的讽刺小品,成为"一塌糊涂的泥塘里的光彩和锋芒"(鲁迅《小品文的危机》)。及至宋元,欧阳修、苏轼、黄庭坚、秦观、陆游、倪瓒等人的序跋、笔记、书信、游记中颇多隽秀的小品文。其中尤为突出的是苏轼,被公认为晚明小品文名家的不祧之祖。明代嘉靖年间的唐宋派唐顺之、归有光等人富有情韵的散文小品,可看做晚明小品文高潮的前导。之后,公安派"三袁",竟陵派钟惺以及稍后的张岱,则为晚明小品文作家群体的中坚,他们与同时或前后的徐渭、屠隆、汤显祖、张大复、江盈科、陈继儒、李日华、王思任、刘侗、祁彪佳、吴从先等人,创作和编选小品文蔚然成风,佳作迭现,异彩纷呈,共同创造出晚明小品文的繁荣局面。清代则是其余波,金圣叹、李渔、廖燕、郑燮、袁枚等人,在小品文创作上都有不少上乘之作。这就是古代小品文发展的大致轮廓。可见,小品文的创作由来已久,代不乏人,名家辈出,众星闪耀,形成了中国散文史上的亮丽景观。

古代小品文林林总总,千姿百态,不过就其内容风格而言,大致可分为两类。一类是金刚怒目、激昂奋发的,一类是闲适清雅、冲淡飘逸的,后者占了古代小品文的大部分，也是这套"闲雅小品丛书"收录的主要内容。此处所说的"闲雅"，是个比较宽泛的概念，或闲适，或清雅，或萧散，或简淡，或爽朗明快，或轻松活泼。

本丛书精选历代闲雅风格的小品文，按文体分为五册，即笔记小品、序跋小品、尺牍小品、游记小品、杂言小品。笔记小品收随笔、杂录、杂记等闲散小文。序跋小品收短篇序（叙）、引、题词和题跋、书后。尺牍小品收书信短文。游记小品除山水游记外，亦包括园亭台阁记和序跋、尺牍中记叙山水的短文。杂言小品收录富有哲理的杂感、杂说等议论短文和箴言式、格言式及语录体小文。每篇包括原文、注释和赏读三部分。注释简明准确，以帮助读者排除文字障碍。赏读是为了使读者更好地理解原文，文字活泼生动，优美流畅，与所选原文相得益彰，相映成趣。

工作之余，偶尔得半日闲暇时光，捧起一本装帧精美的小书，翻阅那些"闲暇自得，清美可口"，赏心悦目的美文，时而被其真挚绵邈的深情所感染，时而被其情趣盎然的叙事所吸引，时而为其精辟警策的议论所打动，体味淡泊宁静的平和心境，领略青山绿水的秀丽风光，感悟耐人寻味的人生哲理，收到娱耳目、益心智之功效，那么我们编纂这套丛书的目的也就达到了。是为序。

吴小林

2011年10月于北京

前言

　　游记小品,堪称文苑奇葩。南朝陶弘景云:"山川之美,古来共谈。"(《答谢中书书》)游记,状写名山大川,惊湍飞瀑,晴湖雪巇,乃至亭台池榭,美不胜收;小品,独抒性灵,信笔挥洒,自由书写,文极简洁而意味隽永,情思摇曳,韵趣天然。因此,游记小品,是最具个人风采的美文。

　　古代游记可以追溯到东汉马第伯的《封禅仪记》,汉光武帝登泰山举行封禅大典,马第伯作为先遣官自己先行登山探路,并写此记。其中有些片段十分精彩。不过此文寂寥千载,直到南宋洪迈《容斋随笔》始极叹其工,于是后人才纷纷赞赏其摹写逼肖,构思奇警。此记被称为中国最早的一篇游记。

　　魏晋是人的觉醒的时代,也是山水审美意识

觉醒的时代。东晋袁山松《宜都记》写西陵峡,人皆视为险途、畏途而相戒,从未有人称其山水之美,及至袁山松身临其境,亲睹了峡中"叠崿秀峰"的美景,方才大喜过望,"既自欣得此奇观,山水有灵,亦当惊知己于千古矣!"此言既出,石破天惊,此前从未有人着意山水之灵性,更不曾许为千古知己,这是第一次揭示了人与自然之间灵犀相通的深情默契。宗白华说:"晋人向外发现了自然,向内发现了自己的深情。"(《美学与意境》)中国的山水文学,从此浟浟浃浃,沛然不可以御。而山水小品,其所以能够高标秀出,不仅仅在于摹写山容水态,更在于有灵气,有情韵。如陶渊明的《游斜川序》,写孤峰独秀、鱼跃鸢飞之景,寄托了他的恬淡襟怀,数百年后,苏轼还神往不已,作《江城子》云:"都是斜川当日境,吾老矣,寄馀龄。"南朝山水小品,往往以一二百字,甚至几十个字的短幅,而成为千古传诵的名篇。陶弘景的《答谢中书书》,清词丽句,意旨遥深,第一次在尺幅小品中将山水审美意识表达得如此豁然醒目,他也俨然自居为能够领略山水之美的旷世知音。而吴均的《与宋元思书》,则以其空灵、唯美而夺人心魄,青山绿水使人的心灵得到了净化和洗礼,留下了"望峰息心"这个意味深长的成语。尤其应该提到的是郦道元的《水经注》,它本是一部地理学著作,但是也留下了若干足以彪炳千秋的名篇,成为上乘的文学作品。其不可多得之处在于它以勾魂摄魄之笔,写出了山水的性灵。如《三峡》成为中国山水小品中的经典之作,人们心目中的三峡,几乎就定格于此。那种古韵苍莽的意境,前人不曾写过,后人似乎也不曾写。"巴东三峡巫峡长,猿鸣三声泪沾裳",读来令人回肠荡气,泪水涔涔。它捕捉住了三峡独一无二的神韵,纵使陵谷变迁,天荒地老,亿万斯年,在人们的心目中,三峡永远回荡着高猿哀鸣、渔歌悲吟。无怪乎张岱称"古人记山水手,太上郦道元"(《跋寓山注》)。

至唐代,模山范水,蔚然成风。此前的山水小品,或为书简,或为诗序,或散见于其他著述,而唐人则有意识地写作游记,游记成为自觉的独立文体。而游记小品也步入成熟阶段,作家的个性更加彰显,往往将身世之感融入山情水意,幅短神遥,隽永有味,成为诗化的散文。如元结的《右溪记》,写右溪景色幽峭芳洁,却"无人赏爱",寄托了他人生失意的落寞和怅然。此种笔法,实开柳宗元山水小品之先河。柳宗元是散文大家,抱着"文者以明道"的宗旨,写了不少鸿篇大册,但是人们最喜爱的还是他的山水小品。他的"永州八记",凄神寒骨之境,迁客逐臣之悲,给读者留下了镂心刻骨的印象。他以轻蒨之笔刻画永州山水,那么幽独,那么凄美,美得令人心悸神寒,琼姿美质,埋没荒丘;在对山水的审美观照中仿佛看到了自己的悲剧人生,才品卓荦而被远弃退荒。他的惴栗而游,"引觞满酌,颓然就醉",本为寻觅灵魂的憩息之所,安顿那颗受创深重的心,但那悲情四溢的阴霾却挥之不去。"永州八记"对后世产生了巨大影响,成为山水小品的典范之作。

宋代游记小品臻于繁荣,创作空间大为拓展,书写更加轻松、自由,手法灵活多变,风格各呈异彩。宋人喜于灵山秀水中品悟人生,山川风物往往蕴涵着寻绎不尽的醰醰深味,诗情画意与哲思妙理浑然一体。欧阳修以文坛盟主、一代宗师而从事小品文创作,极大地提高了小品文的地位,引起人们对小品文的关注和兴趣。他的游记小品,如《醉翁亭记》、《丰乐亭记》等,都是放旷隽逸的佳篇,充分体现了欧阳修散文纡徐委婉、摇曳生姿的特色,极尽抑扬顿挫、一唱三叹之妙。而苏轼,则是擅写小品的大师,信手拈来,随意挥洒,如行云流水,舒卷自如,确实当得起"文理自然,姿态横生",饶有韵趣,更见风神。苏轼的《记承天寺夜游》,是中国小品文中的经典之作。写景,竟将刹那间稍纵即逝的美的感受,形诸笔墨,化为永恒,人称"仙笔也",写得晶莹剔透、冰魂玉骨、沁人心脾。《记游定惠院》,拉拉杂杂记一日游,写了那么多的故人逸事,看似散漫,实则珠穿玉缀,句句含情,字字生香,此文实际带有"别黄州"的意味,流露了他无限眷恋的一往深情。《记游松风亭》,融注了睿智的人生哲理,读来如晨钟暮鼓,发人深省。陆游的《入蜀记》,开创了日记体游记的范例。从他的家乡山阴到夔州通判任所,行程一百六十天,沿途山川景物、名胜古迹、风土人情、轶闻异事,等等,一一逐日记载,多有深情远韵的佳篇。如《过澎浪矶、小孤山》,笔墨活泼灵动,美妙的传说与绮丽的风光,使小孤山充满了浪漫情调。《巫山神女峰》,以灵隽之笔,将古老洪荒的神话传说融入云山缥缈的眼前实景,虚实相生,似幻似真,构成一派恍惚迷离之境,烘托出巫山神女超尘绝俗的风采。空中荡漾之笔,令人品味着那亘古长存的寂寞与悲凉。至于触景生情、抚今追昔、凭吊兴亡的感慨,时时流注于字里行间。

明代小品文发展到了巅峰阶段,大放异彩,进入前所未有的光华璀璨的黄金时代。它的蔚然勃兴,主要是在明代中后期,乃至明末,习称"晚明小品"。阳明心学的流布与个性解放思潮的汹涌,是其文化背景。一批新锐作家横空出世,作品浩如烟海,灿若星辰,以横决江河、标新领异的姿态登上文坛,"芽甲一新,精彩八面,而法外法,味外味,韵外韵,丽典新声,络绎奔会"(陈继儒《文娱序》)。晚明小品,成为堪与唐诗、宋词、元曲并列媲美的一代文学的标志。

而晚明小品中,最足以炙人口而快人目者,就是山水游记。公安袁宏道,天纵之才,"丽典新声"的领军人物,其游记小品,清新流丽,奇谲瑰玮,一片精光,流自性灵。时人赞赏有加,江盈科称其"摭景眼前,运精象外,取而读之,言言字字,无不欲飞,真令人手舞足蹈而不觉者"(《锦帆集》序)。如其《初至西湖记》写西湖春色:"山色如娥,花光如颊,温风如酒,波纹如绫,才一举头,已不觉目酣神醉。"那种美的享受,令人心旌摇荡,无以形诸笔墨,而中郎竟以神来之笔一语了之:"大约如东阿王梦中初遇洛神时也",惊鸿一瞥,魂消魄荡,原来人之于山水的痴迷,一如情潮之澎湃,欲海之沉酣,汗漫无极!此类文字,使中郎在饱享盛誉的同时,也枉得"轻儇"之骂名,林纾斥其"以香奁之体为古文"(《春觉斋论文》)。但人们却由此看到了中郎的本色:"率性而行,是谓真人。"(《识张幼于箴铭后》)

张岱,晚明小品之集大成者,其戛戛独造的美学标格,常常令人目眩,既冷隽,亦狂恣,冰雪晶映,谐谑风生,堪称卓荦仙品。他为晚明小品画上了一个圆满的句号。他的好友祁豸佳评说:"余友张陶庵,笔具化工,其所记游,有郦道元之博奥,有刘同人之生辣,有袁中郎之倩丽,有王季重之诙谐,无所不有。其一种空灵晶映之气,寻其笔墨又一无所有。"(《西湖梦寻序》)张岱出身官宦世家,早年过着锦衣玉食的优游岁月,经历了国破家亡的沧桑巨变,荣华煨烬,故里丘墟。他的游记小品集中于《陶庵梦忆》、《西湖梦寻》二书,在破床碎几、常至断炊的陋室,追忆往事前尘,恍如隔世;其情境与曹雪芹于蓬牖茅椽、绳床瓦灶间撰写《红楼梦》正相仿佛。他的《湖心亭看雪》,是中国历代小品文中屈指可数的经典之作，以一百多字的短幅，卓绝千古。文中标明湖心亭看雪的时日是"崇祯五年十二月"，而写作此文则已经是陵谷变迁、家国沦丧之后了。重过西湖，弱柳夭桃，歌楼舞榭，如洪水淹没，往昔的风月繁华荡然无存。他以梦忆的方式，抒写"落了片白茫茫大地真干净"的人生感悟。尺幅小品《湖心亭看雪》与皇皇巨著《红楼梦》，其哲理指归原本是类似的。《闰中秋》，记叙中秋之夜于蕺山亭畔举行的一场盛宴狂欢，笙歌彻夜，饕餮狂啖，待到曲终人散，月光泼地如水，一片皎皎清辉，夜深白云冉冉升起，隐没了群山嵯峨，仅露髻尖，淡痕一抹，恍如米家山水墨雪景飘落睫前。他写的是故国明月，也是当年明月，实在太美了。此文大俗大雅，大喜大悲，在艺术上炉火纯青。

晚明时代，游记小品由边缘移向中心，蔚为大观，名家辈出。陈继儒，天资敏悟，多才多艺。他的游记小品，"闲雅"与"世俗"圆融无间，独标一格。这反映了晚明小品世俗化、生活化的趋向，游历未必名山大川、奇峰险壑，而是更加贴近世俗的日常生活，身边自有窈窕美景；更加关注人文景观，乃至市井风情。如《游桃花记》，写得活泼酣恣，游桃花红雨，与顽童无异，或如眉公自言"如憨孩儿"，他写的就是童心未泯，狂而且憨。竟陵钟惺、谭元春，于山川风物中寄托其幽情单绪，尽显竟陵派深幽孤峭的风格。王思任，酷爱山水，以为"境物所遇，皆吾性情……山川与性情一见而洽,斯彼我之趣通"(《石门》),他的游记小品,或风神飘逸,或狂放谑浪。如《游慧锡两山记》,如同一幕小小的情景剧,酒家妇风情万种,可谓"矢口放言,略无忌惮"。祁彪佳是园亭记之妙手,他自辞官归里,即致力于修筑寓山别业,落成四十九景,祁彪佳一一为其题名作记,汇为《寓山注》一书,篇篇精妙绝伦,文笔隽秀灵逸,洗尽铅华,令人悠然心会的就是那种萧疏淡远的意境和韵味,成为园林小品的典范之作。

  清代文网渐密,张扬个性、独抒性灵的土壤不复存在,晚明小品也受到了沉重打击,甚至被诋为亡国之音。但是晚明小品的流风余韵尚存。天崩地坼的时代巨变,给士人的心灵蒙上沉重的阴影,往往不免在泉石花木中寻求精神的慰藉,一些游记小品尚可见晚明小品之余绪。钱谦益,明清之交的文坛泰斗,早年曾与公安袁中道交游,又与画家李流芳、程嘉燧为挚友,深受公安派之濡染。他的游记小品,如《花信楼记》摹娇花宠柳之韵致,闲雅秀逸,《游黄山记》状黄山之千姿百态,奇谲诡异,笔力浑厚,都可见性灵之飘逸。龚鼎孳,贰臣的身份给他带来无尽的痛楚,他的游记小品,孤吟袅袅,凄艳欲绝。如《三贤祠记》、《中秋饮爱竹轩小记》等,碧雨寒香,幽蛮泣露,所谓伤心人别有怀抱。廖燕,特立独行之士,对山水情有独钟,自命"予生平与山水友朋为性命"(《自题山居诗》)。他的游记小品径直遥接晚明小品性灵一脉。《题壁记》，缅怀故旧，感慨兴亡，令人想见他拾烂笔败墨题壁之狂态。袁枚，性情中人，生活态度酷似明人，标榜"好味，好色，好葺屋，好游，好友，好花竹泉石，好珪璋彝尊、名人字画，又好书"（《所好轩记》）。他的游记小品，闲适潇洒，亦雅亦俗，具见性灵风采。如《戊子中秋记游》，写与众友登永庆寺亭，苍烟四起，回望随园楼台，参差错落，如障轻纱，欣欣然，自喜其美，而全篇以一猪头的烹饪与狂啖贯穿终始，显其美食家的本色。姚鼐，桐城派之宗师，他的《登泰山记》是游记名篇，严净整饬，简洁雅驯，足为范文。林纾，作为古文的最后名家，对山水自有慧心灵性。他的一组西湖游记，将湖山灵秀之气尽收笔底，玉雪一色、冷艳飘香的超山梅花，半山红叶、一荡芦花的西溪，还有那箫声哀怨、画船桥影依稀的白堤月夜……都留给人们沁香浥露、冰魂玉骨的美感。

  游记小品清新隽永，既模山范水，表现自然景致的风情和韵味，又抒情绎理，表达对生活的执着或超然。于一丘一壑中融化悠悠情怀，松韵石声、水光云影皆风致宛然；于一亭一榭中寄托殷殷情愫，闲中花鸟、意外烟云都风神飘举。

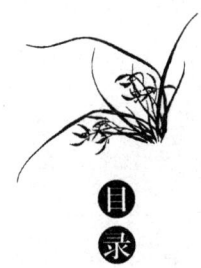

目录

陶渊明	游斜川序	1
慧　远	游石门诗序	3
陶弘景	答谢中书书	7
江　淹	报袁淑明书	9
吴　均	与宋元思书	11
萧　绎	采莲赋	14
郦道元	三峡	17
	黄牛滩	20
	西陵峡	22
	孟门山	25
李　白	春夜宴诸从弟桃李园序	28
元　结	右溪记	31
白居易	冷泉亭记	34
柳宗元	始得西山宴游记	38
	钴鉧潭记	41
	钴鉧潭西小丘记	43
	小石潭记	46
	小石城山记	48

	游黄溪记	50
苏舜钦	沧浪亭记	54
欧阳修	醉翁亭记	58
	丰乐亭记	61
	画舫斋记	65
	游大字院记	69
苏 轼	书临皋亭	72
	游沙湖	74
	记承天寺夜游	77
	记游定惠院	79
	记游庐山	82
	游白水书付过	86
	记游松风亭	89
	书上元夜游	91
秦 观	龙井题名记	93
晁补之	新城游北山记	96
陆 游	过东流县	100
	过澎浪矶、小孤山	103
	登秋风亭、白云亭	106
	巫山神女峰	109
王 质	游东林山水记	112
朱 熹	百丈山记	117
张孝祥	金沙堆观月记	121
刘 基	松风阁记	124
沈 周	记雪月之观	128
高 濂	保俶塔看晓山	132

袁宗道	上方山四记（其一）	134
	上方山四记（其三）	137
袁宏道	虎丘	141
	灵岩	145
	初至西湖记	149
	晚游六桥待月记	151
	雨后游六桥记	153
	鉴湖	155
	由诸暨至五泄寺记	157
	观第五泄记	160
	满井游记	162
	游高梁桥记	165
袁中道	远帆楼记	167
	游岳阳楼记	170
	爽籁亭记	173
陈继儒	游桃花记	177
钟 惺	浣花溪记	181
谭元春	再游乌龙潭记	185
李流芳	游焦山小记	188
王心一	净业寺观水记	192
王思任	东山	195
	小洋	198
	游敬亭山记	201
	游慧锡两山记	204
刘 侗	西堤	206
	水尽头	210

徐弘祖	天都峰	214
祁彪佳	远阁	218
	妙赏亭	221
	芙蓉渡	223
叶小鸾	汾湖石记	225
张　岱	金山夜戏	228
	不二斋	230
	白洋潮	232
	天镜园	235
	湖心亭看雪	237
	不系园	240
	二十四桥风月	243
	西湖七月半	246
	庞公池	250
	闰中秋	252
	明圣二湖	255
钱谦益	花信楼记	258
	玉蕊轩记	262
	游黄山记之三	267
龚鼎孳	三贤祠记	271
	游城南小记	275
	中秋饮爱竹轩小记	278
施闰章	游九华山记	281
汪　琬	游马驾山记	286
王士禛	雨登木末亭记	290
	焦山题名记	293

廖 燕	山中集饮记	296
	题壁记	299
袁 枚	所好轩记	302
	峡江寺飞泉亭记	305
	戊子中秋记游	308
刘大櫆	游万柳堂记	311
姚 鼐	登泰山记	314
林 纾	记九溪十八涧	318
	湖心泛月记	321

游斜川①序 陶渊明②

　　辛酉正月五日，天气澄和，风物闲美，与二三邻曲，同游斜川。临长流，望曾城③，鲂鲤跃鳞于将夕，水鸥乘和以翻飞。彼南阜④者，名实旧矣，不复乃为嗟叹。若夫曾城，旁无依接，独秀中皋⑤，遥想灵山⑥，有爱嘉名⑦。欣对不足，率共赋诗。悲日月之遂往，悼吾年之不留。各疏⑧年纪乡里，以记其时日。

《陶渊明集》

【注释】

①斜川：在江西省星子、都昌二县县境。濒鄱阳湖，风景秀丽。

②陶渊明（365？～427）：一名潜，字元亮，号五柳先生，私谥靖节，浔阳柴桑（今江西九江）人。生活年代经历了东晋后期至南朝刘宋的初期。曾任江州祭酒、镇军参军、彭泽令等，后辞官归隐。他是田园诗的创始者，魏晋风流的杰出代表。著有《陶渊明集》。

③曾城：山名，即层城山。在星子县西五里。"曾"通"层"。

④南阜：庐山。

⑤中皋：皋，水边高地。

⑥灵山：指昆仑山最高处的曾城。古代神话传说昆仑山是西王母及诸神仙所居，故曰灵山；昆仑山的最高处曰曾城，亦名层城，所以灵山又称层城九重。

⑦有爱嘉名：嘉名，即美名。因为眼前的层城与灵山神仙所居的层城同名，爱彼而及此，故曰"有爱嘉名"。

⑧疏：分条记录。

【赏读】

清代嘉庆时学者曹龙树撰《陶潜故居辨》，记叙他曾亲访渊明游斜川的故迹，于石壁上得"日影斜川"四个大字，足见人们对斜川的向往和思慕。《游斜川序》是渊明仅有的一则山水小品，醇美一如其诗，天机清妙，一片神行。他本无意于模山范水，而是情与境会，胸中之妙与山川之美融贯流注，信手拈来，皆成妙谛。

在一个天气晴和、万里碧空如洗、风物闲美的日子，作者和几位邻里同游斜川。"临长流，望曾城"，面对悠然远逝、烟波浩渺的江流，遥望层峦叠翠、高耸入云的层城山，感到水天无际、寥廓苍茫。"鲂鲤跃鳞于将夕，水鸥乘和以翻飞。"色彩斑斓的鱼儿欢快地跃出水面，鳞光闪闪；白鸥翩然掠过碧波，乘着和风上下翻飞。点染两笔，写出了万物欣然自得地徜徉，它的真谛，就是自由！这里用了较华美的色彩，既写出了生机盎然的山川风物，也写出了作者的胸中丘壑，他的襟怀，他的情趣，或者说是人格精神，这就是渊明所憧憬的一种冥忘物我、"鱼跃鸢飞"的理想境界。层城山，即落星石，突兀峭拔，一空依傍，孤峰独秀，屹立于莽莽苍苍的大泽之中。想到眼前的层城竟然与昆仑仙居层城九重同名，真是庆幸它有这样一个美名，令人感到云山烟水、仙气缥缈，喜爱不已。此境若虚若实，似真似幻，无怪乎有人将斜川比作桃花仙源。以下则是大的转折，兴尽悲来，"悲日月之遂往，悼吾年之不留"。渊明写作《游斜川》诗并序，时年五十，欢娱苦短，来日无多，不免嗟生之叹。此篇与王羲之的《兰亭集序》相仿佛，在曲水流觞、晴川倒影的美景中，都渗透着哲思玄想——对生命的终极关怀，二者堪称双璧。后来苏轼缅怀渊明斜川之游，作《江城子》词云："南望亭丘，孤秀耸曾城。都是斜川当日境，吾老矣，寄馀龄。"

游石门诗序① 慧 远②

　　石门在精舍③南十余里,一名障山,基连大岭,体绝众阜④。辟三泉之会,并立而开流⑤,倾岩玄映其上,蒙形表⑥于自然,故因以为名。此虽庐山之一隅,实斯地之奇观。皆传之于旧俗,而未睹者众。将由悬濑⑦险峻,人兽迹绝,径回曲阜,路阻行难,故罕径焉。

　　释法师⑧以隆安四年⑨仲春之月,因咏山水,遂杖锡⑩而游。于时,交徒同趣三十余人,咸拂衣晨征,怅然增兴。虽林壑幽邃,而开途竞进;虽乘危履石,并以所悦为安。既至,则援木寻葛,历险穷崖,猿臂相引,仅乃造极。于是拥胜倚岩,详观其下,始知七岭之美,蕴奇于此。双阙对峙其前,重岩映带其后,峦阜周回以为障,崇岩四营而开宇。其中则有石台、石池、宫馆之象,触类之形,致可乐也。清泉分流而合注,渌渊镜净于天池,文石发彩,焕若披面;柽⑪松芒草,蔚然光目。其为神丽,亦已备矣。

　　斯日也,众情奔悦,瞩览无厌。游观未久,而天气屡变:霄雾尘集,则万象隐形;流光回照,则众山倒影。开阖之际,状有灵焉,而不可测也。乃其将登,则翔禽拂翮,鸣猿厉响。归云回驾,想羽人⑫之来仪;哀声相和,若玄音⑬之有寄。虽仿佛犹闻,而神之以畅;虽乐不期欢,而欣以永日。当其冲豫自得,信有味焉,而未易言也。

退而寻⑭之，夫崖谷之间，会物无主，应不以情而开兴，引人致深若此，岂不以虚明朗其照，闲邃笃其情耶？并三复斯谈，犹昧然未尽。俄而太阳告夕，所存已往，乃悟幽人之玄览⑮，达恒物之大情，其为神趣，岂山水而已哉！

于是徘徊崇岭，流目四瞩：九江如带，丘阜成垤⑯。因此而推，形有巨细，智亦宜然。乃喟然叹：宇宙虽遐，古今一契；灵鹫⑰邈矣，荒途日隔。不有哲人，风迹谁存？应深悟远，慨焉长怀！各欣一遇之同欢，感良辰之难再，情发于中，遂共咏之云尔。

《慧远法师诗文集》

【注释】

①石门：指石门涧。庐山西面，天池、铁船二峰并峙如门，称为"石门"。慧远大师与僧徒、朋友三十余人游石门涧，吟咏唱和，并为这些诗作写了序，全题为《庐山诸道人游石门诗序》。

②慧远（334~416）：东晋高僧。本姓贾，雁门楼烦（今山西宁武附近）人。早年博通六经，尤善老庄。二十一岁从道安法师出家，精般若性空之学。东晋太元六年（381）入庐山，倡导弥陀净土法门，建东林寺，结"莲社"。被后世推尊为佛教净土宗的初祖。

③精舍：指东林寺。

④众阜：群山。

⑤并立而开流：并立，指天池峰与铁船峰并立；开流，指石门涧瀑布，似将两峰劈开而奔流。慧远《庐山记》云："西有石门，其前似双阙，壁立千余仞，而瀑布流焉。"

⑥表：特出，迥异于众貌。

⑦悬濑：高悬的石门涧瀑布。

⑧释法师：慧远自称。

⑨隆安四年：公元400年。

⑩杖锡：拄着锡杖。

⑪柽：柽柳，亦名西河柳。

⑫羽人：神话中的飞仙。

⑬玄音：佛的声音，指佛教经义。

⑭寻：演绎，推求。

⑮玄览：远见，深察。

⑯垤：蚁穴口的小土堆。

⑰灵鹫：山名，在古印度摩揭陀国王舍城之东北，山中多鹫，故名。或云山形似鹫头而得名。如来曾在此讲《法华》等经，故佛教以为圣地。

【赏读】

　　慧远在庐山弘扬佛法三十余载，对庐山的山川风物了然于胸。此篇作于他入庐山后的第十七年。《游石门诗序》是中国文学史上最早的山水游记名篇，其时正值"庄老告退，而山水方滋"（《文心雕龙·明诗》）的时代，人们对山水的审美意识正在觉醒。作者以出神入化之笔，摹写庐山的雄、秀、险、奇，山姿水态成为独立的审美对象。只看首段写石门涧名称之由来：铁船、天池二峰削壁千仞，上摩霄汉，下临绝涧，峰峦倾斜，危岩险阙，直逼涧谷，倒影映于水中；石门涧瀑布，似玉龙从天而降，冲破石门，迸玉溅珠，喷烟吐雾，坠入碧潭之中，一片迷蒙混沌。读来惊心动魄，纵有鬼斧神工，也难劈此胜景。

　　庐山兼擅阳刚阴柔之美，既有雄伟的一面，也有韶秀的一面。次段写历险登顶，纵目四眺，方知庐山七岭之美，荟萃于此。山则重峦叠翠，争雄竞秀，回环映带，如屏如障；石则岐嶒嶙峋，千姿百态，如台、如池、如宫观馆阁；"清泉分流而合注，渌渊镜净于天池"，石门涧为众泉之所归，数不尽的涓涓细流，沿涧流泻，泠泠坠渊，汇成一泓碧潭，澄澈如镜，可鉴天光云影；"文石发彩，焕若披面"，清泉之下的卵石，焕发异彩，玲珑剔透，五色斑斓，仿佛妙龄少女刚刚揭开面纱，婀娜多姿，光彩照人；周边林海茫茫，苍松翠柳，蓊郁葱茏，山花烂漫，耀人眼目。景色神奇幽丽，臻于极致。

尤其令人叹为绝景的是庐山云雾，来时如风翻涛涌，瞬息之间，弥漫四合，隐没了万般秀色，如雪，如絮，混茫一白；去时如轻绡薄縠，飘曳掩映着山光潭影，开阖之际，似有灵异。众人心情奔放欢跃，仰望苍穹，飞禽振翮高翔云表，飘飘流荡的云霞，仿佛仙人的车驾仪仗缤纷降临；而哀猿啼叫于深山空谷，那凄厉的悲鸣又似乎寄托着天外梵音。

作者摹写庐山胜景，刚柔并济，虚实相生，浑然天成。当然，其中也蕴涵着禅机与神趣。登临绝顶，看到九江如带，崇山峻岭也不过是蚂蚁穴前的小土堆，何其渺小！人世间的巨细之分，有无之辨，乃至死生之界域，都令人慨叹："不有哲人，风迹谁存？"

答谢中书①书 陶弘景②

山川之美,古来共谈。高峰入云,清流见底。两岸石壁,五色交辉;青林翠竹,四时俱备。晓雾将歇,猿鸟乱鸣;夕日欲颓,沉鳞竞跃。实是欲界③之仙都,自康乐④以来,未复有能与⑤其奇者。

《六朝文絜》

【注释】

①谢中书:谢微,一作谢徵,字元度,陈郡阳夏(今河南太康)人,好学能文,仕梁为中书鸿胪,故称谢中书。

②陶弘景(452~536):字通明,丹阳秣陵(今江苏南京)人。曾仕南齐,梁时隐居句曲山,一名茅山,自号华阳隐居。朝廷屡次征聘,不肯出山,国家每有吉凶征讨大事,常派人去山中咨询,时人称他为"山中宰相"。他是信奉道教的思想家,长于描绘山水。有《陶隐居集》。

③欲界:佛教所说的三界之一。此界为有七情六欲的众生所居,故名欲界。此处指人世间。

④康乐:晋宋时期的著名诗人谢灵运,他是谢玄之孙,袭封康乐公。平生好游山水,开创山水诗派。

⑤与:参与,领略。

【赏读】

陶弘景的《答谢中书书》是六朝山水小品中的名篇,千古传诵。他三十七岁退隐茅山，遁迹林泉四十余载。秀美的江南山水，不仅是他的栖息之地，也是他皈依的精神家园。撰此文时，已是他的晚年。全文仅六十八字，清词丽句，意旨遥深，一新人之耳目，第一次在尺幅小品中将山水审美意识表达得如此醒目，如此强烈。山水，不再是衬托的背景或比兴的媒介，而成为独立的审美对象。

"山川之美，古来共谈"，人们对山川之美的品味由来已久，如王献之《帖》："镜湖澄澈，清流泻注，山川之美，使人应接不暇。"不过那些还是片断的灵思妙想，而陶文则在统摄全篇的首句标举"山川之美"，乃是点题的话，旨在开拓一种新的审美领域。"高峰入云，清流见底"，巍峨的崇山险峰直上重霄，邈邈云端，清澈的川流潺湲远逝，渌波澄明见底。此二句是全景，境象阔大混茫，有一种"乾坤自开辟，山水自浑濛"的涵虚之美。"两岸石壁，五色交辉"，两岸巉岩万仞，丹崖翠壁，五色斑驳，交相辉映；"青林翠竹，四时俱备"，菁葱的茂林，苍翠的修竹，一年四季，光景常新。山色如此绚丽多姿，映带于烟岚云岫之际，倒影于清川渌波之底，真有寻绎不尽的大自然的神奇奥秘。以下写晨夕，"晓雾将歇，猿鸟乱鸣"，夜雾初散，晨曦一抹，唤醒了大地，生命在歌唱，猿猴长啸于灵岩幽谷，鸟雀百啭于青枝翠叶，此唱彼和，悠悠林表；"夕日欲颓，沉鳞竞跃"，及至红日西颓，余霞成绮，色彩艳丽的霞光映照水上，引得潜游水底的锦鳞也竞相跃出水面，狎戏清波。宇宙万象，充满了勃勃生机，令人深深陶醉于大自然中的生命律动。"实是欲界之仙都"，这是发自肺腑的礼赞，享此人间仙境，夫复何求！遗憾的是：知音难求，自康乐以来，再也没有能够领略如此山川之美之人了。言外之意，只有自己华阳隐居一人，堪称旷世知己，大有独立苍茫、吾谁与归之慨。

报袁淑明①书 江 淹②

方今仲秋风飞,平原彯③色,水鸟立于孤洲,苍葭变于河曲,寂然渊视④,忧心辞矣⑤。独念贤明早世⑥,英华殂落⑦,仆⑧亦何人,以堪长久!一旦松柏被⑨地,坟垄刺天,何时复能衔杯酒者乎?忽忽若狂,愿足下自爱。

《江文通集》

【注释】

①袁淑明:袁炳,字淑明,陈郡阳夏(今河南太康)人。有逸才,博学多闻,撰《晋史》未成而卒,年仅二十八岁。他是江淹的好友,江淹《伤友人赋并序》云:"仆之神交者,尝有陈郡之袁炳焉。"本文是江淹《报袁淑明书》的节选。

②江淹(444~505):字文通,济阳考城(今河南兰考附近)人。少孤贫好学,才思藻丽,历仕南朝宋、齐、梁三代,梁时官至金紫光禄大夫。他在当时是享有盛誉的作家,《别赋》、《恨赋》是六朝骈赋的代表作品。暮年才退,时谓"江郎才尽"。有《江文通集》。

③彯(piāo):犹零落。

④渊视:远望。

⑤忧心辞矣:意谓忧心忡忡地离去,此书开头有云:"高皋为别,执手未期。"

⑥早世:过早去世。

⑦殂落:死亡,凋零。

⑧仆：自我谦称。
⑨被：覆盖。

【赏读】

　　江淹虽是驰逐华采的骈俪名家，而此文则是一篇清疏淡远、情韵隽永之作。江淹早年仕途坎坷，又兼性情孤僻，抑郁寡欢。本文以一幅清秋萧瑟的景色，抒发了自己内心的深悲沉哀。

　　秋风乍起，草木凋零，寥廓的平原旷野，一派萧条凄清的色调。水鸟，即是《诗经》首章"关关雎鸠，在河之洲"中的雎鸠，没有了往日雌雄和鸣的欢快啼叫，孑然孤影，栖落于寂寞沙洲；河曲一荡芦花，无复鲜明的色泽，在瑟瑟秋风中枯萎，所谓伊人——那可望而不可即的天际彩虹，更是无影无踪。作者就这样静静地凝视着山长水远的漫漫秋色，黯然消魂地辞别了挚友。

　　只是想到一些才华横溢的朋友英年早逝，便无以摆脱心中的巨大悲怆。大自然中荣华有时而尽，人的生命也不免未老先凋，零落荒丘。自己一介寒儒，"俯首求衣，敛眉寄食"的碌碌之辈，又岂能长保？"一旦松柏被地，坟垄刺天"，想象有朝一日，墓木已拱，松柏参天蔽地，坟垄直指苍穹，人何以堪？色调如此惨淡，可与他的《恨赋》比照："蔓草萦骨，拱木敛魂。"同是勾勒一个可怕的字眼——死亡，无怪乎他要说"仆本恨人，心惊不已"了。生之爱恋与死之恐惧交织在一起，如雷击电掣，穿透了他的柔魂弱魄，成为不堪承受之重。"忽忽若狂"，宿命之悲，无以自赎。最后只能珍重地叮嘱友人"自爱"，款款深情尽在不言中了。

与宋元思①书 吴 均②

  风烟俱净③,天山共色,从流飘荡,任意东西。自富阳至桐庐④百许里,奇山异水,天下独绝。

  水皆缥碧⑤,千丈见底;游鱼细石,直视无碍。急湍⑥甚箭⑦,猛浪若奔。夹岸高山,皆生寒树。负势竞上,互相轩邈⑧,争高直指,千百成峰。

  泉水激石,泠泠作响;好鸟相鸣,嘤嘤成韵。蝉则千转不穷,猿则百叫无绝。鸢飞戾天者⑨,望峰息心;经纶⑩世务者,窥谷忘反。横柯上蔽,在昼犹昏;疏条交映,有时见日。

《吴朝请集》

【注释】

  ①宋元思:字玉山,南朝梁人。与当时许多著名文人有来往,刘峻有《与宋玉山元思书》。

  ②吴均(469~520):南朝梁文学家,字叔庠,吴兴故鄣(今浙江安吉县)人。家世寒微,聪慧好学。官至奉朝请。因私撰《齐春秋》,称梁武帝为齐明帝佐命之臣,触怒武帝,焚其书,免其职。诗文工于写景,清新拔俗,享誉文坛。有《吴朝请集》。

  ③风烟俱净:风尘烟霭俱已散尽。

  ④富阳、桐庐:今浙江省富阳县和桐庐县,皆在富春江沿岸。

  ⑤缥碧:淡青色。

  ⑥急湍:急流的水。

⑦甚箭：比箭还快。

⑧互相轩邈：互相争高争远。轩，高；邈，远。

⑨鸢飞戾天者：指在仕途上追求一飞冲天的人。鸢，鹰类猛禽。戾，至。

⑩经纶：经营，奔走。

【赏读】

梁武帝曾评说："何逊不逊，吴均不均。"（《南史》）由此便可想见吴均的命途多舛了。但是他的山水小品，清新秀拔，人争效之，谓为"吴均体"。《与宋元思书》就是他的代表作。作者以洗练、精警的笔墨描绘富春江一带的青山绿水，寄托了他对山川自然的深情眷恋，以及对仕宦生涯的由衷厌倦。许梿评说此文："扫除浮艳，澹然无尘"，堪称一枝独秀了。

首段笼盖全篇。"风烟俱净，天山共色"，是远景，秋日长空明净，纤尘不染；群山迢递不断，隐没于天的尽头，一派清空之色。"从流飘荡，任意东西"，一叶扁舟，随着江流自由自在地飘荡，任凭它将自己带向何方。作者胸中亦无尘滓，一片澄明。主客体都是如此清空，如此纯净，蕴涵着一种天人合一、物我相泯的韵趣。开头四句，以其空灵、唯美而夺人心魄。"奇山异水，天下独绝"，点明题旨，充满了对富春江的礼赞。以下分叙水之异、山之奇。

此文不是静态的山水长幅画卷，而是动态的，如同一组组镜头联翩掠过眼前。"水皆缥碧"四句，极写水之清澈深邃，秀色可爱，鱼儿游于空明，卵石五彩斑斓，皆历历可见，尽显渊深渟澔的静谧之美。然而，他写的是漂流，舟行景移，富春江亦有急流险滩，"急湍"二句，惊湍奔流快于离弦之箭，白浪翻涌势如骏马之奔，自有瑰奇壮丽之美，凸现了水之姿态横生，云谲波诡。而山之奇，夹岸重峦叠嶂，郁郁苍苍，作者赋予了山以活泼泼的生命，竟相秀出,攀高比远,直插云天,造就成了千姿百态的奇峰险壑、苍崖翠壁。原来江南也不尽是柔青软黛,自有雄奇磅礴之势。

以下转写听觉形象,船行于青山翠谷之中,两岸传来清脆悦耳的音响:泉吟、鸟语、蝉鸣、猿啼……洋洋盈耳,这是大自然的奏鸣曲。这喧阗,更反衬出了山林的宁静和悠远。正是这天籁之声,使人的心灵得到了净化和洗礼。"鸢飞戾天"四句,是作者的深沉感慨,用了浓墨重笔。那些一心想要飞黄腾达的人,见到了如此雄奇秀美的高峰,也会平息了自己热衷功名利禄的念头;那些混迹官场、终日奔走的人,见到了如此鸟语花香的幽谷,也会流连忘返。此为篇中警句,对于名利场中人,可谓醍醐灌顶。篇末以景语作结,两岸树木枝繁叶茂,有时遮天蔽日,翳翳昏暗;有时枝条渐疏,洒下点点斑斑的阳光,小舟就在这或明或暗的浓荫日影中任意漂荡。尾声别饶趣味,余韵悠悠。

采莲赋 萧绎①

　　紫茎兮文波,红莲兮芰荷,绿房兮翠盖,素实兮黄螺。于时妖童媛女②,荡舟心许。鹢首③徐回,兼传羽杯④。棹将移而藻挂,船欲动而萍开。尔其纤腰束素⑤,迁延⑥顾步。夏始春馀,叶嫩花初。恐沾裳而浅笑,畏倾船而敛裾。故以水溅兰桡,芦侵罗荐⑦。菊泽未反,梧台迥见。荇湿沾衫,菱长绕钏。泛柏舟而容与⑧,歌采莲于江渚。歌曰:

　　碧玉小家女⑨,来嫁汝南王。莲花乱脸色,荷叶杂衣香。因持荐君子,愿袭芙蓉裳。

《六朝文絜》

【注释】

　　①萧绎(508~554):即南朝梁元帝,字世诚,自号金楼子,南兰陵(今江苏常州西北)人。梁武帝萧衍的第七子。初封湘东王,平侯景乱,即帝位于江陵。在位三年,为西魏军所掳,被杀。萧绎好学,博览群书,长文学,通音律,精书画,多才多艺。论文主张"情灵摇荡",所作诗赋文辞绮艳,音节流转。有《梁元帝集》。

　　②媛女:美女。

　　③鹢首:船头。古代在船头以彩色画鹢鸟之形,故称。鹢,水鸟,形如鹭而大,善高飞。

　　④羽杯:古代饮酒用的耳杯。作鸟雀形,左右形如两翼。

⑤束素：一束绢帛。常用以形容女子腰肢细柔。
⑥迁延：徘徊，停留不前貌。
⑦荐：垫席。
⑧容与：从容闲舒的样子。
⑨碧玉小家女：《玉台新咏》卷十录晋孙绰《情人碧玉歌》："碧玉小家女，不敢攀贵德。感郎意气重，遂得结金兰。"传说碧玉是人名，姓刘，是汝南王爱妾。

【赏读】

采莲，江南民俗，六朝尤盛。萧绎的《采莲赋》是一篇"婉丽多情"之作，写得明媚鲜妍、清新活泼，历来脍炙人口。朱自清的著名散文《荷塘月色》引用了此篇的主要部分，以见"当时嬉游的光景"，并说"那是一个热闹的季节，也是一个风流的季节"。由此便可知此篇的绮艳缠绵、清音曼妙了。

开头四句写夏日莲塘，淡淡的紫茎，浥露的红莲，荷叶亭亭玉立如翠盖，绿色的莲蓬沉甸甸，蕴藏的莲子或素白、或浅黄，如此绚丽的色彩摇曳于清波涟漪之中，绿酣如滴，花娇欲狂，这就是人物的活动背景。以下写采莲人。

一群俊俏的少男、靓丽的少女，轻舟荡桨，目挑心招。徐徐转过船头，两舟相近，杯酒传情。刚要荡桨离去，偏偏被水藻挂住；船儿将行未行，浮萍却已漾开。可以想见画船在莲叶荷花的掩映间追逐嬉戏的情态。无怪乎许梿评说："体物浏亮，斯为不负。"以下"尔其纤腰束素"四句，写男子的倾心迷恋，他的意中情人，体态苗条，纤腰一把；且又含情脉脉，欲行又止，欲去还留，令他如痴如狂。"夏始春馀"，赞其风华正茂；"叶嫩花初"，羡其青春娇小，豆蔻梢头。许梿叹赏："生撰语却佳，以有藻饰，所以读之不厌。"而刻画得最惟妙惟肖的是"恐沾裳而浅笑，畏倾船而敛裾"，是采莲，也是调情，恐怕沾湿了衣裳而轻颦浅笑，担心踏翻了船而小心翼翼地提起裙裾。以下写水溅湿了兰桨，芦苇触到了罗垫，荇藻沾濡了衣衫，菱柄长长绕住了金钏，都是刻画巧笑倩盼的风情万种。

　　篇末女子清歌一曲，情思荡漾，"碧玉小家女，来嫁汝南王"，一个中国式的灰姑娘的故事，留下了"小家碧玉"的成语。而给读者留下最深刻印象的还是那风神秀逸、楚楚动人的采莲女，"莲花乱脸色，荷叶杂衣香"，脂红粉白，笑靥如花；荷风习习，衣袂生香。正如唐代诗人王昌龄感此而作的《采莲曲》所云："荷叶罗裙一色裁，芙蓉向脸两边开。乱入池中看不见，闻歌始觉有人来。"堪称玲珑剔透，情韵悠扬。

三　峡① 郦道元②

　　自三峡七百里中，两岸连山，略无阙③处，重岩叠嶂，隐天蔽日，自非停午夜分④，不见曦月⑤。

　　至于夏水襄陵⑥，沿溯⑦阻绝，或王命急宣⑧，有时朝发白帝⑨，暮到江陵⑩，其间千二百里，虽乘奔御风⑪，不以⑫疾也。

　　春冬之时，则素湍⑬绿潭，回清⑭倒影。绝巘多生怪柏，悬泉⑮瀑布，飞漱⑯其间。清荣峻茂⑰，良多趣味。

　　每至晴初霜旦，林寒涧肃，常有高猿长啸，属引⑱凄异⑲，空谷传响，哀转久绝。故渔者歌曰："巴东⑳三峡巫峡长，猿鸣三声泪沾裳！"

《水经注》

【注释】

①三峡：选自《水经注·江水》。此篇是郦道元引自南朝刘宋盛弘之的《荆州记》。

②郦道元（？~527）：字善长，南北朝北魏范阳涿县（今河北涿州）人。官御史中尉。后为关右大使，被雍州刺史萧宝夤杀害。好学博览，撰有《水经注》。

③阙：同"缺"，缺口。

④停午夜分：正午、夜半。

⑤曦月：日月。

⑥襄陵：意谓夏季水涨，漫上山陵。襄，上；陵，山陵。

⑦沿溯：沿，顺流而下；溯，逆流而上。

⑧急宣：急速传达。

⑨白帝：城名，在今重庆市奉节县东北白帝山上。

⑩江陵：今湖北省江陵县。

⑪乘奔御风：骑着奔马，驾着急风。

⑫不以：不如。

⑬素湍：雪白的急流。

⑭回清：回旋的清波。

⑮悬泉：从山崖上流注下来的泉水。

⑯飞漱：飞流冲荡。

⑰清荣峻茂：意谓江水清澈，树木繁盛，山势高峻，绿草丰茂。

⑱属引：连续不断。

⑲凄异：异常凄凉。

⑳巴东：古郡名，在今四川省东部云阳县、奉节县一带。

【赏读】

此篇是中国山水小品中的经典之作，人们心目中的三峡风光，几乎就定格于此，千古不易。全文仅一百五十五个字，概括千里，包容四季，摹尽三峡之雄奇险秀。既能大处落墨，气象万千，也能别具慧眼，刻画入微。读来灵思绵邈，荡气回肠，那样一种苍劲而又悲凉的神韵，得之于笔墨蹊径之外了。

首段写山，两岸夹峙的群山，逶迤迢递，绵亘七百里；重重叠叠的巉岩削壁，高耸入云，遮天蔽日；以下再侧面烘托一笔，如果不是正午、子夜，就见不到太阳、月亮。此段是为铺垫，明写山之绵延、伟岸，暗喻峡之深、峡之险，翳翳无光，令人感到万象森严、黯然神伤。

次段写夏水之浩浩汤汤，文势奇峰突起，想落天外。夏日洪水暴涨，漫过了两岸山陵，汩汩滔滔，奔腾汹涌，上行、下行的水路都被断绝。如果皇帝颁发诏令火速传达,便可"朝发白帝,暮到江陵"。这八个字写出江流湍急、一泻千里的壮美。如此浪漫的奇思妙想,令人惊心动魄。无怪乎后世的李白有会于心,吟出"朝辞白帝彩云间,千里江陵一日还"的名句。

第三段写春冬之景清奇秀逸,别有一番幽韵。"素湍"、"绿潭",两种色彩,动静交织,对比鲜明。雪白的浪花,映着波光粼粼;碧绿的深潭,清澈如镜,现出峰峦花木的倒影。苍崖绝壁之上长着形态奇诡的古柏,悬泉瀑布飞奔直下,冲荡着千山万壑。如此林泉山石的秀丽风光,真是引人入胜。

末段写秋日峡景的萧瑟凄清。每当雨后初晴的日子或凝霜的清晨,山林寒寂,涧水无声,一派幽邃肃穆,常常听到高山上猿猴长啸,一声一声,绵长不绝,声音异常凄楚,在深山空谷间回荡,那种婉转悽恻的哀鸣,久久方才消失。所以渔者歌曰:"巴东三峡巫峡长,猿鸣三声泪沾裳!"此为画龙点睛之笔,它捕捉住了三峡独一无二的神韵,无论陵谷变迁,天荒地老,亿万斯年,在人们的心目中,三峡永远回荡着高猿哀鸣、渔歌悲吟。

黄牛滩[①] 郦道元

江水[②]又东,径黄牛山下,有滩名曰"黄牛滩"。南岸重岭叠起,最外高崖间,有石色如人负刀牵牛,人黑牛黄,成就[③]分明。既人迹所绝,莫得究焉。此岩既高,加以江湍纡回,虽途径信宿[④],犹望见此物。故行者谣曰:"朝发黄牛,暮宿黄牛。三朝三暮,黄牛如故。"言水路纡深,回望如一矣。

《水经注》

【注释】

①黄牛滩:选自《水经注·江水》。黄牛滩与黄牛山互相毗连,在今湖北宜昌西黄陵庙一带,长江在山间纡回而下。

②江水:江是古代长江的专称。

③成就:形成,指形成"人负刀牵牛"的形态,以及"人黑牛黄"的颜色。

④信宿:连宿二晚。

【赏读】

《水经注》将山川景物与民谣、神话、典故、风俗等融为一体,行文舒卷自如。此篇悲情郁结,险峻的山川,古老的歌谣,回荡着忧伤的旋律,令人黯然消魂。

黄牛山下有一险滩,南岸崇山峻岭,峰峦叠起,临江的高崖绝壁间有一巨石,色彩纹路如一个人背着刀、牵着牛,人黑色、牛黄色,完全是天然形成,形状与颜色都很清楚。这也许就是"黄牛滩"得名的由来。巨石巍然矗立，高不可攀，人迹绝踪，它俯瞰着江水日夜奔流。黄牛，这一形态诡异的天赐灵岩，蕴藏了多少神奇奥秘。

因为黄牛巨岩之高，又加江流湍急纡曲，经此溯流而上，险曲难行。舟行两三天的航程，还能看见这块奇岩。所以途经这里的行人，流传着一首古朴的歌谣："清晨启程看见黄牛，晚上停泊看见黄牛，三个清晨又三个夜晚，黄牛还是那般模样。"意思是说，水路纡回曲折，水深浪急，走了三天三夜，回头一望，好像还是在原来那个地方。极言舟行之艰难险阻，黄牛如同一个挥之不去的梦魇，无助的行人，漂泊的游子，在惊涛骇浪中苦苦挣扎的一叶扁舟，伴随着沉郁苍凉的歌声，令人悲情四溢而泪水涔涔。

这很像是一幅人生之路的写照，或许其中也蕴涵着若干不可破解的人生密码。"三朝三暮，黄牛如故"的悲剧，至今也还不时上演。人生的困窘和无奈，同样挥之不去。黄牛也就如同一个人生坐标，自己以为劈波斩浪，尽力拼搏，可以奋然前行；然而，千回百折，历尽沉浮之后，蓦然回首，发现自己还在原来的起点，只是绕了一个圈子，"黄牛如故"，这是何等悲怆！

西陵峡[1] 郦道元

江水又东,径西陵峡,《宜都记》[2]曰:自黄牛滩东入西陵界,至峡口百许里,山水纡曲,而两岸高山重嶂,非日中夜半,不见日月。绝壁或千许丈,其石彩色,形容多所像类[3]。林木高茂,略尽冬春[4]。猿鸣至清,山谷传响,泠泠不绝。所谓三峡,此其一也。

山松[5]言:常闻峡中水疾,书记[6]及口传悉以临惧相戒,曾无[7]称有山水之美也。及余来践跻[8]此境,既至欣然,始信耳闻之不如亲见矣。其叠崿秀峰,奇构异形,固难以辞叙。林木萧森,离离蔚蔚[9],乃在霞气[10]之表。仰瞩俯映,弥习弥佳[11],流连信宿,不觉忘返,目所履历[12],未尝有也。既自欣得此奇观,山水有灵,亦当惊知己于千古矣。

《水经注》

【注释】

①西陵峡:选自《水经注·江水》。西陵峡,长江三峡之一,西起湖北省巴东县官渡口,东至宜昌市北。此篇指西陵峡峡谷东段。

②《宜都记》:一作《宜都山川记》,已散佚。此篇是郦道元引用晋袁山松《宜都记》加工而成。

③形容多所像类:形状多同某些事物相像类似。

④略尽冬春:经冬至春,常绿不凋。

⑤山松:即袁山松,一作袁崧,东晋陈郡阳夏(今河南太康)

人。少有才名，博学能文，襟怀秀逸，善音乐，歌《行路难》曲，听者莫不流涕。著《后汉书》百篇。曾任宜都太守，撰《宜都记》。

⑥书记：书中记载。

⑦曾无：从来没有。

⑧践跻：亲自登临。

⑨离离蔚蔚：草木茂盛郁勃貌。

⑩霞气：彩霞云气。

⑪弥习弥佳：越看越美妙。习，反复，多次，意谓反复玩味。

⑫履历：亲身经历。

【赏读】

郦道元博览群书，在《水经注》中引用了大量的地志、风土记、山水志、博物志等著述，多达一百六十余种，这些著述后来多已亡失或散佚，赖《水经注》得以保留若干。经过郦道元的精心摘选和细致加工，往往妙笔生辉，成为千古传诵的佳文。此篇即引自袁山松的《宜都记》。

前段描述与"巫峡"略相仿佛；后段"山松言"以下，亦是《宜都记》中的话，是袁山松自述游历三峡的惊喜。常常听说峡中水流湍急，书中记载和口头传闻，都是讲述身临险境时的恐惧情景，彼此互相告诫，从来没有一个人说过三峡有山水之美。真是山川寂寥，千载谁赏！及至我亲临此境，踏上这片土地，欣喜过望，才知道耳闻不如亲睹。这里重重叠叠的高崖，秀丽峭拔的险峰，千奇百怪，姿态横生，实在妙不可言。山间林木蓊蔚，郁郁苍苍，一片菁葱竟高出于云霞之外。仰观山色如黛，俯视清波倒影，越是反复玩味，越是觉得美不胜收。流连了两天，不觉乐而忘返。平生亲眼所见的景物，没有比三峡更壮美的了。我既欣喜地庆幸自己一睹这样的奇观，同时也想"山水有灵，亦当惊知己于千古矣"。此乃石破天惊之语，此前从未有人发现山水之灵性，并且许为千古知己，这是第一次揭示了人与自然之间灵犀相通、色授魂与的深情默契。袁山松是东晋人，宗白华说"晋人向外发现了自然，向内发现了自己的深情"（《美学与意境》），或如钱钟书将山水"附庸蔚成大国"的时限，断在东晋（《管锥编》）。中国的山水文学，从此涣涣泱泱，沛然不可以御。诸如南宋辛弃疾词"我见青山多妩媚，料青山见我应如是"（《贺新郎》），仍然是"知己"说之余音嗣响。

孟门山① 郦道元

《淮南子》曰:"龙门②未辟,吕梁③未凿,河④出孟门之上,大溢逆流,无有丘陵,高阜⑤灭之,名曰洪水。大禹疏通,谓之孟门。"故《穆天子》曰:"北登孟门,九河⑥之隥⑦。"孟门,即龙门之上口⑧也。实为河之巨阸⑨,兼孟门津之名矣。

此石经始禹凿,河中漱广⑩,夹岸崇深⑪,倾崖返捍⑫,巨石临危,若坠复倚。古之人有言:"水非石凿,而能入石。"信哉!其中水流交冲⑬,素气⑭云浮,往来遥观者,常若雾露沾人,窥深悸魄。其水尚崩浪万寻⑮,悬流千丈,浑洪赑怒⑯,鼓若山腾,浚波颓叠⑰,迄于下口。方知慎子⑱下龙门,流浮竹,非驷马之追也。

《水经注》

【注释】

①孟门山:选自《水经注·河水》。孟门,古山名,在今陕西宜川县东北,山西吉县之西,绵亘于黄河两岸,峭壁对峙,南与龙门山相接。

②龙门:山名,在今山西省河津市西北。

③吕梁:山名,在今山西省西部。

④河:古代黄河的专称。

⑤高阜:高山。

⑥九河:黄河下游的许多支流的总称。

⑦隥:险峻的山坡。

⑧龙门之上口：意谓黄河流经龙门山之前的上一个水口，孟门山南距龙门山约六十五公里。

⑨阸（ài）：险阻之处，险要之地。

⑩漱广：河水冲蚀而变得宽广。

⑪崇深：高峻深邃。

⑫倾崖返捍：山崖倾斜又相倚相撑。

⑬交冲：互相激荡。

⑭素气：白色的水雾。

⑮寻：古代八尺为一寻。

⑯浑洪：水流盛大貌。赑（bì）怒：震怒，形容气势壮大。

⑰浚波颓叠：形容巨浪起伏，一个跟着一个。

⑱慎子：慎到，战国时赵国人，著有《慎子》，有云："河下龙门，其流驶如竹箭，驷马追之不及。"

【赏读】

这是最早的一则礼赞黄河的山水小品，奔腾咆哮的黄河宛然在目。不同于江南山水的清奇秀逸，北国黄河则是雄浑苍莽，别有一种粗犷之美。孟门山绵延于黄河两岸，河水流经这段峡谷，两岸突然变窄，河床落差极大，从上游奔腾而来的滔滔洪流，从高处倾泻而下，形成瀑布。本篇所写的就是黄河波涛汹涌过孟门的壮丽奇观，也就是著名的壶口瀑布。

篇首引《淮南子》说明孟门山的来历，作者将人们引入太古洪荒的时代，"龙门未辟，吕梁未凿"，一片混沌冥渺。然而，大祸已经从天而降。"河出孟门之上，大溢逆流"，狂暴不羁的泛滥河水，越过孟门之巅，横决乾坤，不可阻挡。"无有丘陵，高阜灭之"，大大小小的丘陵都被滚滚怒涛淹没，即使是高山峻岭也顷刻吞噬无踪。这就是千秋百代、人们谈之色变的洪水。于是有了大禹斧劈孟门、疏通河道的故事。这半神话半传说的创世纪故事,可谓先声夺人。

次段一笔带过了数千载,写郦道元此日所目击的桀骜不驯的黄河。经过年复一年的河水的冲刷,河道虽已变得宽广,但也掏空了夹岸的山。岸崖的山高峻深邃,崖壁向河面倾斜,巨石凌空欲坠,倚于危崖绝壁,令人不敢仰视。如果步上高崖,遥观河谷的怒涛汹涌,水石相激迸溅而出的蒙蒙雾气,仿佛白云飘拂,似要沾湿全身。以下则是最为精彩的段落,正面描写孟门黄河飞瀑的壮观。"其水尚崩浪万寻,悬流千丈,浑洪赑怒,鼓若山腾,浚波颓叠,迄于下口",白浪滔天,万寻峰立,崩裂化作千丈悬流,飞泻而下,挟着山呼海啸的轰鸣,汹涌澎湃,奔腾咆哮,鼓荡起的巨浪如高山腾跃狂舞,一个接一个地呼啸而前,直下龙门。这是黄河最为奇险之处,写来惊心动魄。他写出了黄河狂放不羁的个性,主宰乾坤的风采,以及无坚不摧、百折不回的生命伟力,千载之下,读来仍然目眩神寒。前人称许《水经注》"片言只字,妙绝古今";苏轼也津津乐道:"嗟我乐何深,《水经》亦屡读。"(《寄周安孺茶诗》)

春夜宴诸从弟桃李园序　李　白①

夫天地者，万物之逆旅②；光阴者，百代之过客。而浮生若梦，为欢几何？古人秉烛夜游③，良有以也。况阳春④召我以烟景⑤，大块⑥假⑦我以文章⑧。会桃李之芳园，序天伦之乐事。群季⑨俊秀，皆为惠连⑩；吾人咏歌，独惭康乐⑪。幽赏未已，高谈转清。开琼筵⑫以坐花，飞羽觞⑬而醉月。不有佳作，何伸雅怀？如诗不成，罚依金谷酒数⑭。

《李太白全集》

【注释】

①李白（701~762）：盛唐诗人，字太白，号青莲居士。祖籍陇西成纪（今甘肃静宁西南），生长于蜀之昌隆县（今四川江油）。天宝初奉召入京，供奉翰林，誉满天下。

②逆旅：旅舍。

③秉烛夜游：语出《古诗十九首》："生年不满百，常怀千岁忧。昼短苦夜长，何不秉烛游。"意谓及时行乐。

④阳春：温煦的春日。

⑤烟景：春日烟岚雾霭朦胧的景色。

⑥大块：指天地。

⑦假：给予。

⑧文章：色彩错杂成纹，指春日绚丽景物。

⑨群季：指诸弟。

⑩惠连：南朝宋谢灵运之族弟谢惠连，工诗文，兄弟并称大

小谢。

⑪康乐：谢灵运是谢玄之孙，袭封康乐公。
⑫琼筵：华美的筵席。
⑬羽觞：酒器，作鸟雀状，左右形如两翼。
⑭金谷酒数：晋石崇在金谷园宴客赋诗，不成者，罚酒三杯。

【赏读】

这是一篇尺幅千里的小品。

游宴之作，寄思邈远，纵横时空，俯仰今古。"夫天地者，万物之逆旅；光阴者，百代之过客。"上句言空间，下句言时间。茫茫六合，漠漠寰宇，不过是萍踪浪迹的旅舍；悠悠岁月，百代千秋，仁人志士乃至芸芸众生，不过是历史长河中的匆匆过客。作者标举"逆旅"、"过客"此二意象，新人耳目，荡人魂魄，颇有一些开辟鸿蒙的味道。充溢其中的是强烈的生命意识，极言生命之短暂，亦极言生命之值得倍加珍惜。

"况阳春召我以烟景，大块假我以文章。"多么美好的春天，多么美好的生命！此为文心所系，以浓墨重彩勾勒出宴会主人的自我塑像，极尽个性张扬。此处之"我"，当为大写的"我"，天下独步，古今一人！感谢造化的丰厚赐予：触目丽景，春光氤氲，轻绡薄雾笼罩着姹紫嫣红；山川钟秀，岚翠欲流，如此缤纷绚丽的景色，尽可化作锦绣华章。行文至此，神采飞扬！"召我"、"假我"，语语含情，那种相知、相慕的天人感应，读来令人心旌摇荡。他简直就是大自然的宠儿，物我同化，摇漾出一片春天的勃勃生机。玩味二语，令人顿时想见李白天之骄子的翩翩丰采。

以下正面叙宴集，叙宾主，极妍尽态，兴会淋漓。"会桃李之芳园，序天伦之乐事"，春夜名园，月廊花榭，秾桃艳李，幽香馥郁，而摇曳其间的则是温馨的亲情。这里引用了谢灵运、谢惠连兄弟的故实,来点染一时俊彦,文采风流。谢灵运慧眼识才,对族弟惠连大相知赏,曾责怪惠连之父:"阿连才悟如此,而尊作常儿遇之。"(《宋书·谢灵运传》)由此轶事,便可见出李白对诸弟的钟爱和赞赏。对于灵运,这位自诩"天下才共有一石,曹子建独得八斗,我得一斗,自古及今同用一斗"的才子,李白自是心仪,故而谦逊一下。如此点染几笔,平添了几分风趣。文章至于"开琼筵以坐花,飞羽觞而醉月"达到高潮,花影婆娑,觥筹交错,流光溢彩,逸兴遄飞,主、客,连同千百年来的读者,都经历了一场生命的狂欢。

右溪记 元 结①

道州②城西百馀步,有小溪,南流数十步,合营溪③。水抵④两岸,悉皆怪石,欹嵌⑤盘屈,不可名状。清流触石,洄悬激注⑥。佳木异竹,垂阴相荫。

此溪若在山野,则宜逸民退士⑦之所游处;在人间⑧,则可为都邑之胜境、静者⑨之林亭。而置州已来,无人赏爱,徘徊溪上,为之怅然。乃疏凿芜秽,俾⑩为亭宇,植松与桂,兼之香草,以裨⑪形胜。为溪在州右,遂命之曰"右溪"。刻铭石上,彰示来者。

《元次山文集》

【注释】

①元结(719~772):中唐诗人、散文家,字次山,号漫郎、聱叟,河南府(今河南洛阳)人,居鲁山(今属河南)。天宝十二载(753)进士。曾参与抗击史思明叛军,立有战功。后任道州刺史。"深抱悯时忧国之心,文章戛戛自异。"(《四库全书·次山集提要》)诗文危苦激切,愤世嫉邪,风格古朴。有《元次山文集》。

②道州:唐代州名,治所在今湖南道县。

③营溪:即营水,源于湖南宁远,流经道县,北至零陵县入湘水。

④抵:碰触。

⑤欹嵌(qī qiàn):欹,倾斜;嵌,凹陷。

⑥洄悬激注：洄，水波回旋；悬，浪花飞溅；激注，激荡奔泻。

⑦逸民退士：指山野隐居的人。

⑧人间：指市朝，人烟稠密的地方。

⑨静者：指性情恬淡、不喜尘嚣的人。

⑩俾（bǐ）：使。

⑪裨（bì）：补益，增加。

【赏读】

　　元结任道州刺史，虽然政绩斐然，但不被重视。他的《丐论》有云："古人乡无君子，则与云山为友；里无君子，则与松竹为友；坐无君子，则与琴酒为友。"可见其孤高狷介、落落寡合，不得不于山水间觅知音了。

　　《右溪记》是名篇，寄托了他的身世之感和审美情趣。城西的一道无名的小溪，清幽芳洁，吸引了他寻幽探胜，心与境合。溪水清澈湍急，拍击两岸；溪岸怪石嶙峋，凹凸倾堕，棱骨盘空，千姿百态；水石相激，清流回旋，浪花溅落，激荡奔泻；给人以清峻幽峭的美感。岸边佳木葱茏、修竹青翠，蔚然成荫，林深影翳。漫步于如此静谧幽美的溪畔，人也悠然自得于尘嚣之外了。

　　作者百感丛生，这条小溪，如果是在山野，就应该是隐士们游赏憩息的乐土，如果是在朝市，就应该是城镇中的风景名胜之地或是闲雅之士构建亭台别业的佳处，它应该得到人们的珍惜和爱怜。但是道州置州以来，此溪"无人赏爱"，就这样默默无闻，埋没草野。原来山水的遇时与否，一如人的命运沉浮。在溪畔徘徊良久，不禁怅然，心头掠过一抹淡淡的人生失意的落寞和悲凉。真如杜甫诗中所写的："天寒翠袖薄，日暮倚修竹。"（《佳人》）

　　于是作者清除芜秽，构筑亭宇，植松与桂。松，取其坚贞霜姿；桂，取其浓香馥郁，兼之香草，乃是屈子佩饰之物，所有这些苦心经营,都是寄托了他的人格理想。命名"右溪",而且刻铭石上,乃是万千珍重之意。清末古文家吴汝纶评价此篇:"次山放恣山水,实开子厚(柳宗元字子厚)先声,文字幽眇芳洁,亦能自成境趣。"(见《唐宋文举要》所引)对《右溪记》在散文史上的定位及其美学特征,都讲得十分精当。

冷泉亭①记 白居易②

　　东南山水，余杭郡③为最；就郡言，灵隐寺为尤④；由寺观言，冷泉亭为甲。亭在山下，水中央，寺西南隅。高不倍寻⑤，广不累丈，而撮奇得要，地搜胜概，物无遁形。春之日，吾爱其草熏熏⑥，木欣欣，可以导和纳粹⑦，畅人血气。夏之夜，吾爱其泉渟渟⑧，风泠泠⑨，可以蠲烦析酲⑩，起人心情。山树为盖，岩石为屏，云从栋生，水与阶平。坐而玩之者，可濯足于床下；卧而狎⑪之者，可垂钓于枕上。矧⑫又潺湲⑬洁澈，粹⑭冷柔滑，若俗士，若道人⑮，眼耳之尘，心舌之垢，不待盥涤，见辄除去，潜利阴益，可胜言哉！斯所以最余杭而甲灵隐也。

　　杭自郡城抵四封⑯，丛山复湖⑰，易为形胜。先是领郡者，有相里君造作虚白亭，有韩仆射皋作候仙亭，有裴庶子棠棣作观风亭，有卢给事元辅作见山亭，及右司郎中河南元藇最后作此亭⑱。于是五亭相望，如指之列，可谓佳境殚⑲矣，能事毕矣。后来者虽有敏心巧目，无所加焉。故吾继之，述而不作⑳。

　　长庆三年㉑八月十三日记。

《白居易集笺校》

【注释】

　　①冷泉亭：在杭州西湖灵隐寺西南角，原在水中，是唐代杭州刺史元藇所建。

　　②白居易（772～846）：中唐诗人，字乐天，晚号香山居士，

原籍太原，后移居下邽（今陕西渭南北）。贞元进士，授秘书省校书郎，迁翰林学士、左拾遗。因上书言事，贬江州司马。后移忠州刺史，以后又任杭州刺史、苏州刺史等职，官至刑部尚书。他是中唐最杰出的诗人，倡导新乐府运动，诗作通俗易懂，讽喻诗尤为世所重。杂记小品清新流畅。有《白氏长庆集》。

③余杭郡：即今杭州市。

④灵隐寺：在杭州西湖灵隐山下，始建于东晋。尤：突出。

⑤寻：古代长度单位，八尺为寻。

⑥熏熏：同"薰薰"，花草香气浓郁。

⑦导和纳粹：引导心气平和，吸取天地精华。

⑧渟渟：水平静貌。

⑨泠泠：形容风声清越。

⑩蠲（juān）烦析酲（chéng）：祛除忧烦，散解酒醉。

⑪狎：亲昵嬉戏。

⑫矧：何况。

⑬潺湲：水缓缓流动的样子。

⑭粹：水质清纯。

⑮俗士、道人：泛指世俗之士、出家之人。

⑯四封：四方疆界。

⑰丛山复湖：犹言重湖叠巘。

⑱相里造及以下韩皋、裴棠棣、卢元辅、元藇五人：皆是曾任杭州刺史并建亭的人。元藇是白居易的前任。

⑲殚：尽。

⑳述而不作：语出《论语》，这里意谓只是记述景观，而不再建造新亭。

㉑长庆三年：公元823年。长庆是唐穆宗年号。

【赏读】

　　白居易于长庆二年（822）至四年（824）任杭州刺史，撰写此文是在他到任的次年，时年五十一岁。赴杭之初，有些颓然，"且向钱塘湖上去，冷吟闲醉二三年"（《舟中晚题》）。但是他深深爱上了杭州的山山水水，不仅政绩卓著，建堤疏井，惠泽百姓，而且西湖处处留下了他的足迹和诗篇。《冷泉亭记》是他的精心结撰之作。文中所举的其他亭子，皆已湮没无闻，只有冷泉亭卓然玉立，与诗人之名辉映千秋。

　　文章以层层铺垫的笔法，标举"为最"、"为尤"、"为甲"，由大及小，由远及近，最后聚焦于冷泉亭，凸现冷泉亭乃是美中之最美的景观。亭在苍崖翠壁之下，一泓碧溪之中，高不到两寻，宽不过二丈，精致小巧，却荟萃了最奇丽的景色。它倚灵隐寺而面飞来峰。飞来峰，崚嶒剔透，嵌空玲珑；灵隐寺，崇阁闳丽，碧瓦飞甍；冷泉自石罅中汩汩喷涌，依山傍涧而流；至于岩洞乳石、桥虹塔影，不一而足。作者主要抒写在冷泉亭的陶醉，那种沁香浥露的美的感受。春之日，花草馥郁芬芳，香气袭人；佳木欣欣向荣，横翠凝烟，令人吸纳天地之精华，舒畅气血。夏之夜，冷泉一泓深碧，渊平渟滀；风声清清泠泠，和着禅院钟声悠悠远逝，令人去烦解困，鼓荡起对人生的激情和爱恋。冷泉亭自成一韵人纵目、云客宅心的天地。古木蓊郁，覆亭如盖；岩石翠开如屏，画壁流青；云气氤然，从屋栋间升起；冷泉溜玉，水漫漫与阶平。人与自然，亲昵无间，相狎相戏，坐着赏玩，可濯足于坐榻之下，躺着赏玩，可垂钓于枕边。更何况泉水潺湲澄澈，水质清纯，甘冷柔滑，沁人心脾；不论凡夫俗子，还是空门道人，见此冷泉亭水，不劳洗涤，耳濡目染的尘垢，心底舌尖的污秽，便会一扫而光，正所谓是心如澡雪。冷泉亭默默无言地赐予人们的好处，岂可说尽！踏遍重湖叠巘，冷泉首屈一指。

冷泉亭以其蒨冶曼妙的灵性润泽了作者的心田，他也以充满诗情画意的秀句为冷泉亭敷彩增妍。他别杭州时所作的《宿灵隐寺》诗"在郡六百日，入山十二回……寺暗烟埋竹，林香雨落梅。别桥怜白石，辞洞乱青苔……谁教冷泉水，送我下山来"，足见依依眷恋之情。

始得西山宴游记 柳宗元①

　　自余为僇人②,居是州,恒惴栗③。其隟④也,则施施⑤而行,漫漫而游,日与其徒上高山,入深林,穷回溪,幽泉怪石,无远不到。到则披草而坐,倾壶而醉;醉则更相枕以卧,卧而梦,意有所极⑥,梦亦同趣;觉而起,起而归;以为凡是州之山水有异态者,皆我有⑦也,而未始知西山之怪特。

　　今年九月二十八日,因坐法华西亭⑧,望西山,始指异之。遂命仆人过湘江,缘染溪⑨,斫榛莽,焚茅茷,穷山之高而止。攀援而登,箕踞⑩而遨⑪,则凡数州之土壤,皆在衽席之下。其高下之势,岈然⑫洼然,若垤⑬若穴,尺寸千里,攒蹙⑭累积,莫得遁隐;萦青缭白⑮,外与天际,四望如一。然后知是山之特立,不与培塿⑯为类。悠悠乎与颢气⑰俱,而莫得其涯;洋洋乎与造物者游,而不知其所穷。引觞满酌,颓然就醉,不知日之入。苍然暮色,自远而至,至无所见,而犹不欲归。心凝形释⑱,与万化冥合。然后知吾向之未始游⑲,游于是乎始。故为之文以志。是岁元和四年⑳也。

《柳宗元集》

【注释】

　　①柳宗元(773~819):字子厚,河东解(今山西运城市解州镇)人,世称柳河东。曾任柳州刺史,故又称柳柳州。唐文学家、哲学家。贞元进士,授校书郎,调蓝田尉,升监察御史里行。因参

加王叔文革新失败，由礼部员外郎贬为永州司马。在此期间，写了"永州八记"等优美散文。与韩愈共同倡导古文运动，并称"韩柳"。是散文"唐宋八大家"之一。

②僇（lù）人：罪人。僇，同"戮"，受刑辱的人。作者因被贬为永州司马，故自称僇人。

③惴栗：惴惴不安，心存恐惧。

④隙：空闲时间。

⑤施（yí）施：缓步慢行貌。

⑥极：至。

⑦有：此处可理解为"游赏"、"领略"。

⑧法华：指法华寺，在今永州零陵区东山。西亭：在法华寺内，为柳宗元所建。

⑨染溪：又作"冉溪"，柳宗元命之为"愚溪"。在今永州市西南。

⑩箕踞：坐时随意伸开两腿，不拘礼节，像簸箕。

⑪遨：游赏。

⑫岈（xiā）然：山深貌。

⑬垤（dié）：小土堆。

⑭攒蹙：聚集紧缩在一起。

⑮萦青缭白：青山白水萦绕。

⑯培塿（pǒu lǒu）：小土丘。

⑰颢气：天地间的大气。颢，白而发光。

⑱心凝形释：思维停止，形体化解。

⑲向：以前，过去。未始游：未曾游赏过。

⑳元和四年：公元809年。元和，唐宪宗李纯年号。

【赏读】

柳宗元于唐贞元二十一年（805）参加王叔文为首的永贞革新，

失败后被贬为永州员外司马。他赴任后,深深为永州的奇山异水所吸引,写下了著名的"永州八记"。本文为"永州八记"第一篇。

本文两次写醉,文章开头就说:"自余为僇人,居是州,恒惴栗。"语含自嘲,心怀不平。朝廷既不任用,且流放蛮荒,于是游山玩水,放浪形骸。无远不到,兴尽则饮,饮则醉,醉则卧,卧则梦,醒则归。生活看似悠然自在,实则借酒浇愁,以暂时的忘却,压制内心的痛苦。

后者,坐西山之顶,俯瞰山川。远望尺寸千里,四望如一,浩气充天地,不见尽头,山川形势,尽收眼底,尽入胸怀。有"念天地之悠悠,独怆然而涕下"之感,有物我两忘、天人合一的领悟。忘却了世间营营,忘却了身处逆境的烦恼,得以暂时解脱,是大悲大苦感情的升华。于是"引觞满酌,颓然就醉",因之,夕阳西下,苍茫暮色,犹不愿归。

钴鉧潭①记 柳宗元

钴鉧潭在西山②西。其始盖冉水③自南奔注，抵山石，屈折东流；其颠委势峻④，荡击益暴，啮⑤其涯，故旁广而中深，毕至石乃止。流沫成轮⑥，然后徐行，其清而平者且十亩余，有树环焉，有泉悬焉。

其上有居者，以余之亟⑦游也，一旦款门⑧来告曰：不胜官租私券⑨之委积⑩，既芟⑪山而更居⑫，愿以潭上田贸财以缓祸⑬。予乐而如其言。则崇⑭其台，延其槛，行⑮其泉于高者而坠之潭，有声潀然⑯。尤与中秋观月为宜，于以⑰见天之高，气之迥⑱。

孰使予乐居夷⑲而忘故土者？非兹潭也欤？

《柳宗元集》

【注释】

①钴鉧（gǔ mǔ）潭：钴鉧，即熨斗。钴鉧潭，潭状似熨斗，故名。在今湖南零陵县郊柳侯祠附近愚溪中。

②西山：在永州古城（也叫零陵古城）西二华里处，绵延数里，成为"永州八记"景观的中心。

③冉水：即冉溪，又称染溪。

④颠委势峻：颠委，首尾，指上下游。势峻，落差大，因之荡击益暴。

⑤啮（niè）：咬，这里指冲刷。

⑥轮：车轮般的旋涡。

⑦亟（qì）：屡次。

⑧款门：敲门。款，叩、敲。

⑨私券：私人借贷的凭据。

⑩委积：积聚。委，堆积。

⑪芟（shān）：铲除杂草。

⑫更居：变更居所。

⑬贸财以缓祸：以物换钱，缓解灾祸，解除税债之苦。

⑭崇：加高。

⑮行：这里指疏导、引导。

⑯潨（cóng）然：水声淙淙。

⑰于以：在这里。

⑱迥：远。

⑲居夷：住在夷人（少数民族）地区。

【赏读】

《钴鉧潭记》是柳宗元"永州八记"之一。"永州八记"写景抒情，文字简约，精练准确。《钴鉧潭记》亦然。前半部分，七十一字，把潭的成因，水流的曲折变向，水流湍急造成的结果，水流的动态和潭水的静态，环绕钴鉧潭的景观，无不生动全面地呈现出来。冉水"奔"注，"啮"其涯，流沫成"轮"，有树"环"焉，有泉"悬"焉。写景状物，一字尽显其妙，生动确切恰当。

世外桃源之境，未必有世外之乐，"居者"官租私债累累，不得不"贸财以缓祸"，另谋生路。可谓"应是深山更深处，也应无计避征徭"。也正是如此，才给柳宗元提供了买下潭上土地的机会，加以修缮，得以暂时颐养异乡。作者是"乘人之危"买下了这片土地，而说"乐居夷而忘故土"，也不过是作者的自嘲，以此掩饰内心对故土的怀念而已。何以忘忧，唯有此潭。

钴鉧潭西小丘记 柳宗元

得西山后八日,寻①山口西北道②二百步,又得钴鉧潭,潭西二十五步,当湍而浚者③,为鱼梁④。梁之上有丘焉,生竹树。其石之突怒偃蹇⑤负土而出⑥争为奇状者,殆不可数。其嵚然相累⑦而下者,若牛马之饮于溪;其冲然角列⑧而上者,若熊罴之登于山。

丘之小不能一亩,可以笼而有之⑨。

问其主,曰:"唐氏之弃地,货而不售。"问其价,曰:"止四百。"余怜而售之⑩。李深源、元克己时同游,皆大喜,出自意外。即更取器用⑪,铲刈秽草,伐去恶木,烈火而焚之。嘉木立,美竹露,奇石显。由其中以望,则山之高,云之浮,溪之流,鸟兽之遨游,举熙熙然回巧献技⑫,以效⑬兹丘之下。枕席而卧,则清泠之状与目谋,瀯瀯之声与耳谋,悠然而虚者与神谋,渊然而静者与心谋。不匝旬⑭而得异地者二,虽古好事之士⑮,或未能至焉。

噫!以兹丘之胜,致⑯之沣、镐、鄠、杜⑰,则贵游之士争买者,日增千金而愈不可得。今弃是州也,农夫渔父过而陋⑱之,贾⑲四百,连岁不能售。而我与深源、克己独喜得之,是其果有遭⑳乎?书于石,所以贺兹丘之遭也。

《柳宗元集》

【注释】

①寻：沿着。

②道：用作动词，行走。

③湍：水流很急。浚（jùn）：水深。

④鱼梁：用石砌成的堤坝，中开缺口置渔具以捕鱼。

⑤突怒偃蹇（yǎn jiǎn）：山石奇崛有气势。突怒，突出高起貌；偃蹇，高耸貌。

⑥负土而出：顶破土层钻出。负，背负。

⑦嵌（qīn）然相累：嵌然，山石耸立；相累，相互重叠挤压。

⑧冲然：突起向上向前的形态。角列：列队争先向前。一说，像兽角样排列。

⑨笼而有之：装在笼子里为我所有。笼，包罗全部。

⑩售之：使之售出。

⑪更取器用：轮流拿着工具。

⑫熙熙然回巧献技：快乐地呈现其智巧和技能。回，运作，施展。

⑬效：效力，呈现。

⑭匝（zā）旬：满十天。匝，周、满。

⑮好（hào）事之士：这里指热爱大自然的人。

⑯致：放到。

⑰沣（fēng）、镐（hào）、鄠（hù）、杜：沣，水名，源出陕西西安市长安区西南秦岭山中，北流入渭水。镐，地名，西周国都，在今陕西西安市长安区。鄠，古邑名，在今陕西户县北。杜，古国名，又指杜陵，古县名。均在陕西西安市东南。以上四地都是豪门贵族聚居游乐处。

⑱陋：看不起，瞧不上眼，轻视。

⑲贾：同"价"。
⑳遭：际遇，运气。

【赏读】

把没有生命的石头变而为动态的动物，把静态的石头变而为活跃的家畜走兽。一幅静止的画面，立刻活泼起来，激发了读者的形象思维，对景色有了感性的认识，加深了印象。

石头从地下"负土而出"，钻出地面来，重叠排列呈下俯之势者，犹如牛马争溪边饮水；石头昂扬向上之势者，犹如熊罴争道登山。此处荒僻少人，"牛马"、"熊罴"徜徉其间，与环境相宜。山石硕大垒垒，自然应以牛马熊罴作比，如用鸟雀虫鱼比喻则失真。

如此美好景色，却是"唐氏之弃地，货而不售"，无人问津，弃置不赏，"农夫渔父过而陋之"。联想柳宗元当时的处境与之何异？隐隐可见作者的寄托。触景生情，同病相怜之心油然而生。遂买其地，铲除秽草恶木，显露美竹奇石，使荒凉小丘面目一新。

小丘因作者的发现而被修葺，被欣赏；柳宗元因小丘而得以徜徉其间，愉悦身心。二者的际遇巧合，给失意的柳宗元带来了些许的慰藉。

小石潭记 柳宗元

从小丘西行百二十步,隔篁竹①,闻水声,如鸣佩环。心乐之,伐竹取道,下见小潭,水尤清冽。全石以为底,近岸,卷石底以出②,为坻③,为屿,为嵁④,为岩。青树翠蔓,蒙络摇缀,参差披拂。

潭中鱼可⑤百许头,皆若空游无所依,日光下澈⑥,影布石上。怡然⑦不动,俶尔⑧远逝,往来翕忽⑨,似与游者相乐。

潭西南而望,斗折蛇行⑩,明灭⑪可见。其岸势犬牙差互⑫,不可知其源。

坐潭上,四面竹树环合,寂寥无人,凄神寒骨,悄怆⑬幽邃。以其境过清,不可久居,乃记之而去。

同游者:吴武陵、龚古,余弟宗玄。隶而从者⑭,崔氏二小生:曰恕己,曰奉壹。

《柳宗元集》

【注释】

①篁(huáng)竹:竹林。

②卷石底以出:潭的石底从岸边翻卷出来。

③坻(chí):水中小洲。

④嵁(kān):不平的石头。

⑤可:大约。

⑥澈:直射,直透。

⑦佁（yǐ）然：愣在那里不动的样子。

⑧俶（chù）尔：忽然，突然。

⑨翕（xī）忽：轻捷快疾的样子。

⑩斗折蛇行：像蛇一样蜿蜒向前。斗，指北斗星，北斗星的七颗星排列似斗状，依次连线多曲折。

⑪明灭：形容小溪时隐时现，波光闪烁。

⑫差（cī）互：参差交错。

⑬悄怆：冷清寂静得使人感到凄楚伤感。

⑭隶而从者：跟着一块儿去的人。隶，隶属，此处是"跟随"的意思。

【赏读】

自"从小丘西行百二十步"至"参差披拂"，写出了小石潭藏在深山人未知的幽僻。闻水声，诱人之好奇，砍竹莽探究竟，方见小潭。景在人迹未到处。

下写潭中鱼，为数百余头。时而静止，时而突然轻快游动。加之投影水底石上，潭中光影交错，立刻由小潭的幽僻的静态转而为活泼的动感，化外依然有着生命的跃动。作者移情于鱼，似乎人知鱼之乐，鱼知人之乐，人与鱼共乐，忘却了平时的郁郁。

"卷石底以出"，一个"卷"字，把潭底和岸以舒缓的斜坡连作一体的形态，立刻呈现在人们的眼前。鱼在水中"若空游无所依"，似乎悬浮空中。既写出了鱼自在游动的悠然，也写出了水的至清至纯。与阳光直透潭底，鱼影布于石上相呼应。写溪水如"斗折蛇行，明灭可见"，"岸势犬牙差互"，既有其蜿蜒曲折、千回百折的行进之态，又有忽隐忽现、波光闪烁之状。笔墨极为简洁而意蕴丰富。

"不可久居"，从侧面凸显其极度的寂静，冷清寂静得令人感到忧惧不安。同时给人留下一个悬疑：景过清而不可久居处是何等景色？

小石城山记 柳宗元

自西山道口径①北，逾黄茅岭而下，有二道：其一西出，寻之无所得；其一少北而东，不过四十丈，土断而川分，有积石横当②其垠③。其上为睥睨④梁欐⑤之形；其旁出堡坞⑥，有若门焉。窥之正黑，投以小石，洞然⑦有水声，其响之激越，良久乃已。环之可上，望甚远。无土壤而生嘉树美箭⑧，益奇而坚⑨。其疏数⑩偃仰⑪，类智者所施设也。

噫！吾疑造物者之有无久矣，及是愈以为诚有。又怪其不为之中州，而列是夷狄，更⑫千百年不得一售其伎⑬，是固劳而无用，神者傥⑭不宜如是，则其果无乎？或曰："以慰夫贤而辱于此者⑮。"或曰："其气之灵，不为伟人⑯，而独为是物，故楚之南少人而多石。"是二者余未信之。

《柳宗元集》

【注释】

①径：一直。

②当（dǎng）：挡。

③垠（yín）：边界。此处指岸边。

④睥睨（pì nì）：女墙，城墙上的矮墙。

⑤欐（lì）：中梁。

⑥堡坞：土城。

⑦洞然：深邃的样子。

⑧箭：一种竹子。
⑨益奇而坚：更加奇特而坚挺。
⑩疏数（cù）：疏密。
⑪偃仰：俯仰。偃，俯。下俯上扬。
⑫更：经历。
⑬不得一售其伎：意谓不能展现它的魅力和价值。售，实现，达到；伎，同"技"，技艺。
⑭傥：同"倘"。
⑮以慰夫贤而辱于此者：以安慰那些有贤德而辱没于此的人。
⑯不为伟人：（灵秀之气）不结聚于伟大的人物。

【赏读】

写睥睨梁欐、写堡坞门洞、写嘉树美箭，人迹罕至处，大自然鬼斧神工却将土石造就了女墙、城堡之状，形成"小石城"。赞造化神奇之功，展自然景观之美，为下文造物者有无之辩预设了命题。

在此之前，作者对造物者是否存在思考很长时间了。小石城的发现，对作者的震撼如此之大，以至于消除了他对这一重大哲学命题的犹豫不决，确信造物者是存在的。这也就侧面突出了"小石城"自然景色之美。

但是如此美丽的景色何以不在中州，而置于偏远蛮荒之地？以至于千百年无人问津，不能将其自然之美呈现与人，供人欣赏。造物主将绝色胜景置于不当之处，劳而无功，这不应该是神祇所为。因而又怀疑造物者的存在，回到了原点。柳宗元是处不忘其流放之身，触景生情，为小石城藏于深山的遭遇而不平，借景发挥，以泄其"不才明主弃"的悲愤。

柳宗元不为山水而山水，仁智之见，皆有寄托。在没有多少土壤的地方，居然生长着"嘉树美箭"，而且"益奇而坚"。这里同样隐约可见作者身处逆境以物自况的影子。

游黄溪①记 柳宗元

北之晋②,西适豳③,东极吴④,南至楚⑤、越⑥之交,其间名山水而州者⑦以百数,永⑧最善。环永之治百里,北至于浯溪⑨,西至于湘之源,南至于泷泉⑩,东至于黄溪东屯⑪,其间名山水而村者以百数,黄溪最善。

黄溪距⑫州治七十里,由东屯南行六百步,至黄神⑬祠。祠之上,两山墙立,如丹碧之华叶⑭骈植⑮,与山升降。其缺者⑯为崖峭岩窟。水之中皆小石平布。黄神之上⑰,揭水⑱八十步,至初潭⑲最奇丽,殆⑳不可状。其略若剖大瓮,侧立千尺。溪水积焉。黛蓄膏淳㉑。来若白虹,沉沉无声,有鱼数百尾方来会石下。

南去又行百步,至第二潭。石皆巍然,临峻流,若颏颌龂腭㉒。其下大石杂列,可坐饮食。有鸟赤首乌翼,大如鹄㉓,方东向立。

自是又南数里,地皆一状㉔,树益壮,石益瘦,水鸣皆锵然。又南一里,至大冥㉕之川。山舒水缓,有土田。始,黄神为人时,居其地。

传者㉖曰:黄神王姓,莽㉗之世㉘也。莽既死,神更号黄氏,逃来,择其深峭者潜焉。始,莽尝曰:"余黄、虞之后也。㉙"故号其女曰"黄皇室主"㉚。"黄"与"王"声相迩㉛而又有本㉜,其所以传言者益验㉝。神既居是㉞,民咸安焉,以为有道,死乃俎豆之㉟，为立祠。后稍徙近乎民，今祠在山阴㊱溪水上。元和八年㊲五月十六日，既归为记，以启后之好游者。

《柳宗元集》

【注释】

①黄溪：源出湖南宁远北阳明山，西经零陵东北，北至祁阳合白江水，入湘江。唐代属永州。

②晋：指今山西、河北南部，陕西中部，河南西北部一带。

③豳（bīn）：唐代邠州，指今陕西彬县、旬邑与甘肃交界处一带。

④吴：指今江苏南部和浙江北部一带。

⑤楚：指湖南、湖北一带。

⑥越：指浙江东部一带。

⑦名山水而州者：以山水而闻名的州。

⑧永：指永州，治所在今湖南永州市零陵区。

⑨浯溪：在湖南祁阳南，北汇于湘江。唐诗人元结爱其地，居溪畔，命溪为"浯溪"。

⑩泷（shuāng）泉：水名。湖南与广东交界处有泷水（武水、武溪），源出湖南临武，经宜章，流入广东乳源县西北。此处有八泷，在永州东南。泷泉当在这一带。

⑪东屯：即黄溪畔的村庄。

⑫拒：与"距"通。

⑬黄神：事见下文。

⑭丹碧之华叶：红花绿叶。

⑮骈植：密集生长。

⑯缺者：指不生长植物的山崖。

⑰黄神之上：从黄神祠沿溪而上。

⑱揭水：撩起衣服涉水。

⑲初潭：第一潭。

⑳殆：几乎。

㉑黛蓄膏渟（tíng）：黛，妇女画眉的颜料。膏，油脂。渟，水止不流。

㉒颏颔龂（yín）腭（è）：颏，下巴。龂，同"龈"，牙龈。腭，口腔的顶壁，前部为硬腭，后部为软腭。

㉓鹄（hú）：天鹅。

㉔一状：一个样子。

㉕冥：同"溟"，海。

㉖传者：介绍关于黄神传说的人。

㉗莽：即王莽，汉元帝皇后的侄子，篡汉，改国号"新"。后绿林起义军攻入长安时被杀。

㉘世：后嗣。

㉙"余黄"句：王莽擅权摄政后，曾说"予伏念皇初祖考黄帝，皇始祖考虞帝"。说王姓是黄帝的后裔，虞舜的子孙。

㉚"故号"句：王莽女为汉平帝皇后。平帝死，王莽篡汉称帝，尊其女为皇太后、安定公太后。其女十八岁，因刘汉被废后，常称疾不出，王莽担心她太悲伤，想叫她改嫁，于是改称为"黄皇室主"，意思是新莽的公主，与汉朝无关，可另行再嫁。

㉛迩：近。

㉜本：根据。

㉝验：证实。

㉞是：这里，指黄溪一带。

㉟俎（zǔ）豆之：祭祀他。俎、豆，古代祭祀时的用具。引申为祭祀。

㊱阴：山北面。

㊲元和八年：公元 813 年。

【赏读】

  文中柳宗元做了一次"导游"。开始不无夸张地说：永州山水甲天下，黄溪山水甲永州。他的讲解，立刻吸引了"游客"，使游客产生了探幽访胜的冲动。于是他带领"游客"向黄溪进发。先参观了这里的名胜——黄神祠。山不在高，有仙则名，有了黄神祠，就提高了黄溪历史文化的厚重感。这里壁立千仞，皆为红花绿叶覆盖，没有草木覆盖处则是陡崖洞穴，景观壮丽。移步换景，进而进入初潭，更是天外有天，几乎"殆不可状"，无法以确切的语言来描述。其瑰丽景色更胜前者。最佳景点过后，第二潭则较为一般。

  前面景色目不暇接，如音乐之快节奏，"大弦嘈嘈如急雨"。到了第二潭，节奏则渐渐舒缓下来，就是"小弦切切如私语"了。"游客"大概也略有倦意了吧，正好有"大石杂列，可坐饮食"，略作小憩。待至到了"山舒水缓，有土田"处，则如"幽咽泉流冰下滩"，又是另一番境界。接着"导游"介绍这块平阔的土地，说"黄神为人时，居其地"，一句过渡，于是补充了黄神祠的历史传说。就这样，在"导游"的指引下，"游客"如亲临其境游遍了黄溪。

  写黄溪的山则雄奇墙立，忽高忽低，绵延起伏，红花绿叶斑斓多彩，让人纵横驰目，开我心胸；写潭水静者则暗绿寂然，盈盈乎平滑如凝膏。水色何以如黛？山色映水所致。流水则日映波光如白虹，水势汹涌何以悄然无声？溪水与潭水落差很小。作者观察细致，描写真切，且给读者预留想象的空间。

沧浪亭①记 苏舜钦②

予以罪废③,无所归,扁舟南游,旅于吴中④,始僦舍⑤以处。时盛夏蒸燠⑥,土居⑦皆褊狭,不能出气,思得高爽虚辟之地,以抒所怀,不可得也。

一日过郡学⑧,东顾草树郁然,崇阜广水,不类乎城中。并水⑨得微径于杂花修竹之间。东趋数百步,有弃地,纵广合五六十寻,三向皆水也。杠⑩之南,其地益阔,旁无民居,左右皆林木相亏蔽⑪。访诸旧老,云:"钱氏有国⑫,近戚孙承祐⑬之池馆也。"坳隆⑭胜势,遗意尚存。予爱而徘徊,遂以钱四万得之。构亭北碕⑮,号"沧浪"焉。前竹后水,水之阳⑯又竹,无穷极。澄川翠干,光影会合于轩户之间,尤与风月为相宜。

予时榜⑰小舟,幅巾⑱以往,至则洒然忘其归,箕⑲而浩歌,踞而仰啸,野老不至,鱼鸟同乐。形骸既适,则神不烦;观听无邪,则道以明。返思向之汩汩⑳荣辱之场,日与锱铢㉑利害相磨戛㉒,隔此真趣,不亦鄙哉!

噫!人固动物耳。情横于内而性伏,必外寓于物而后遣。寓久则溺,以为当然;非胜是而易之,则悲而不开。惟仕宦溺人为至深,古之才哲君子,有一失而至于死者多矣,是未知所以自胜之道。予既废而获斯境,安于冲旷㉓,不与众驱㉔,因之复能见乎内外失得之原,沃然有得,笑傲万古。尚未能忘其所寓目㉕,用是以为胜焉。

《苏舜钦集》

【注释】

①沧浪亭：在今江苏省苏州市，为苏州著名园林。

②苏舜钦（1008~1048）：北宋诗人，字子美，号沧浪翁，上世居蜀，后徙开封。仁宗景祐元年（1034）进士，历任蒙城、长垣县令，以及大理评事、集贤校理、监进奏院等职。在政治上属于范仲淹、杜衍等领导的革新集团，遭保守派弹劾，于庆历四年（1044）被罢黜。流寓苏州，建沧浪亭，发愤读书写作。诗与梅尧臣齐名，风格豪健，时称"苏梅"。好古文，工书法。有《苏学士文集》。

③以罪废：苏舜钦是由范仲淹推荐任集贤校理、监进奏院的，杜衍又是他的岳父，因此被视为范党，借故构陷。政敌攻击他于进奏院祀神时，用卖故纸公钱宴宾客，以"监主自盗"论罪，削职为民。

④吴中：指苏州。

⑤僦舍：租赁房屋。

⑥蒸燠（yù）：暑湿闷热。

⑦土居：当地的房子。

⑧郡学：苏州的官立学校。苏州旧称吴郡。

⑨并水：沿水而行。

⑩杠：小桥。

⑪亏蔽：遮掩隐蔽。

⑫钱氏有国：指五代时钱镠建立了吴越国。

⑬近戚孙承祐：最后一个吴越国王钱俶纳孙承祐之姐为妃，所以孙承祐为皇亲国戚，且官居要职。

⑭坳隆：指池馆高低错落有致。坳，低洼；隆，高起。

⑮碕：弯曲的河岸。

⑯阳：水的北面。

⑰榜：船桨，这里用作动词，划船。

⑱幅巾：古代男子以绢一幅束发，表示闲散。

⑲箕：箕踞，随意伸开两腿坐着，形如簸箕，一种轻慢、不拘礼节的坐的姿态。下句"踞"与此同义。

⑳汩汩：水急流貌，形容奔走、沉迷。

㉑锱铢：古代重量单位，六铢为锱，二十四铢为两。比喻微小。

㉒磨戛：摩擦撞击。

㉓冲旷：冲淡旷达。

㉔不与众驱：不和众人一样追名逐利。

㉕所寓目：指眼前的沧浪亭的美景。

【赏读】

北宋范仲淹等推行庆历新政，遭到保守派的激烈反对，而苏舜钦则在政治斗争的旋涡中沦为牺牲品。他的好友欧阳修为之叹息："嗟吾子美，以一酒食之过，至废为民，而流落以死。"(《苏学士文集序》)舜钦本是"慷慨有大志"、"以无闻为耻"的人，锐于进取，勇于言事，横遭迫害，心灵上蒙受了沉重打击。

《沧浪亭记》是他流寓苏州所作，是一个峣峣易折的知识分子的心灵自白，有反思，有感悟，而更多的是内心的痛苦挣扎。开头写暑热、潮湿、土屋狭隘，到了"不能出气"的地步，都是精神压抑苦闷的写照，渴望得到一个高爽空阔的生命空间。

漫步于草木蓊蔚的原野，依山傍水，寻幽觅径于杂花修竹之间，那三面环水的废旧池馆，引起了他的极大兴趣。离开污浊险恶的官场，置身于朴野纯美的大自然中，胸中的愤懑郁结得到排遣，这里就是他皈依的精神家园。一念之生，不可遏制，于是购地、建亭。行文虽简，一笔带过，其间包含了多少内心激荡的巨浪狂澜，建沧浪亭,就是他的"自胜之道"。"沧浪之水清兮,可以濯我缨;沧浪之水浊兮,可以濯我足",荡涤一身的尘世污浊,抚平灵魂的深创巨痛。

沧浪亭不求奢华绮靡,而以古朴清雅取胜。翠竹千竿,一泓碧水,绿暗亭轩,澄川映户,每当风晨月夕,凉飔林樾,寒波笼玉,一派清幽静谧之美。作者荡舟其间,草野便服,"箕而浩歌,踞而仰啸",亦可笑傲江湖。这里远隔尘寰,遗世独立,反观灵府,洞彻澄明,想到往昔汲汲奔走于名利之场,锱铢必较地陷于攘攘红尘,何其鄙陋!此篇是他的大彻大悟之语,深知"惟仕宦溺人为至深",寄情于山水,就是他疗救灵魂的良方。此段用了那么多的"胜"字,可见内心搏斗之激烈,他是多么渴望战胜内心那依然躁动的欲望!然而,"古之才哲君子,有一失而至于死者多矣",几乎成了他生命的谶语,仅在四年之后,舜钦被起用为湖州长史,未及赴任而卒,年仅四十一岁。他的英年早逝,使朋友们痛悼不已,引起了人们对他的悲剧人生的更深一层的思索。舜钦果真"自胜"了吗?只留下了沧浪亭,千秋百代,依然垂爱人间。

醉翁亭记 欧阳修①

环滁皆山也②。其西南诸峰,林壑尤美。望之蔚然而深秀者,琅邪③也。山行六七里,渐闻水声潺潺,而泄出于两峰之间者,酿泉④也。峰回路转,有亭翼然临于泉上者,醉翁亭也。作亭者谁?山之僧智仙也。名之者谁?太守自谓也。太守与客来饮于此,饮少辄醉,而年又最高,故自号曰"醉翁"也。醉翁之意不在酒,在乎山水之间也。山水之乐,得之心而寓之酒也。

若夫日出而林霏开⑤,云归而岩穴暝⑥,晦明变化者,山间之朝暮也。野芳发⑦而幽香,佳木秀而繁阴,风霜高洁,水落而石出者,山间之四时也。朝而往,暮而归,四时之景不同,而乐亦无穷也。

至于负者歌于途,行者休于树,前者呼,后者应,伛偻提携,往来而不绝者,滁人游也。临溪而渔,溪深而鱼肥;酿泉为酒,泉香而酒洌⑧;山肴野蔌,杂然而前陈者,太守宴也。宴酣之乐,非丝非竹⑨,射⑩者中,弈⑪者胜,觥筹⑫交错,起坐而喧哗者,众宾欢也。苍颜白发,颓然乎其间者,太守醉也。

已而夕阳在山,人影散乱,太守归而宾客从也。树林阴翳,鸣声上下,游人去而禽鸟乐也。然而禽鸟知山林之乐,而不知人之乐;人知从太守游而乐,而不知太守之乐其乐也。醉能同其乐,醒能述以文者,太守也。太守谓谁?庐陵欧阳修也。

《欧阳修全集》

【注释】

①欧阳修（1007～1072）：字永叔，号醉翁、六一居士。吉州吉水（今属江西）人，北宋文学家、史学家。天圣进士，曾任翰林学士、枢密副使、参知政事。谥号文忠。论文主张"明道"、致用，对宋初以来追求靡丽、险怪的文风不满，平生多奖掖后进，是北宋古文运动领袖。其散文畅达委婉，为"唐宋八大家"之一。其诗流畅自然，词风婉丽清新。曾与宋祁合修《新唐书》，并独撰《新五代史》。有《欧阳文忠公文集》。

②环滁皆山也：环绕滁州四周都是山。这是夸张说法，其实滁州只西南面有丛山。

③琅邪：东晋元帝以琅邪王渡江，曾驻扎滁州，所以滁州溪山都有琅邪之名。也作"琅琊"。

④酿泉：又名醴泉，是琅邪溪的源头之一。

⑤林霏开：林木间的云气消散。

⑥岩穴暝：山谷岩穴昏暗。

⑦野芳发：野花开放。

⑧泉香而酒洌："泉洌而酒香"的错置。

⑨非丝非竹：古代宴会时有乐工、歌妓弹唱，这里指有泉水的潺潺声伴奏，用不着乐器。丝，弦乐器。

⑩射：射箭。一说以箭投壶，投中者胜出，败方饮酒。

⑪弈：围棋。

⑫觥筹：酒杯和计数的酒筹。

【赏读】

奇丽的山川与旷世的奇才，二美相遇往往相得益彰。山川助诗人之笔，其灵气融入诗文，美轮美奂；诗人传山川之神，其才情化为华章，千古流芳。这就是中国文化史上地以人传、景以文传的现象。滕王阁与王勃，崔颢与黄鹤楼，岳阳楼与范仲淹，苏轼与赤壁等，都是雄文丽景的美妙结合。介于长江与淮河之间的滁州，本来是一个并不殷富繁华的地方，却因为太守欧阳修的一篇文章而名扬天下。这就是欧阳修于庆历六年所写的《醉翁亭记》。

从题目上看，应该是一篇亭台楼阁记，但实际上却是欧阳修精心结撰的一篇游记小品，表现了他贬官滁州之后的日常生活和精神状态。文章以醉翁亭为中心，描写了滁州琅邪山林壑清泉的秀美风光、朝暮四时的景物变化，滁人扶老携幼、歌声载途的游乐景象，以及太守宴请宾客、纵情欢乐的场景，用禽鸟的山林之乐与滁人的游览之乐来衬托太守寄情山水、与民同乐的旷达胸襟，尽管酣饮沉醉的酒杯之中潜藏着历经宦海波涛的苦恼与郁闷，但是欧阳修用富有诗情画意的笔墨将美景、乐事、雅怀交织在一起，展现出一派政通人和、宁静和谐的盛世气象，表现他摆脱个人得失、追求精神超越的人生境界。

本文描写景物具有简洁清丽、疏朗隽永的美。写全景仅用"蔚然而深秀"把握其概貌，写晦明变化与四时景象，也仅仅压缩在"日出而林霏开，云归而岩穴暝"；"野芳发而幽香，佳木秀而繁阴，风霜高洁，水落而石出"等貌似对偶而实为散文的句子中，还特意加上"者"、"也"等虚词，整散结合，文气疏畅，典型地体现出欧阳修散文委婉纡徐、条达疏畅的特色。

丰乐亭记　欧阳修

　　修既治滁之明年①，夏，始饮滁水而甘。问诸滁人，得于州南百步之近。其上则丰山耸然而特立，下则幽谷窈然而深藏，中有清泉，滃然而仰出②。俯仰左右，顾而乐之。于是疏泉凿石，辟地以为亭，而与滁人往游其间。

　　滁于五代干戈之际，用武之地也。昔太祖皇帝，尝以周师破李景兵十五万于清流山下，生擒其将皇甫晖、姚凤于滁东门之外，遂以平滁③。修尝考其山川，按其图记，升高以望清流之关④，欲求晖、凤就擒之所，而故老⑤皆无在者。盖天下之平久矣。自唐失其政，海内分裂，豪杰并起而争，所在为敌国者，何可胜数！及宋受天命，圣人出而四海一。向之凭恃险阻⑥，划削⑦消磨，百年之间，漠然徒见山高而水清。欲问其事，而遗老尽矣。

　　今滁介江淮之间，舟车商贾、四方宾客之所不至。民生不见外事，而安于畎亩⑧衣食，以乐生送死⑨。而孰知上之功德，休养生息，涵煦⑩于百年之深也！

　　修之来此，乐其地僻而事简，又爱其俗之安闲。既得斯泉于山谷之间，乃日与滁人仰而望山，俯而听泉。掇幽芳而荫乔木，风霜冰雪，刻露⑪清秀，四时之景，无不可爱。又幸其民乐其岁物之丰成，而喜与予游也。因为本其山川，道其风俗之美，使民知所以安此丰年之乐者，幸生无事之时也。

夫宣上恩德，以与民共乐，刺史[12]之事也。遂书以名其亭焉。

庆历丙戌六月日，右正言知制诰知滁州军州事欧阳修记。

《欧阳修全集》

【注释】

①治滁之明年：即庆历六年（1046）丙戌。

②翁然：水沸涌貌。仰出：向上涌出地面。

③"昔太祖"四句：赵匡胤是后周世宗柴荣属下的大将，世宗显德三年（956）赵匡胤从征淮南，南唐节度使皇甫晖、姚凤以十五万大军塞清流关，赵匡胤率兵袭击清流关，大破南唐兵于清流山下，生擒皇甫晖、姚凤，攻克滁州。太祖皇帝，即宋太祖赵匡胤。太祖是他的庙号。李景，即南唐中主李璟。

④按：查索。图记：地理图籍。清流之关：在滁州西北清流山上，南唐置，地极险要，是江淮地区的重要关隘，宋代在此设清流县。

⑤故老：经历过当年事件的老年人。与下文"遗老"同义。

⑥凭恃险阻：指凭借山川险阻的割据势力。

⑦划削：铲除。

⑧畎亩：田地，田间。

⑨乐生送死：快乐地活着，生儿育女，养老送终。指过太平日子。

⑩涵煦：滋润养育。

⑪刻露：毕露，意谓秋冬叶落草枯，山石巉岩嶙峋之态裸露出来。

⑫刺史：汉、唐时州的行政长官称刺史，相当于宋的知州，欧

阳修时任知州，习惯上称刺史。

【赏读】

　　与醉翁亭由山僧所建造不同，丰乐亭则是由欧阳修亲自组织修建的，构建在滁州南郊青山翠谷之间，这里：丰山孤峰耸立，直插云霄；三面翠竹环绕，凤尾萧萧；密篁深处藏着窈然的幽谷；山下甘甜清爽的泉水潋然喷涌而出，潺湲欢歌，淙淙流淌。如此静幽清丽的景致，嵌入壮丽宏敞的亭阁，点缀些玉树良木、嘉花芳草，加上浮岚暖翠、竹海清韵的渲染，蓝天紫霞、苍烟落照的映衬，真个是游乐休闲的好去处。不仅欧阳修盘桓流连不舍离去，而且滁人也成群结队络绎奔赴而来。

　　行文至此，突然宕开一笔，陡转入五代干戈之际发生在滁州的一件关乎天下安定的大事，追溯滁州的沧桑历史，生出烟波浩渺的感慨。原来，当年宋太祖率领后周军队在清流山下击溃南唐李璟的十五万大军，并活捉其大将皇甫晖、姚凤，就此平定了滁州。文章顿折到此处，还嫌不够，继续追溯到唐代失政导致海内分裂，引来群雄割据、逐鹿中原的混乱局面，只有等到大宋圣人出现，才结束瓜分豆剖的状态，恢复天下一统的和平世界。往事如烟，时间已经磨平了历史的痕迹，唯留下山水清秀的风景。由此可见，经过百年厮杀争夺、涵养滋息得来的和平安乐环境多么不易！

　　滁州处在江淮之间，陆不通车，水不行船，四方游客不至，人民生活简朴，过着与外界隔绝、乐生送死的宁静生活，但是有谁知道这是皇帝功德百年滋润化育的结果啊！因而由衷表达出对宋朝功德的歌颂。一路逶迤追怀，感慨良深，再转回到眼前和平闲适的世界。因为喜爱这里的偏僻宁静，政事简单，风俗安闲，因此，就常常观山听泉，啸咏终日，流连徜徉于山水之间。正如作者诗中所说："红树青山日欲斜，长郊草色绿无涯。游人不管春将老，来往亭前踏落花。"(《丰乐亭游春三首·三》)一面享受大自然四季景色的美妙多姿,一面与百姓庆祝年景的丰收,并让百姓知道能够安享这丰收欢乐的原因,是幸运地生活在太平无事的时代!最后交代文章主旨,说宣扬皇上的恩德来和百姓共同欢乐,这是州官的本分。因此,写下这篇文章,给亭子命名为"丰乐亭"。

这篇文章超越了个人的荣辱得失,真诚讴歌和平安乐的盛世,并以历史的沧桑,反衬平和安详的珍贵。以致此后的岁月中,滁州南涧的美景成为他屡次追怀的对象,"滁南幽谷抱千峰,高下山花远近红";"中间永阳亦如此,醉卧幽谷听潺湲"等诗句,依然表现出对滁州深情的依恋,丰乐亭成为他灵魂憩息的一个美好驿站。

结构上,精心设计,一路转折,层层宕开,结末才画龙点睛,收笔端庄凝重,意味深长,也典型地体现出欧文纡徐委婉、抑扬顿挫、一唱三叹、摇曳多姿的特色。

画舫斋记　欧阳修

予至滑之三月,即其署东偏之室,治为燕私之居①,而名曰画舫斋。斋广一室,其深七室②,以户相通,凡入予室者,如入乎舟中。其温室之奥③,则穴其上以为明;其虚室之疏以达④,则槛栏其两旁以为坐立之倚。凡偃休于吾斋者,又如偃休乎舟中。山石崷崒⑤,佳花美木之植列于两檐之外,又似泛乎中流⑥,而左山右林之相映皆可爱者。故因以舟名焉。

《周易》之象,至于履险蹈难,必曰涉川⑦。盖舟之为物,所以济难而非安居之用也。今予治斋于署,以为燕安,而反以舟名之,岂不戾⑧哉?况予又尝以罪谪,走江湖间,自汴绝淮,浮于大江,至于巴峡,转而以入于汉沔,计其水行几万余里⑨。其羁穷不幸⑩,而卒遭风波之恐,往往叫号神明以脱须臾之命者,数矣⑪。当其恐时,顾视前后,凡舟之人,非为商贾,则必仕宦。因窃自叹,以谓非冒利与不得已者,孰肯至是哉。赖天之惠,全活其生。今得除去宿负⑫,列官于朝,以来是州,饱廪食而安署居。追思曩时山川所历,舟楫之危,蛟鼍之出没,波涛之汹欻,宜其寝惊而梦愕。而乃忘其险阻,犹以舟名其斋,岂真乐于舟居者邪!

然予闻古之人有逃世远去江湖之上,终身而不肯返者,其必有所乐也⑬。苟非冒利于险,有罪而不得已,使顺风恬波,傲然枕席之上,一日而千里,则舟之行岂不乐哉!顾予诚有所未暇⑭，而舫者宴嬉之舟也，姑以名予斋，奚日不宜⑮。

予友蔡君谟⑯善大书，颇怪伟，将乞大字以题于楣。惧其疑予之所以名斋者，故具以云。又因以置于壁⑰。

壬午⑱十二月十二日书。

《欧阳修全集》

【注释】

①滑：滑州，今河南滑县。欧阳修于庆历二年（1042）十月到滑州任通判。署：官署，衙门。治：修理。燕私之居：歇息的地方。

②广一室，其深七室：一间房子宽，七间房子深。

③温室之奥：指画舫斋最里面的房子。奥，深处。

④虚室之疏以达：靠外边的房子没有墙壁，疏朗而通达。

⑤嶬崒（qiú zú）：峥嵘高峻的样子。

⑥泛乎中流：船行在大河之间。

⑦"《周易》之象"三句：《周易》的"象"辞，多用"利涉大川"比喻处境困难。象，《周易》中解释卦象的辞。

⑧戾：乖戾，悖谬。

⑨"况予"七句：欧阳修于景祐三年（1036）贬峡州夷陵令，由水路经汴河、淮河、长江到达贬所。宝元元年（1038）三月仍由水路经长江、溯汉水，调任光化军（治今湖北襄阳市）乾德县令。汉沔，汉水和沔水。沔水是汉水的上游。

⑩羁穷不幸：仕途挫折，颠沛流徙。

⑪叫号神明：呼唤上天保佑。数：屡次。

⑫除去宿负：免去以前受贬谪的罪愆。欧阳修宝元二年（1039）恢复原来的官职，次年进京，任馆阁校勘，权同知太常礼院。因议事不合，自请外职，被任命为滑州通判。

⑬"然予闻"三句：古书多有隐世逃名者的记载。

⑭诚有所未暇：意思是世乱方甚，自己应该做一番事业，还不能脱身世外，漫游江湖。

⑮奚日不宜：怎么能说不对呢？

⑯蔡君谟：蔡襄，字君谟，欧阳修的朋友，当时以书法著名。

⑰置于壁：刻石砌入墙壁间。

⑱壬午：庆历二年（1042）。

【赏读】

画舫是涂饰美观的大船，一般是停靠在湖泊港湾里供休闲游赏的交通工具，恐怕很难跟书斋发生联系，而欧阳修别出心裁，竟将自己在办公用署西边修建的燕私休憩的居所，命名为"画舫斋"，这就引起读者极大的探究兴趣，急切地想知道命名背后的原因与深意。

原来所谓的画舫斋，是宽一间深七间的书斋，从门户进入就像登上一条船，最里面的部分，开天窗引日光来照明，而外面则不设墙壁，只有几根可以倚立的栏杆，造成在房里如在舟中的感觉。两檐之外，堆立假山做成峥嵘突兀的形状，再点缀嘉花美木，让斋中人感觉是在泛舟中流，两岸连峰耸立，花草相互掩映，景致如画，赏心悦目。读到这里，给人气定神闲、生机无限的畅快感，不能不为欧阳修的生活情趣所打动。岂知这个奇妙的开头仅仅是个引子，只不过是为展开人生遭遇与表达宦海感悟作铺垫罢了。因为十几年来的人生历程就像在一艘孤舟之上漂泊，这自然让他想起《易经》以"涉川"来象征"履险蹈难"的爻辞。但是舟是用来济川的，不是用来安居的，以舟名燕私安居斋难道不违背常理吗？七年前，因为仗义执言，遭到诬陷，被贬夷陵县令，从汴河登舟，穿越淮河，进入长江，然后溯江而上，经三峡到达夷陵。三年后又从三峡沿江东下，再溯汉水北上，到达光化军乾德县任县令。前后算起来水路行程达几万里。数次遭遇风浪险些葬身波涛，幸而有神明相助，才活到今天，还能安闲地享受朝廷的俸禄。回想当时惊恐万状之际，身边还有许多船只在穿梭不息，这些人要么是为了经商求利，要么是像我一样被贬逐迫于无奈来漂流颠簸于波峰浪谷。那些惊风怒吼、蛟龙鼍鼍出没的情景和让人从噩梦中惊醒的乘船经历，深深印刻在心灵的深处，久久难以忘怀，而我竟然以舟名斋，岂不怪哉？难道我真的喜欢在船上生活吗？行文至此，还是疑窦丛生，不知欧阳修作文的本意，仿佛要乖戾到底。接着笔锋又一转，展现出另一派乘舟景象，如果去掉名利之心，能够像逍遥江湖的隐士一样，避开波浪滔天的恶劣环境，只待风和日丽、波恬浪静之时，驾一叶轻舟，荡漾在波光粼粼的湖面上，享受清风朗日的悠闲，一日千里无碍，那难道不是一件快乐的事吗？到此，方知欧阳修的本意，原来他是想借此斋托物言志，表明自己欲摆脱世间风波、追求宁静逍遥的闲适境界。这显然是他久历宦海体会官场险恶之后的彻悟。遗憾的是，他并没有走向归隐之途，而是像白居易一样选择了官居乐俸的中隐，实事上，他连中隐也没能做到，因此未来还有更大的风浪等着他呢！

　　文章最后才交代命名的原因，是怕蔡君谟题写匾额时有疑惑，才一路迤逦婉转解释疑问。这篇文章显然含有欧阳修年轻时期对宦海风波的真切感受，也流露出厌弃官场的情绪，但文笔幽默风趣又使文章摇曳生姿，韵味隽永。结构上最大的特点是始终假设有一人不断地提出疑问，文章就在不断解答这些问题，答疑完毕，文章也就戛然而止。正如浦起龙《古文眉诠》所评："因名写趣，因名设难，因名作解，亦是饱经世故之言。"洵为探骊得珠之论。

游大字院记[①] 欧阳修

六月之庚,金伏火见[②],往往暑虹昼明,惊雷破柱,郁云蒸雨,斜风酷热[③]。非有清胜,不可以消烦炎,故与诸君子有普明后园之游。

春笋解箨[④],夏潦[⑤]涨渠。引流穿林,命席当水[⑥]。红薇始开,影照波上。折花弄流,衔觞[⑦]对弈。非有清吟啸歌,不足以开欢情,故与诸君子有避暑之咏[⑧]。

太素[⑨]最少饮,诗独先成,坐者欣然继之。日斜酒欢,不能遍以诗写,独留名于壁而去。他日语且道之,拂尘视壁,某人题也。因共索旧句[⑩],揭之于版,以致[⑪]一时之胜,而为后会之寻云。

《欧阳修全集》

【注释】

①这篇游记小品写于宋仁宗天圣九年(1031),当时欧阳修在洛阳任西京留守推官。本文记录了他和友人的一次游园活动。大字院:洛阳普明寺后面的一所清静的园林。

②金伏火见:指黄昏前。金,金星,也称启明、长庚、太白,在诸星中最明亮。火,亦称大火,即心宿二。每年夏历五月黄昏时,火星出现在南方,方向最正,位置最高。六月之后,就偏西下行。

③"往往"四句:四句极力形容夏季酷热难耐的雷雨天气。暑虹昼明:傍晚前雨后出现明亮的彩虹。

④解箨：脱去笋壳。
⑤夏潦：夏天雨后的积水。
⑥引流穿林，命席当水：沿着河流穿过树林，面对河水席地而坐。
⑦衔觞：饮酒。觞，酒杯。
⑧避暑之咏：以避暑为题的诗歌。
⑨太素：张太素，欧阳修的朋友。
⑩共索旧句：一起回忆往日的诗句。
⑪致：表达。

【赏读】

　　这篇游记是欧阳修年轻时期的作品，当时他在洛阳任钱惟演幕下的西京留守推官。钱氏是西昆派的领袖之一，为文作诗讲究锤炼典饰，追求雍容典雅的风度。这种作风自然对欧阳修有一定的影响。与前面三篇相比，显然这篇文章骈俪气息较浓重，但也流露出散体化的倾向。文章的核心是记叙一次消解酷热的游乐活动，而结构上有模拟王羲之《兰亭集序》的痕迹。

　　开篇交代游大字院的原因是酷暑难耐，人们最需要找一清静凉爽的胜境，来消解酷暑带来的烦闷心情。而洛阳普明寺后面的园子就是理想的场所，于是风流潇洒的文士们就来到了园中。这一片园林正是初夏浓荫匝地的景象：春笋已经长出了嫩叶，将舒未舒的枝条上还挂着笋壳，竹节上长出一层细腻的白粉，给人清新明媚的美感；河水涨满，绿波盈盈，河流两岸绿草如茵，野花灿然，花瓣草叶上还挂着颗颗晶莹的露珠。于是他们沿河进入园林深处，在岸边席地而坐。此时正是蔷薇花开的季节，鲜红的花朵簇缀在攀援的藤蔓上，倒映入水中，煞是可爱。清幽胜境引发大家的逸兴，有人折花嗅香，有人涉足清流，有人饮酒啸咏，有人对弈闲谈，还不足以尽兴，于是大家饮酒赋诗。而那位最不善饮的张太素却诗先成，然后大家纷纷成韵，直到日斜酒阑，在墙壁上题名然后离去。事后，大家共索旧句，编辑成集，作为将来探寻欢会踪迹的缘由。

尽管没有当年王羲之等人兰亭雅集的天朗气清、惠风和畅的美妙佳景，也没有兴尽悲来的人生萧瑟感慨，而文人寻幽探奇、饮酒赋诗的兴致则是相同的；尽管没有"后之视今犹今之视昔"的悲慨，但是作为他日相聚的回忆而特意留存则是一份对生命历程的珍重。文章布置井然有序，以一个"游"字贯通全篇，结尾悠然期待来日的相会，展现出年轻的欧阳修富于青春的激情和潇洒不羁的性格。文章虽不及《兰亭集序》深刻，但仍富于隽永的韵味。

书临皋亭① 苏 轼②

东坡居士酒醉饭饱，倚于几上，白云左绕，清江右洄，重门洞开，林峦坌③入。当时，若有所思又无所思，以受万物之备。惭愧！惭愧！

《东坡志林》

【注释】

①临皋亭：在黄州（今湖北黄冈）城南的一个水驿官亭，濒临长江。苏轼贬谪黄州寓居于此。

②苏轼（1037~1101）：字子瞻，号东坡居士，北宋眉州眉山（今属四川）人。嘉祐二年（1057）进士。曾任凤翔府签判，神宗朝出为杭州通判，知密州、徐州、湖州。因"乌台诗案"被诬入狱，贬为黄州团练副使。哲宗时任翰林学士知制诰，出知杭州、颍州，官至礼部尚书。后又贬惠州、儋州。徽宗时遇赦北还，不久即逝世。苏轼是一位全才，文、诗、词都足以"雄视百代"，书画也有很高造诣。有《东坡全集》等。

③坌（bèn）：并，一起。

【赏读】

临皋亭，一个僻处荒远的水驿官亭，因为苏轼曾经在此寓居而闻名。苏轼身陷囹圄四个月又二十天，元丰三年（1080）二月一日到贬谪之地黄州。最初寓居定惠院，家属到来之后，移居临皋亭。到黄之初，心情十分沉重，"未脱罪籍，身非我有"（《答圆通秀禅师》),惊魂甫定,余悸犹存。但是,扁舟草屦,放浪山水间,亦足以抚平心灵的深创巨痛。黄州期间是苏轼思想臻于成熟的阶段,化激切而为旷达。此则小品,为临皋亭而书,信手拈来,率性为文,似不经意的闲闲笔墨,仅四十余字,然而其中却也蕴涵着他对人生的透彻了悟:面对漫长的放逐生涯,他将何以自处?这是无数先贤圣哲都难以破解的人生困惑。

  临皋亭俯迫大江,几席之下,云涛接天,江南诸山尽收眼底,可望见水上风帆上下,苏轼《南堂》诗有云"卧看千帆落浅溪","挂起西窗浪接天",阴晴烟雨,晓夕百变,置身此景此境,苏轼似乎找到了心灵的止泊之所。首句便是"东坡居士酒醉饭饱",一派旷然天真的东坡本色。"倚于几上",悠哉游哉,睥睨尘俗。"白云左绕,清江右洄",白云为伴,清江为侣,徜徉于云光水色之中,大有蝉蜕于尘埃之外的襟怀,清空旷远,洒脱飘逸。"重门洞开,林峦坌入",隐喻打开自己的心扉,山川风物亦自媚人,青葱的茂林,秀拔的峰峦,纷至沓来地扑入眼帘。"若有所思又无所思",胸中廓然无一物,表里澄澈,物我两忘,宠辱俱泯,纵有谪居之怨,流落之悲,也如云烟过眼,随缘自化。"以受万物之备",以这样的精神境界来享受和拥有大自然所赐予的一切。此句最为令人怦然心动。攘攘红尘,芸芸众生,有几个人能尽享大自然的丰厚赐予?往往因为一叶之障、一念之壅,而与人生至乐失之交臂。无怪乎苏轼要连呼:"惭愧!惭愧!"纵然罪废窜逐,亦可笑傲人生。他甚至不无夸张地在词中写道"临皋烟景世间无"(《浣溪沙》),足见他对这个贬谪之所的深情眷恋了。

游沙湖① 苏 轼

黄州东南三十里为沙湖，亦曰螺师店。予买田其间，因往相田②得疾。闻麻桥人庞安常③善医而聋，遂往求疗。安常虽聋，而颖悟绝人，以纸画字，书不数字，辄深了④人意。余戏之曰："余以手为口，君以眼为耳，皆一时异人也。"

疾愈，与之同游清泉寺⑤。寺在蕲水⑥郭门外二里许，有王逸少⑦洗笔泉，水极甘。下临兰溪⑧，溪水西流。余作歌⑨云："山下兰芽短浸溪，松间沙路净无泥，萧萧暮雨子规啼。谁道人生无再少⑩？君看流水尚能西，休将白发唱黄鸡⑪。"是日剧饮⑫而归。

《东坡志林》

【注释】

①游沙湖：此篇题一作《游兰溪》。

②相田：考察田地。

③庞安常：名医庞安时，字安常，湖北蕲水人。《宋史》方技有传。中医世家，聪颖过人，儿时读书过目辄记，精研医理，苏轼称其"脉药皆精，博学多识"（《与苏子容》），尤精针灸，善疗奇疾。著有《难经辨》。

④了：理解，知晓。

⑤清泉寺：在蕲水县东北二里。

⑥蕲水：县名，故城在今湖北蕲水县东三十里。

⑦王逸少：东晋书法家王羲之，字逸少，相传他临池学书，池水尽黑。

⑧兰溪：指蕲水县东之兰溪，发源于箬竹山，以其侧多兰而得名。

⑨作歌：即下面这首歌词，调名《浣溪沙》。

⑩谁道人生无再少：古诗《长歌行》："百川东到海，何时复西归？少壮不努力，老大徒伤悲。"此处反用其意。

⑪休将白发唱黄鸡：意谓不要对着报晓的黄鸡悲叹自己的白发。本于白居易《醉歌示妓人商玲珑》诗："谁道使君不解歌，听唱黄鸡与白日。黄鸡催晓丑时鸣，白日催年酉前没。腰间红绶系未稳，镜里朱颜看已失。"这里亦是反其意而用之。

⑫剧饮：痛饮。

【赏读】

这是一则即兴漫笔的小品，娓娓道来，妙趣横生，摇荡一两笔，便觉风情无限，可见东坡的诙谐幽默，亦可见东坡的神采飞扬。

《东坡志林》记载："元丰五年三月，予偶患左手肿，安常一针而愈，聊为记之。"《游沙湖》就是记叙他与庞安常一见如故的交谊，所谓"乐莫乐兮新相知"。《东坡志林》中还有一些涉及庞安常的韵事。"庞安常为医，不志于利，得善书古画，喜辄不自胜"，一副大喜若狂、手舞足蹈之态可掬。于是苏轼就酬他字画。后来请胡道士看病，没钱酬劳，也给他行草数纸，戏称"这是安常的老例，不可不照办"，可见他们相互戏谑的交情。再看此篇描写：安常是位聋子医生，跟他交流，只能以纸画字。这两个人居然能够沟通，而且还能志趣相投，款款通深曲，无怪乎苏轼要夸他"颖悟绝人"，写不了几个字，就深深理解了自己的心意。他们所谈的，恐怕不仅仅是求诊问药之类，也许海阔天空，胡侃一通。想象中这两个人纸上聊天，写写画画、眉飞色舞的样子，真是令人忍俊不禁。所以苏轼跟他开玩笑说："余以手为口，君以眼为耳，皆一时异人也。"诙谐之中亦蕴涵着些许感慨：安常身怀绝技而埋没草野，东坡才华绝世而沦为逐客，他们都是那个时代的"异人"，言下颇有一些惺惺相惜的知己之感了。

后段写同游清泉寺，赏憩洗笔泉、兰溪。山崖水涘，吟啸徐行，短短的兰芽浸于溪边泽畔，松间小路沙白藓碧，洁净无泥，在萧萧暮雨中杜宇一声啼破寂静的山野，景色清幽静谧，令作者兴会飙举。文章迤逦写来，至此则奇峰突起，"谁道人生无再少？君看流水尚能西，休将白发唱黄鸡"，令人如闻钧天之乐。谁说人生不能重返青春年少？眼前或许风雨凄凄，忧患丘山，但是亦可视若轻尘，安知自己不能谱写新的人生篇章？大有"老夫聊发少年狂"的气概，人们由此看到了那个在逆境中依然充满生活情趣的东坡。黄鸡催晓，白日催年，流光易逝，人生苦短，而苏轼则从这种种人生困惑中突围而出，他也确实迎来了自己创作生涯的春天。

记承天寺①夜游　苏　轼

元丰六年②十月十二日，夜，解衣欲睡，月色入户，欣然起行。念无与乐者，遂至承天寺，寻张怀民③。怀民亦未寝，相与步于中庭。

庭下如积水空明，水中藻荇④交横，盖竹柏影也。

何夜无月，何处无竹柏？但少闲人如吾两人者耳。

《东坡志林》

【注释】

①承天寺：故址在今湖北黄冈市南。距临皋亭不远。

②元丰六年：公元1083年。此时苏轼贬居黄州已近四年。

③张怀民：张梦得，字怀民，一字偓佺。元丰六年贬谪到黄州，初到时寓居承天寺，曾筑亭于住所之旁，可以纵览江山胜概。苏轼名之曰"快哉亭"，并作《水调歌头》词相赠，苏辙也为他写了一篇《黄州快哉亭记》，彼此交谊甚深。

④藻荇：水草名。藻，水藻；荇，荇菜，根生水底，叶浮水面。

【赏读】

《记承天寺夜游》是中国小品文的经典之作，人称"仙笔也。读之觉玉宇琼楼，高寒澄澈"（《唐宋十大家全集录·东坡集录》）。东坡总是能将那种稍纵即逝的美的感受，收摄笔底，使之长留人间，使刹那间的一点飘忽的灵思妙悟，化为艺术的永恒。

首段叙夜游之时、地、人物。在一个初冬的萧瑟清寒的夜晚，本已欲睡，但是"月色入户"。东坡见月如见故人，诗文中屡屡言及："可怜明月如泼水，夜半清光翻我室。"（《次韵孔毅父》）月色撩人的款款深情，使他睡意顿消，欣然起行。如此寂寥的寒夜，能与自己同赏月色的，唯张怀民而已。那是一位灵犀相通的挚友。张怀民同样贬谪黄州，当个主簿之类的挂名差事，苏辙称赞他"不以谪为患……而自放山水之间"（《黄州快哉亭记》），苏轼赠词揄扬："一点浩然气，千里快哉风！"（《水调歌头》）他们也可称得上"同是天涯沦落人"了。

以下写景，则为神来之笔。"庭下如积水空明，水中藻荇交横，盖竹柏影也。"寒宵风立，月光如水，清辉皎洁得如梦如幻，恍入仙境，错觉"庭下如积水空明"，极言月色之清澈澄明，宛如一泓碧水，潋滟波光；水草纵横交错，或浓或淡，漂浮摇曳其间，原来是竹柏影落庭墀，娟娟弄姿，秀媚可人。写的是冰清玉洁、纤尘不染的月色，也是他们二人光明峻洁、表里澄澈的心境，写得晶莹剔透，冰魂玉骨，沁人心脾，臻于醇美之境。

尾声，"何夜无月，何处无竹柏？但少闲人如吾两人者耳"。篇末点出"闲人"二字，是自嘲，也是自伤。苏轼曾云："江山风月，本无常主；闲者便是主人。"（《临皋闲题》）唯"吾两人"是"闲人"，才有雅兴赏此冷月琼瑶，固然足以自宽自慰，但是苏轼毕竟是有志用世之人，"闲人"略如今之所谓"被边缘化"，有幸而为"风月主人"，不免带着自嘲的微笑，也有挥之不去的落寞悲凉。

记游定惠院① 苏 轼

　　黄州定惠院东，小山上，有海棠一株，特繁茂。每岁盛开，必携客置酒，已五醉②其下矣。

　　今年复与参寥师③及二三子④访焉，则园已易主。主虽市井人，然以予故，稍加培治。山上多老枳⑤，木性瘦韧，筋脉呈露，如老人项颈，花白而圆，如大珠累累，香色皆不凡。此木不为人所喜，稍稍伐去；以予故，亦得不伐。

　　既饮，往憩于尚氏之第。尚氏亦市井人也，而居处修洁，如吴越间人，竹林花圃皆可喜。醉卧小板阁上，稍醒，闻坐客崔成老⑥弹雷氏琴⑦，作悲风晓月，铮铮然，意非人间也。

　　晚乃步出城东，鬻⑧大木盆，意者谓可以注清泉，瀹⑨瓜李。遂夤缘⑩小沟，入何氏、韩氏⑪竹园。时何氏方作堂竹间，既辟地矣，遂置酒竹阴下。有刘唐年主簿者，馈油煎饵，其名为甚酥⑫，味极美。客尚欲饮，而予忽兴尽，乃径归。道过何氏小圃，乞其丛橘⑬，移种雪堂之西。

　　坐客徐君得之⑭将适闽中，以后会未可期，请予记之，为异日拊掌⑮。时参寥独不饮，以枣汤代之。

《东坡题跋》

【注释】

　　①定惠院：在黄州（今湖北黄冈）东南。苏轼元丰三年（1080）二月到黄州，最初寓居定惠院，同年五月移居临皋亭。

②五醉：此游在元丰七年（1084）三月初三日，在黄州已经五次见此海棠花开，醉饮其下。

③参寥师：僧道潜，号参寥子，住杭州智果寺。能诗文，是苏轼的好友。苏轼贬居黄州，参寥不远千里前来看望，留住一年光景。

④二三子：同游者有崔成老、徐得之等人。

⑤枳：木名，也称枸橘。木似橘而小，茎上有刺，春生白花，至秋成实，果小，味酸苦不能食，可入药。

⑥崔成老：崔闲，字成老，号玉涧，庐山道士。他是琴曲《醉翁操》的作者沈遵的弟子，精古琴。曾往黄州访苏轼，成为挚交琴友。

⑦雷氏琴：唐代古琴制作业以雷氏家族最为著名，称"雷公琴"、"雷氏琴"。

⑧鬻：此处意谓"买"。

⑨渝：浸渍。

⑩夤缘：沿着。

⑪何氏、韩氏：指何圣可、韩毅甫。

⑫为甚酥：一种米粉做的油煎饼，甚酥美，苏轼起名"为甚酥"。

⑬丛橘：一丛橘树。

⑭徐君得之：徐大正，字得之，黄州知州徐大受（君猷）之弟，苏轼的好友。

⑮拊掌：拍掌，意谓开怀大笑。

【赏读】

此篇记叙了作者与几个好友酣畅的一日游，信笔挥洒，韵趣天然，风致翩翩。苏轼是个重情的人，此时他到黄州已是第五个年头，山川风物，新知旧雨，都使他充满了依恋。此篇融注其中的就是作者那无限缱绻的一往深情。

定惠院本是一个荒僻的小小寺院，只因苏轼在此写了那么多绝妙诗文，它才得以名垂后世。而定惠院的海棠，正是苏轼情有独钟的"绝艳"。初到黄州，他就写了咏海棠诗："也知造物有深意，故遣佳人在空谷。"（《寓居定惠院之东杂花满山有海棠一株土人不知贵也》）自怜幽独，寄托了无限的身世感慨。西蜀有"香海棠国"之称，这株海棠也许移自西蜀；苏轼以蜀人而贬谪黄州，命运何其相似？自从他吟出"天涯流落俱可念"之句，就把海棠视为同命相怜的知己。从此每年海棠盛开，他都携客载酒，共饮花下，如今已是"五醉"，也可称是一代情痴了。

醉卧小板阁上，闻崔成老弹雷氏琴，堪称风流佳话。苏轼家有雷公琴一张，"庐山处士崔成老弹之，以为其音色绝伦"（《东坡志林》）。此处写在蒙眬中闻泠泠琴音，"作悲风晓月，铮铮然，意非人间也"，极言琴曲摇魂荡魄的魅力，琮琮琤琤，凄清彻骨，令人翛然尘外，惝恍于广寒清虚之府。

以下写傍晚漫步，买大木盆、竹荫小饮、吃油煎饼等等，都写得很亲切，很温馨，趣味盎然。徐得之请他作记，"以后会未可期"，这是点题的话，渗透其中的是人生聚散无常的感慨。就在此游的两三天后，传来量移汝州的信息，四月苏轼就离开了黄州。已经登舟离去，"回望东坡，闻黄州鼓角，凄然泣下"（《梁溪漫志》）。对于黄州——当自己跌入人生谷底之际，曾经善待过自己的这一片热土，岂能无情？所以此篇游记，其实也带有"别黄州"的意味。他写了那么多的故人故事，看似散漫，实则珠穿玉缀，句句含情，字字生香，这里留下了他生命中彩虹一抹的记忆，也隐含了些许依依难舍的凄楚。

记游庐山[①] 苏 轼

仆初入庐山,山谷奇秀,平生所未见,殆[②]应接不暇,遂发意不欲作诗。已而见山中僧俗,皆云:"苏子瞻来矣!"不觉作一绝云:

芒鞋[③]青竹杖,自挂百钱[④]游。

可怪深山里,人人识故侯[⑤]。

既自哂前言之谬,又复作两绝,云:

青山若无素[⑥],偃蹇[⑦]不相亲。

要识庐山面,他年是故人。

又云:

自昔忆清赏[⑧],初游杳霭间[⑨]。

如今不是梦,真个是庐山。

是日有以陈令举[⑩]《庐山记》见寄者,且行且读,见其中云徐凝、李白之诗[⑪],不觉失笑。旋入开先寺[⑫],主僧求诗,因作一绝[⑬]云:

帝遣银河一派垂,古来惟有谪仙辞。

飞流溅沫知多少?不与徐凝洗恶诗。

往来山南北十余日,以为胜绝,不可胜记,择其尤者,莫如漱玉亭、三峡桥,故作此二诗[⑭]。

最后与总老[⑮]同游西林[⑯],又作一绝云:

横看成岭侧成峰,到处看山了不同[⑰]。

不识庐山真面目,只缘身在此山中。

仆庐山诗尽于此矣。

《东坡志林》

【注释】

①游庐山:苏轼于元丰七年(1084)四月离开黄州,过九江,遂游庐山。

②殆:几乎。

③芒鞋:草鞋。

④挂百钱:晋代阮修,阮咸从子,常步行,以百钱挂杖头,至酒店,便独酣饮。

⑤故侯:作者自指。

⑥素:老交情,往日的情谊。

⑦偃蹇:高傲,傲慢。

⑧自昔忆清赏:《苏轼诗集》卷十三作"自昔怀清赏",应作"怀"字,意谓久怀游览庐山的愿望。

⑨初游杳霭间:《苏轼诗集》作"神游杳霭间",意谓神游于庐山的雾霭间。

⑩陈令举:陈舜俞,字令举,湖州乌程(今属浙江)人。苏轼的朋友。因反对青苗法而遭贬黜。

⑪徐凝、李白之诗:徐凝,中唐诗人,浙江桐庐人。元和年间官至侍郎。《全唐诗》有其诗一卷,存诗九十一首。他的《庐山瀑布》诗见后赏读文。李白之诗即指《望庐山瀑布》其二:"日照香炉生紫烟,遥看瀑布挂前川。飞流直下三千尺,疑是银河落九天。"

⑫开先寺:原作"开元寺",庐山有开先寺,应作"先"。

⑬因作一绝:此诗题为《戏徐凝瀑布诗》,诗前有序:"世传徐

凝瀑布诗云'一条界破青山色',至为尘陋。又伪作乐天诗称美此句,有'赛不得'之语。乐天虽涉浅易,然岂至是哉!乃戏作一绝。"

⑭故作此二诗:二诗见于《苏轼诗集》,题名《开先漱玉亭》、《栖贤三峡桥》,总题《庐山二胜》。

⑮总老:常总,宋名僧,时为庐山东林寺主。

⑯西林:指西林寺。此诗即《题西林壁》。

⑰到处看山了不同:了,加重否定语气。此句《苏轼诗集》一作"远近高低各不同"。

【赏读】

此篇记述了苏轼在庐山的漫游,信笔行之,夹叙夹议,诗文相映,似为漫不经心的随笔,其实或许也蕴涵了他对庐山、对诗歌,乃至对人生的诸多思考。

曾经引起争论的是苏轼对徐凝的酷评。徐凝是位有些名气的诗人,他的《忆扬州》诗"天下三分明月夜,二分无赖是扬州",也曾脍炙人口。他想追蹑谪仙李白,作《望庐山瀑布》诗:"虚空落泉千仞直,雷奔入江不暂息。今古长如白练飞,一条界破青山色。"他未尝不追求穷工极巧:"千仞直"比李白的"三千尺"还要夸张;"白练飞",曲尽形容,但是比起"银河落九天",毕竟气格卑弱;"界破青山",想要力透纸背,却毫无灵气。他写得过于直白,很实,很板,意想平淡,从根本上说,他没有李白的天仙化人的禀赋,也就写不出李白诗的那种空灵飘逸的神采。苏轼讥他"至为尘陋",可谓别具慧眼。然而,问题在于:贬斥徐凝之后,又当如何?苏轼其实面临着和徐凝同样的困境,"李白题诗在上头"。但是,他终于写出了《题西林壁》。

最可玩味的是:此文中涉及了两首巅峰之作——李白的《望庐

山瀑布》其二和苏轼的《题西林壁》，二诗皆是吟咏庐山的千古绝唱。苏轼所从事的也许是开辟鸿蒙的事业，别辟蹊径，自成面目。"横看成岭侧成峰，远近高低各不同"，以大气包举的手笔，勾勒庐山全貌，峰峦纵横，气象万千；"不识庐山真面目，只缘身在此山中"，信手拈来，皆成妙谛，简直到了禅悟之境。古往今来，人们多少失误、失败，乃至演出历史悲剧，都是"只缘身在此山中"的局限。所以这两句诗蕴涵了苏轼对于人生哲理的深刻思考，真可以说是唤醒人间痴迷的当头棒喝。

对比李白、苏轼这两首诗，就可清楚唐诗与宋诗的不同特色。人们常说：唐诗重情韵，宋诗重理趣。因为唐诗已经登峰造极，宋人所面对的是高峰、是巨人、是天才，几乎无可超越，而亦步亦趋的模仿，只能当个侏儒。最终，宋人还是走出了自己的路。唐诗深情远韵，空灵蕴藉；而宋诗则精深透辟，虽然不如唐诗兴象华妙，却能给人以心灵的启迪。而苏轼就以《题西林壁》二十八个字的一首绝句，变尽唐人面目，开创了宋代诗风。从此中国诗歌史上才有"尊唐"、"宗宋"两大流派，双峰并峙，二水夹流。

游白水书付过[①] 苏 轼

绍圣元年[②]十月十二日,与幼子过游白水佛迹院[③]。浴于汤池[④],热甚,其源殆可熟物。循山而东,少北,有悬水[⑤]百仞。山八九折,折处辄为潭,深者缒石[⑥]五丈,不得其所止。雪溅雷怒,可喜可畏。水崖有巨人迹数十,所谓佛迹也。

暮归倒行[⑦],观山烧,火甚,俯仰[⑧]度数谷,至江。山月出,击汰[⑨]中流,掬弄珠璧[⑩]。

到家二鼓,复与过饮酒,食馀甘[⑪]煮菜。顾影颓然,不复甚寐,书以付过。东坡翁。

《东坡志林》

【注释】

①白水:白水山,在今广东增城市东南,苏轼《白水山佛迹岩》诗自注:"罗浮之东麓也,在惠州东北二十里。"过:苏轼第三子,名过,字叔党。苏轼被贬惠州,苏过随侍身边。

②绍圣元年:公元1094年。绍圣,宋哲宗年号。

③佛迹院:在白水山佛迹岩附近的寺庙。

④汤池:温泉。

⑤悬水:瀑布。

⑥缒石:用绳系石下坠,以测水深。

⑦倒行:即却行。苏轼《和陶〈归园田居〉六首》序云:"游白水山佛迹岩,沐浴于汤泉,晞发于悬瀑之下,浩歌而归。肩舆却

行,以与客言。……"肩舆即今滑竿之类,由两人持竿共抬一竹椅。此即意谓乘肩舆背向归途,面向山路,等于倒退而行,可观山景。

⑧俯仰:指在山路间上上下下。

⑨汰:水波。"击汰"语出《楚辞·涉江》。

⑩珠璧:指倒映在水中的月亮。

⑪馀甘:剩余的饭菜。

【赏读】

苏轼于绍圣元年(1094)十月二日到惠州。他的仕宦生涯大起大落,在朝官至端明殿学士、礼部尚书;哲宗朝,连遭贬黜,一月之内降官三次,最后贬为建昌军司马、惠州安置。他已五十九岁,风烛残年,兄弟同窜,家属离散,病骨支离。苏轼自己不免浩叹:"某仕不知止,临老窜逐,罪垢增积,玷污亲友。"(《答王商彦》)但是此时苏轼比起被贬黄州时期更加淡泊,对穷通荣辱淡然处之。游白水山是在这年十月十二日,刚到惠州贬所十天,间关万里,征尘未洗,居然有兴出游,一览岭南风光,可见他的素怀洒落、履险如夷了。

此文信笔挥洒,如风吹水上,自成文理,烟波无限。叙一日游踪,或详或略,或惜墨如金,一笔带过;或略加点染,风致嫣然。白水山之胜迹:温泉、佛迹,均笔墨省净,如蜻蜓点水;独于瀑布,绘声绘色,豁人眼目。"悬水百仞",白水山有瀑布如白练,以此得名。瀑布从百仞悬崖飞流直下,颓洞撼谷,"雪溅雷怒",水石撞击,激起的浪涛如雪花飞溅,伴随着砰訇巨响如雷霆轰鸣。如此奇观,惊心动魄,目眩神迷。苏轼与友人书亦曾形容:"今日游白水佛迹山,山上布水三十仞,雷辊电散,未易名状,大略如项羽破章邯时也。"(《答陈季常书》)

归时乘肩舆"倒行",观山烧,在暮色苍茫中,点缀山间的野火,嫣红明艳,映着夕照晚霞,构成十分瑰美的奇观。以下以极清丽之笔,写月夜归舟。"击汰中流,掬弄珠璧",舟楫击拍着清澈空明的江水,一轮明月倒映水中,如同沉璧,珠辉玉映,娟娟弄影,流光荡漾,令人禁不住要掬弄江水,捧起那光华璀璨的水中沉璧。这是一幅多么幽美静谧的图画!苏轼此时心境,同样皎洁,了无纤尘,令人想起他的诗句:"浮云世事改,孤月此心明。"(《次韵江晦叔》)

尾声写归来与爱子过饮酒食菜,家常絮语,"顾影颓然",自顾颓然醉态,不免流露了些许飘零天末的伤感吧。

记游松风亭[①] 苏 轼

余尝寓居惠州嘉祐寺[②],纵步松风亭下,足力疲乏,思欲就林止息。望亭宇尚在木末[③],意谓是如何得到?良久,忽曰:"此间有什么歇不得处!"由是如挂钩之鱼,忽得解脱。若人悟此,虽兵阵相接,鼓声如雷霆,进则死敌,退则死法[④],当恁么时[⑤],也不妨熟歇[⑥]。

《东坡志林》

【注释】

①松风亭:在惠州嘉祐寺附近之山巅,植松二十余棵,清风徐来,松声如涛,因谓之松风亭,是当时的游览胜地。

②嘉祐寺:苏轼于绍圣元年(1094)十月二日至惠州,初寓官舍合江楼,同月十八日迁于嘉祐寺。

③木末:树梢。

④死法:受军法制裁而死。

⑤恁么时:这时候。

⑥熟歇:好好歇息一番。

【赏读】

苏轼小品,常常融注了一些睿智的人生哲理。此篇记游,实为解剖自己的心路历程,近于禅宗的顿悟,读来如晨钟暮鼓,发人深省。

他的步履艰难的游踪,令人感到似曾相识。从寓所漫步松风亭下,本想一凌绝顶,登上亭子,远眺云山缥缈,聆听松涛澎湃,然而,无奈老迈气衰,足力不济,困顿难行,想要就在林中休息一下,但是目的未达,又心有不甘。仰望松风亭尚在山巅树梢之上,可望而不可即,不禁哀叹:这样如何到得绝顶?读了东坡这段描述,令人黯然神伤。他写的何止是一次小小的游山,其实写的也是漫漫的人生之路。滚滚红尘,芸芸众生,谁没有过如此这般的经历?人生的目标如此辉煌,而且诱人,但它隔于邈邈云端,可望而不可即,纵然壮志凌云,欲搏击长空,其奈力不从心,毛羽摧折。是前行,还是止息?是不甘言败,还是舍弃初衷?——人们就在这样两难的抉择中苦苦挣扎。

"良久,忽曰:'此间有什么歇不得处!'"此为文章之精魂,一念之间,顿悟禅机,如同一瓢冷水,一声断喝,唤醒世上的梦中人:什么地方都可歇得,没有什么目标是非达到不可的!东坡是达者,也是智者。历来人们都崇尚执著精神,不达目的,绝不罢休,但是过犹不及,执著太过则是画地为牢,作茧自缚,自己将自己套牢。东坡参透人生三昧,此文讲的就是人生也要学会舍弃、舍得,为什么一定要登上那自我心设的极点呢?舍得,就可一切放下,"由是如挂钩之鱼,忽得解脱",茅塞顿开,灵府清明,如脱钩之鱼,重返自然,那不堪承载的人生重荷,就此卸却了。东坡所引"兵阵相接"的比喻,令人想起他的人生之旅:看过去,历尽劫波;望前途,凶险莫测;今日,在这惠州僧舍,"也不妨熟歇"。东坡的超然旷达、随缘自娱,乃至他的幽默,令人感佩,也令人矜怜。

书上元夜游 苏 轼

己卯①上元②,余在儋耳③,有老书生数人来过,曰:"良月佳夜,先生能一出乎?"余欣然从之。步城西,入僧舍,历小巷,民夷④杂糅,屠酤⑤纷然,归舍已三鼓矣。

舍中掩关⑥熟寝,已再鼾⑦矣。放杖而笑,孰为得失?问先生何笑,盖自笑也。然亦笑韩退之⑧,钓鱼无得,更欲远去⑨,不知钓者未必得大鱼也。

《东坡志林》

【注释】

①己卯:元符(宋哲宗年号)二年,公元1099年。
②上元:农历正月十五日为上元节。
③儋耳:古郡名,宋儋州昌化军,今海南省儋州市。
④民夷:指汉族与当地黎族等少数民族。
⑤屠酤:卖肉的卖酒的,泛指市井中的各色人等。
⑥掩关:闭门。
⑦再鼾:醒而复睡。
⑧韩退之:韩愈,字退之,唐代著名的散文家、诗人。
⑨"钓鱼"二句:韩愈《赠侯喜》诗,有"君欲钓鱼须远去,大鱼岂肯居沮洳"之句。沮洳,即泥潭。

【赏读】

苏轼晚年,以六十多岁的高龄,再贬儋耳。过海之际,不免凄然,叹息"某垂老投荒,无复生还之望"(《与王敏仲书》)。本文作于他到儋耳后的第三个年头,寥寥一百多字,尺幅小品,文笔湛秀,情思隽永,乃苏轼小品文中风致绝佳的极品。它将人们带入了千年前海南岛的那个上元节之夜,虽无中州的繁华景象,但却气韵生动,那一片清辉的海岛月华,那一份逸兴遄飞的惬意,还有那哲人的沉思遐想,都涵泳着冰心玉壶的美感。

此时苏轼已对海南的乡风民俗感到亲切,与当地土著融洽无间。良宵佳夜,老书生数人盛情相邀出游,暖意融融,似乎乡关万里、海角天涯的飘零之感也已淡去不少。城西的月色,僧舍的灯火,小巷的窈深,信步闲游,不觉来到闹市街头。"民夷杂糅,屠酤纷然",淡淡两笔,点染出了椰林海岛的异乡情调,小城街衢的市井喧闹:各种不同服色、不同民族的人们熙熙攘攘;肉坊酒肆生意红火,笑语腾喧。他也去大快朵颐了吧?竟然流连到了夜半更深。

归来家人早已闭门鼾睡,他"放杖而笑",此情此境,与他在黄州时所作的《临江仙》词"……家童鼻息已雷鸣,敲门都不应,倚杖听江声",何其相似乃尔!同样都是在喧嚣已经逝去之后,同样都是在月白风清之夜、更深人寂之时,独立苍茫,对自我灵魂的审视。"孰为得失?"这是点睛之笔,提出了一个天问式的亘古之惑。当人生之路即将走到尽头之际,总不免回首前尘,再向自己大起大落的宦海生涯凝眸一瞥,孰为得?孰为失?——这是对生命存在价值的终极拷问。"自笑",因为荣辱沉浮,穷通得失,都已如云烟过眼,如今混迹屠户酒徒的市井,却能达到"华夷两樽合,醉笑一欢同"(《冬至与诸生饮酒》)的境界。"然亦笑韩退之",韩愈将钓鱼比做求官,所谓"高可以钓爵位"(韩愈《答窦秀才书》),钓鱼不得,可怜兮兮。苏轼无非是嘲笑他过于官迷罢了。

此则小品,叙事,洗尽铅华;喻理,情韵兼胜。如天籁,如璞玉,可与《记承天寺夜游》相媲美。

龙井①题名记 秦 观②

元丰二年③中秋后一日,余自吴兴④过杭,东还会稽⑤。龙井辨才法师⑥以书邀予入山。比⑦出郭,已日夕,航湖至普宁⑧,遇道人参寥⑨。问龙井所遣篮舆⑩,则曰:"以不时至,去矣。"

是夕,天宇开霁⑪,林间月明,可数毫发,遂弃舟从参寥,策杖并湖⑫而行。出雷峰⑬,度南屏⑭,濯足于惠因涧。入灵石坞⑮,得支径上风篁岭⑯,憩龙井亭⑰,酌泉据石而饮之。自普宁经佛寺十,皆寂不闻人声。道旁庐舍⑱,或灯火隐显,草木深郁,流水激激⑲悲鸣,殆非人间有也。

行二鼓矣,始至寿圣院⑳,谒辨才于潮音堂。明日乃还。

《淮海集》

【注释】

①龙井:本名龙泓,在杭州西湖西南风篁岭,岭上有泉,即龙井。

②秦观(1049~1100):字太虚,后改字少游,号淮海居士,北宋扬州高邮(今属江苏)人。元丰八年(1085)进士。曾任秘书省正字、兼国史院编修官等职。政治上属于旧党,绍圣后屡遭贬谪,文辞为苏轼所赏识,为"苏门四学士"之一。工诗文,其词清丽凄婉,为婉约派代表作家。

③元丰二年:公元1079年。元丰是宋神宗年号。

④吴兴:湖州州治所在地,即今浙江省湖州市。

⑤会稽：今浙江绍兴。

⑥辨才法师：宋代高僧，名元静，曾在西湖灵隐山天竺寺任住持十七年，苏轼第一次赴杭州任通判时即与他相识。此时他是龙井寿圣院住持。

⑦比：及至。

⑧普宁：寺院名。

⑨参寥：杭州诗僧道潜，号参寥子，苏轼的至交。

⑩篮舆：竹轿。此句意谓问龙井派来接他的竹轿。

⑪开霁：放晴。

⑫策杖：拄杖。并湖：沿湖。

⑬雷峰：峰名，在杭州西湖南岸夕照山上，南屏山净慈寺前，旧有塔，即雷峰塔。

⑭南屏：山名，南屏晚钟为西湖胜景。

⑮灵石坞：山名，一名积庆山。

⑯风篁岭：在西湖西南，相传晋葛洪曾在此炼丹。环山产茶，即著名的西湖龙井茶。

⑰龙井亭：辨才法师所建。苏轼访辨才于龙井，辨才送至岭上，左右惊曰："远公过虎溪矣！"（引高僧慧远送陶渊明过虎溪事）遂造亭岭上，名曰"过溪"，亦曰"二老"。

⑱庐舍：人家，住宅。

⑲激激：水流迅疾声。

⑳寿圣院：距龙井一里，始建于五代，称报国看经院；北宋熙宁中改称寿圣院，东坡题额；南宋淳祐六年（1246）改龙井寺。

【赏读】

元丰二年（1079），苏轼自徐州调任湖州，过高邮，与秦观、参寥同船南下，二人送他至吴兴分手。秦观到会稽省亲后，惊闻苏轼身陷囹圄，匆匆又回吴兴问讯，然而苏轼已于七月二十八日在湖州被捕，押赴京师，八月十八日送进御史台诏狱。秦观悯悯而归。本文即作于此时，八月十六日，自吴兴，过杭州，东还会稽，因辨才法师邀他相见，才有此番龙井夜游。他心情的黯然沉重，可想而知。西湖无复白日的明媚鲜妍，色彩缤纷，唯见风露浩然，冷月无声。意境凄清幽悄，文笔湛秀蕴深。

此夕天霁月朗，一轮蟾影，万象澄澈，可数毫发。曳杖行于月影斑驳的林间幽径。依稀雷峰塔影，萧疏南屏晚钟，趟过惠因涧水，终于登上风篁岭。小憩龙井亭，形神俱忘，酌甘泉颓然倚石而饮。他和参寥、辨才都是东坡挚友，或许就是共同的思念和殷忧，才有他们的此番相聚。自普宁凡经佛寺十五，梵呗寂然，阒无人声，道旁庐舍，灯火隐约明灭，草木蓊黑深郁，流水泠泠悲鸣，凄清彻骨，殆非人间之境。往昔欢笑如昨，恍然已成隔世。这幅黯淡的图景，大约就是他心境的投影，排遣不了黯然消魂的迷惘和悲凉。

一年后，苏轼已经谪居黄州，参寥、辨才从杭州遣人来问候，并随寄上秦观的这篇《龙井题名记》，苏轼为此撰《秦太虚题名记》一文以报之："览太虚题名，皆予昔时游行处，闭目想之，了然可数。"抚今追昔，感慨万端，旧游如梦，后会难期，自己历尽劫波，惊魂甫定，对于朋友患难中见真情的流露，弥足珍贵。这也成为文坛的一段佳话。

新城游北山记[①] 晁补之[②]

　　去新城之北三十里，山渐深，草木泉石渐幽。初犹骑行石齿[③]间。旁皆大松，曲者如盖，直者如幢[④]，立者如人，卧者如虬[⑤]。松下草间有泉，沮洳伏见[⑥]，堕石井，锵然[⑦]而鸣。松间藤数十尺，蜿蜒如大蚿[⑧]。其上有鸟，黑如鸲鹆[⑨]，赤冠长喙[⑩]，俯而啄，磔然[⑪]有声。

　　稍西，一峰高绝，有蹊介然[⑫]，仅可步。系马石觜，相扶携而上。篁筱[⑬]仰不见日，如[⑭]四五里，乃闻鸡声。有僧布袍蹑履[⑮]来迎，与之语，愕而顾，如麋鹿不可接。顶有屋数十间，曲折依崖壁为栏楯[⑯]，如蜗鼠缭绕乃得出。门牖相值[⑰]，既坐，山风飒然[⑱]而至，堂殿铃铎[⑲]皆鸣。二三子相顾而惊，不知身之在何境也。且暮，皆宿。

　　于时九月，天高露清，山空月明，仰视星斗皆光大[⑳]，如适在人上[㉑]。窗间竹数十竿，相摩戛，声切切不已。竹间梅棕，森然如鬼魅离立突鬓[㉒]之状。二三子又相顾魄动而不得寐。迟明[㉓]皆去。

　　既还家数日，犹恍惚若有遇，因追记之。后不复到，然往往想见其事也。

《鸡肋集》

【注释】

　　①新城：宋代为杭州属县，今属浙江桐庐。北山：即官山，在

新城北，故称北山。

②晁补之（1053～1110）：字无咎，号济北，晚号归来子，北宋济州巨野（今属山东）人。少以文才受苏轼赏识，为"苏门四学士"之一。元丰二年（1079）进士。曾任礼部郎中，兼国史编修等职。生平多次遭贬。晚年退居乡里，筑归来园隐居。诗、词、文俱著称于时。有《鸡肋集》、《晁氏琴曲外编》。

③石齿：乱石参差不齐如齿形。

④幢：古代用于仪仗的圆筒形的旗幡。

⑤虬：传说中的龙的一种，形容偃卧盘曲的松树。

⑥沮洳：低湿之地。伏见：时隐时现。

⑦锵然：声音响亮清脆。

⑧虺：蝮蛇一类的毒蛇。

⑨鸲鹆：鸟名，即八哥。

⑩喙：鸟嘴。

⑪磔然：鸟鸣声，形容令人悚然的声音。

⑫蹊：山间小路。介然：意谓画出窄窄一线。

⑬篁筱：泛指密密的竹林。

⑭如：前行。

⑮蹑履：趿拉着鞋。

⑯栏楯：栏杆。楯，栏杆的横木。

⑰门牖相值：门窗相对。

⑱飒然：形容沙沙的风声。

⑲铃铎（duó）：指檐角下所挂的大小铃铛。

⑳光大：又大又亮。

㉑在人上：就在人的头顶上。

㉒离立：并立。突鬓：毛发耸立之状。

㉓迟明：黎明。

【赏读】

　　熙宁间晁补之之父为新城县令,补之随父同往新城。其时苏轼为杭州通判,补之撰《七述》,叙钱塘风物之美,苏轼叹曰:"吾可以搁笔矣。"补之由此名声震响,拜在苏轼门下,亲聆教诲二年之久。《新城游北山记》当作于此时期中。

　　此篇别具一格。人们见惯了江南水乡柔青软黛的秀媚、花朝月夕的艳冶,几曾见过如此骇目惊心的奇观?这里没有名胜古迹、祇园精舍,几乎还是一片未经开凿、荒僻幽深的原生山林,灵奇诡异,充满了神秘恐怖的氛围。作者笔力巉刻峻洁,摹景状物,惟妙惟肖,穷形极相,令人如身临其境,乍喜乍惊。

　　写松,姿态横生,一任天然,曲垂的如盖,参天的如幢,矗立的如人,偃卧的如龙,令人只能惊叹大自然的鬼斧神工。松下清泉漫衍,在草泽湿地间时隐时现,落入石井中,锵然作金石声,划破深山老林的寂静;松间老藤长数十尺,盘曲缠绕在奇松怪木之间,蜿蜒如同毒蛇巨蟒;松上还有色黑似八哥的异鸟,红冠长嘴,俯而啄食,磔磔怪叫,令人毛骨悚然。

　　始犹骑马行乱石间,继则一峰耸峙,高插云表,山间小路,崎岖陡绝,仅可容步。系马步行攀援,篁竹丛深,拂天蔽日,在蓊黑浓翠、翳翳无光的林间,行四五里,始闻鸡鸣。正待寻觅荒村野店,却见深山老僧相迎。此僧却也有些荒寺古韵,穿着布袍、趿拉着鞋,大约因为此地人迹罕至,见了几位不速之客,"与之语,愕而顾,如麋鹿不可接",竟然目瞪口呆。僧舍更加离奇,峰顶有屋数十间,曲曲折折,依悬崖绝壁而为栏杆,人战战兢兢,如蜗行鼠窃一般,方可出入。既坐,绝顶空旷临风,但闻风声飒飒入耳,殿堂檐角铃铎齐鸣。众人胆战心怯,面面相觑,不知是否尚在人境。

　　最精彩的则是夜宿荒寺。"天高露清,山空月明",无怪乎人称补之笔走珠玉，一笔写出秋月空山的神韵，凉沁沁，露晶晶，幽美绝伦。星斗大而明亮，仿佛就在人的头顶上，举手可掇，此非亲身经历者不能道。窗前数十竿竹在秋风凛冽中相摩戛，瑟瑟作响，如闻鬼哭；挺拔的竹，娟秀的梅，楚楚棕榈，在月光皎皎中投影窗上，竟森森然如鬼魅，毛发耸立，蓬飞虬张，势欲攫人。众人魂飞魄散，惴惴不能成寐。如此新奇而刺激的经历，可遇而不可求，常常浮现眼前，故为记。

过东流县① 陆 游②

二十八日,过东流县不入。自雷江③口行大江,江南群山,苍翠万叠,如列屏障,凡数十里不绝。自金陵④以西,所未有也。是日,便风张帆,舟行甚速。然江面浩渺,白浪如山,所乘二千斛舟⑤,摇兀掀舞,才如一叶。

过狮子矶⑥,一名佛指矶,藓壁百尺,青林绿筱⑦,倒生壁间,图画有所不及。犹恨舟行北岸,不得过其下。旁有数矶,亦奇峭,然皆非狮子比也。至马当⑧,所谓下元水府⑨,山势尤秀拔,正面山脚,直插大江。庙依峭崖架空为阁,登降者,皆自阁西崖腹小石径,扪萝⑩侧足而上,宛若登梯。飞甍曲槛⑪,丹碧缥缈,江上神祠,惟此最佳。

舟至石壁下,忽昼晦,风势横甚,舟人大恐失色,急下帆,趋小港,竭力牵挽,仅能入港系缆。同泊者四五舟,皆来助牵。早间同行一舟,亦蜀舟也。忽有大鱼,正绿,腹下赤如丹,跃起舵旁,高三尺许,人皆异之。是晚,果折樯破帆,几不能全,亦可怪也。入夜,风愈厉,增十余缆。迨⑫晓,方少定。

《入蜀记》

【注释】

①东流县:在今安徽省东至县境内,位于长江中下游南岸。

②陆游(1125~1210):南宋诗人,字务观,号放翁,越州山阴(今浙江绍兴)人。孝宗时,赐进士出身,曾任镇江通判。四十

六岁,入蜀任夔州通判,入四川宣抚使王炎幕府,襄赞军务。晚年退居乡里。诗、词、文兼长,诗名最著。著有《剑南诗稿》、《渭南文集》、《入蜀记》等。

③雷江:长江支流。

④金陵:即南京。

⑤二千斛舟:承载二千斛的大船。

⑥狮子矶:在今安徽省东至县境内长江岸边。矶,水边的大岩石。陆游《入蜀记》第二:"凡山临江,皆曰矶。"

⑦筱:小竹。

⑧马当:山名,在今江西省彭泽县东北,邻近安徽,北临长江。山形似马,故名。今作"马垱"。

⑨下元水府:下元,道教称水中为下元,亦指水府。水府,神话传说中水神或龙王所居之处。

⑩扪萝:扪,攀援。萝,女萝,蔓生植物,色青灰,缘松柏或其他乔木而生,亦有寄生石上者。

⑪飞甍:指飞檐。槛:栏杆。

⑫迨:及至。

【赏读】

乾道六年(1170),陆游四十六岁,入蜀任夔州通判,闰五月十八日由故乡山阴启程,十月二十七日到达夔州,行程一百六十天,"道路半年行不到,江山万里看无穷"(《水亭有怀》),道路迢遥,风波险恶,水驿山程,飘零天末,不免有"万里羁愁添白发"(《黄州》)之叹。沿途山川景物、名胜古迹、风土人情、轶闻异事等等,一一逐日记载,汇为《入蜀记》一书,森罗万象,美不胜收。

本文写舟行大江的快意和惊险。开篇为宏观描写,视野开阔,江南群山,苍崖翠壁,千重万叠,秀色参天,如锦屏绣障,迤逦排开,绵延数十里不绝。此日顺风,扬帆疾驶,江面浩然无际,云水渺茫,白浪如山,所乘二千斛的大船,在洪波巨浪中,颠簸掀舞,竟如一叶飘零。寥寥几笔,令人顿时感到宇宙之寥廓,生命之渺小,它仿佛也象征着人的生命历程,轻如一叶的自我,在人生的惊涛骇浪中奋力拼搏,逆流而上。

继而以浓墨重彩,具体描绘山崖水涘的瑰玮奇观。狮子矶,苔藓蒙壁,崚嶒百尺,青葱的林木,欹斜的绿竹,倒挂在石壁间,画图也未能如此姿态横生。至马当,孤峰秀拔,直插大江。神庙依悬崖峭壁架空而建,楼阁峥嵘,登降此阁都从阁西崖腹中的小石径,攀援女萝,侧足而上,胆战心惊,宛若登上天梯。从舟中遥望神庙,朱甍碧瓦,九曲栏杆,丹碧生辉,缥缈于云霞掩映之际。神庙之奇诡宏丽,匪夷所思。

篇末,写江上风涛,倏忽之间,白日如晦,狂风横肆,怒涛汹涌,舟人大惊失色,急避入港。妙趣横生的是:忙中穿插一笔,忽有大鱼,正面色绿,腹下赤如丹,在舵旁跃起,高三尺许,大约是不祥之兆吧,是晚,果然樯折帆破,岌岌可危。

过澎浪矶、小孤山① 陆 游

八月一日，过烽火矶。南朝自武昌至京口，列置烽燧②，此山当是其一也。自舟中望山，突兀而已。及抛江过其下，嵌岩窦穴③，怪奇万状，色泽莹润，亦与他石迥异。又有一石，不附山，杰然特起，高百余尺，丹藤翠蔓，罗络其上，如宝妆屏风。是日风静，舟行颇迟，又秋深潦缩④，故得尽见。杜老⑤所谓"幸有舟楫迟，得尽所历妙"也。

过澎浪矶、小孤山，二山东西相望。小孤属舒州宿松县，有戍兵。凡江中独山，如金山、焦山、落星之类，皆名天下。然峭拔秀丽，皆不可与小孤比。自数十里外望之，碧峰巉然孤起，上干云霄，已非他山可拟；愈近愈秀，冬夏晴雨，姿态万变，信造化之尤物⑥也。但祠宇极于荒残，若稍饰以楼观亭榭，与江山相发挥，自当高出金山之上矣。庙在山之西麓，额曰"惠济"，神曰"安济夫人"。绍兴⑦初，张魏公⑧自湖湘还，尝加营葺，有碑载其事。又有别祠在澎浪矶，属江州彭泽县，三面临江，倒影水中，亦占一山之胜。舟过矶，虽无风，亦浪涌，盖以此得名也。昔人诗⑨有"舟中估客莫漫狂，小姑前年嫁彭郎"之句，传者因谓小姑庙有彭郎像，澎浪庙有小姑像，实不然也。晚泊沙夹⑩，距小孤一里。微雨，复以小艇游庙中。南望彭泽、都昌诸山，烟雨空濛，鸥鹭灭没，极登临之胜，徙倚⑪久之而归。方立庙门，有俊鹘⑫搏水禽，掠江东南去，甚可壮也。庙祝⑬云："山有栖鹘甚多。"

《入蜀记》

【注释】

①澎浪矶：在今江西彭泽西北，隔江与小孤山相对。小孤山：在今安徽宿松东，江西彭泽北，孤峰突兀，直插天半，故名孤山。因其峭拔秀丽，形如发髻，俗称髻山。

②烽燧：古代报警的两种信号，夜间举火叫"烽"，白天烧烟叫"燧"。

③嵌岩：凹陷的山岩。窦穴：洞穴。

④潦缩：积水逐渐减少。

⑤杜老：杜甫，此诗句引自杜甫《次空灵岸》诗。

⑥尤物：珍奇之物；亦指绝色美女。

⑦绍兴：宋高宗年号。

⑧张魏公：张浚，南宋抗金名将，字德远，绵竹人。孝宗时，除枢密使，都督江淮军马，封魏国公。他曾经因力主抗战而被黜，贬永州。此篇所云"自湖湘还"，即指自贬所湖南永州还。

⑨昔人诗：指苏轼《李思训画长江绝岛图》诗。

⑩夹：港汊，江河中可泊船的地方。

⑪徙倚：徘徊，流连。

⑫俊：通"峻"，大。鹘：鹰类猛禽。

⑬庙祝：庙宇中管香火的人。

【赏读】

小孤山，屹立于烟波浩渺的大江之中，陆游对其充满了憧憬和期待。从数十里外遥望小孤山，碧峰高耸，直插云霄，一空倚傍，矗立于水天空阔的背景上，她的俏丽之姿，宛如一位云鬟高绾的美女，越是走近她，她就显得越加秀美。苍松古柏，山花翠竹，掩映于烟岚云岫之间，想象中随着四季变化、阴晴雨雪，小孤山愈加千姿百态，风光旖旎。无怪乎陆游惊叹：她真是大自然所创造的绝美之物。在人们的心目中，小孤山成为妩媚可爱的少女，于是有了小姑嫁彭郎的传说。与小孤山遥遥相对的澎浪矶，水流湍急，虽无风，亦波浪澎湃，以此得名。民间将"小孤"讹为"小姑"，"澎浪"讹为"彭郎"，苏轼诗云："舟中估客莫漫狂，小姑前年嫁彭郎"，奉劝舟中估客：不要触景生春，漫发狂想，小姑前年早已嫁给了彭郎。幽默俏皮的一句玩笑，留下了青春靓丽的光泽和永不褪色的诗情画意。美妙的传说与绮丽的风光，使小孤山充满了浪漫情调。

  小姑被尊为"安济夫人"，无非祈求保佑水上安澜。但是山上祠宇极其荒废残破。张魏公即张浚，力主抗金，屡起屡谪。他是陆游的故交，隆兴元年，张浚以右丞相都督江淮路军马，陆游曾参加他所主持的北伐，陪他雪夜巡江，彼此结为知己。此时陆游来到小孤山上，见到故人"尝加营葺"的庙宇已经残败不堪，只留下了空载其事的石碑，想到故人久已长逝，他们共同拥有的北伐复国的梦想，也早已破灭，岂能不心潮澎湃，感慨万端！

  尾声，情韵悠扬。晚间细雨霏微，又划着小艇到小孤山的庙中游览。南望彭泽、都昌的群山，烟雨空濛，鸥鹭忽隐忽现，一派缥缈迷茫，极尽登高眺远之胜概，徘徊流连了许久。伫立庙门，忽有一只巨大的鹰隼俯冲攫抓水禽，横掠江面，往东南方向飞去，其矫健的雄姿和强悍的生命力，令他久久不能平静。

登秋风亭、白云亭① 陆 游

二十一日,舟中望石门关,仅通一人行,天下至险也。晚泊巴东县。江山雄丽,大胜秭归②。但井邑③极于萧条,邑中才百余户,自令廨④而下,皆茅茨⑤,了无片瓦。权⑥县事秭归尉右迪功郎王康年、尉兼主簿右迪功郎杜德先来,皆蜀人也。谒寇莱公⑦祠堂,登秋风亭,下临江山。是日重阴,微雪,天气飂飘⑧,复观亭名,使人怅然,始有流落天涯之叹。遂登双柏堂、白云亭。堂下旧有莱公所植柏,今已槁死。然南山重复,秀丽可爱。白云亭则天下幽奇绝境,群山环拥,层出间见⑨;古木森然,往往二三百年物;栏外双瀑,泻石涧中,跳珠溅玉,冷入人骨。其下是为慈溪,奔流与江会。予自吴入楚,行五千余里,过十五州,亭榭之胜,无如白云者,而止在县廨听事⑩之后。巴东了无一事,为令者可以寝饭于亭中,其乐无涯。而阙令⑪动辄二三年,无肯补者,何哉?

《入蜀记》

【注释】

①秋风亭、白云亭:在湖北巴东县,北宋名臣寇准任巴东县令时所建。

②秭归:县名,属湖北。

③井邑:市井。

④廨:官舍,官署。

⑤茅茨：茅屋。

⑥权：暂时代理官职。

⑦寇莱公：寇准，字平仲，华州下邽（今陕西渭南）人。曾任巴东县令。辽军攻宋，寇准坚决主战。两度为相，封莱国公。后被丁谓等人陷害遭贬，客死雷州。

⑧飗（liáo）飘：阴冷风飘。

⑨见：同"现"。

⑩听事：厅堂。

⑪阙令：空缺县令。阙，同"缺"。

【赏读】

陆游入蜀之前，曾写有《通判夔州谢政府启》："……今将穷江湖万里之险，历吴楚旧都之雄，山巅水涯，极诡异之观；废宫故墟，吊兴亡之迹……"可见他沿途寻幽访胜，是有抚今追昔、凭吊兴亡之意。

秋风亭、白云亭都是寇准所建，陆游此番登临，已是距寇准在巴东百年之后。对于这位力主抗战的名相，陆游十分崇敬，《秋风亭拜寇莱公遗像》诗之二"巴东诗句澶州策，信手拈来尽可惊"，就是在寇莱公祠堂得句。此日彤云密布，初雪微茫，天气阴冷，悲风猎猎，联想到秋风亭的命名，顿时一种萧瑟秋意袭来，使人怅然，感慨万千，始有天涯流落之叹。此时他已将至任所，回首家山，乡关万里，水远山长，飘零天末；而祠堂中那位人们缅怀的先贤，虽然曾经荣华富贵、显赫一时，却终不免远窜南荒，客死异乡，让人不免产生"同是天涯沦落人"的感叹。

白云亭，幽丽奇秀，风致绝佳，陆游许为"绝境"——最高境界，自吴入楚，所见亭台楼榭之佳妙，莫过于此。山峦、古木、飞瀑、溪流，构成一幅丰韵天然的图画。凭栏临眺，重峦叠嶂，回环四合，云横岚岫，苍然翠色，时现时隐；亭周古木森森，浓绿蓊郁，傲干虬枝，松涛阵阵；栏外更有飞流双瀑，宛若两条白龙，从青峡间破壁而出，凌空直下，泻石涧中，跳珠溅玉，清清泠泠，砭人肌骨；下临则是清溪一曲，奔流直入大江。

白云亭就在县衙的厅堂后面，巴东这个地方简直没有公事可办，当县令的可以在白云亭中睡觉吃饭，尽享人间仙境，其乐无穷，陆游言下不胜神往。可是县令出缺，往往两三年无人肯来替补，又是为什么呢？

巫山①神女峰 陆 游

二十三日，过巫山凝真观②，谒妙用真人祠。真人，即世所谓巫山神女③也。祠正对巫山，峰峦上入霄汉，山脚直插江中。议者谓太华、衡、庐④，皆无此奇。然十二峰⑤者，不可悉见⑥。所见八九峰，惟神女峰⑦最为纤丽奇峭，宜为仙真⑧所托。祝史⑨云："每八月十五夜月明时，有丝竹之音，往来峰顶，山猿皆鸣，达旦方渐止。"庙后山半，有石坛⑩平旷。《传》⑪云："夏禹见神女，授符书于此。"坛上观十二峰，宛如屏障。是日，天宇晴霁，四顾无纤翳，惟神女峰上有白云数片，如鸾鹤翔舞徘徊，久之不散，亦可异也。祠旧有乌数百，送迎客舟，自唐夔州刺史李贻诗已云"群乌幸胙余⑫"矣。近乾道元年，忽不至。今绝无一乌，不知其故。泊清水洞，洞极深，后门自山后出，但黪暗⑬，水流其中，鲜能入者。岁旱祈雨，颇应。

《入蜀记》

【注释】

①巫山：在今四川、湖北边境，绵延一百六十里，夹岸奇峰峭壁，长江流贯其中。

②凝真观：即巫山神女祠。

③巫山神女：名叫瑶姬，传说是炎帝之女，未嫁而死，葬于巫山之阳；一说是西王母的第二十三个女儿，出游东海，过巫山，见洪水肆虐，于是授符书给禹助其治水，水患既平，瑶姬为造福生灵，

永祈丰年,立山头,日久化为神女峰。

④太华:即华山,在陕西,称西岳。衡:衡山,在湖南,称南岳。庐:庐山,在江西。

⑤十二峰:北岸六峰为登龙、圣泉、朝云、望霞、松峦、集仙;南岸六峰为飞凤、翠屏、聚鹤、净坛、起云、上升。

⑥不可悉见:南岸六峰,江上能见到的,只有飞凤、翠屏、聚鹤三峰,其余净坛、起云、上升三峰并不临江,所以看不见。

⑦神女峰:在群峰之巅,峰上有一挺秀的石柱,形似亭亭玉立的少女,每天最早迎来朝霞,最晚送走晚霞,故称望霞峰,也称神女峰。

⑧仙真:仙人,指巫山神女。

⑨祝史:祭祀时祝告鬼神的人,此指庙中住持。

⑩坛:高台。巫山主要景观有三台:楚阳台、授书台、斩龙台。此指瑶姬授书大禹的授书台。

⑪《传》:指《神仙传》。

⑫群乌幸胙(zuò)余:群鸦庆幸吃到祭祀留下的肉。胙,祭祀用的肉。

⑬黮(dǎn)暗:黑暗不明。

【赏读】

神女峰,屹立于苍崖翠壁间,宛若一位亭亭玉立的少女,每当云烟缭绕峰顶,仿佛披上飘逸的轻纱,若隐若现,愈显风姿绰约,脉脉含情。神话传说的空灵缥缈,更平添了她的神韵和魅力。神女峰亦石亦人,亦仙姝,亦靓女。她的灵异之姿,朦胧之美,吸引了古今多少文人吟咏。"晓雾乍开疑卷幔,山花欲谢似残妆"(刘禹锡《巫山神女庙》诗),陆游不能不有一睹神女风采的渴望。

此记别辟蹊径,先用侧笔,由"议者"将巫山与诸名山作一对比，华山之险、衡山之雄、庐山之秀，似皆不若巫山之古韵苍莽。写神女峰，并未用很多笔墨刻画她的幽深秀丽，而是以灵隽之笔，将古老洪荒的神话传说融入云山缥缈的眼前实景，虚实相生，似幻似真，构成一派恍惚迷离之境，烘托出神女超尘绝俗的风采。

"所见八九峰，惟神女峰最为纤丽奇峭"，正面具体描画仅此一笔，然而足矣，神女峰的瑰姿玮态就呼之欲出了。庙祝言其灵异：每逢八月十五月明之夜，有丝竹之音，往来峰顶，山猿皆鸣，达旦方渐止。如此"空中荡漾"的神来之笔，令人叹绝。清冷的明月，朦胧的山影，这无声的画面竟然摇漾着美妙的丝竹仙乐，是伴神女共度良宵，还是慰藉她孤独的心灵？更有那山猿哀鸣，群山回荡，所谓"猿鸣三声泪沾裳"，亘古长存的寂寞与悲凉。

最为奇妙的是：此日天空晴朗，万里无云，唯神女峰上有白云数片，形如鸾鹤翔舞徘徊。关于巫山神女的记载，以宋玉的《高唐赋》、《神女赋》最著，写巫山神女与楚怀王梦遇以及"旦为朝云，暮为行雨"的绮丽传说。陆游曾经疑其无，《三峡歌》云："朝云暮雨浑虚语，一夜猿啼月明中。"但是也不免信其有，神女峰上鸾翔鹤舞的数片白云，不就印证了一灵不泯的存在吗？难道这就是那天上人间绝无仅有的"巫山之云"吗？它勾起了人们多少缠绵的绮思丽想！巫山之云，寄托了人们至纯至美的梦想和期许。

游东林①山水记 王 质②

绍兴二十八年③八月三日，欲夕，步自阛阓④中出，并溪⑤南行百步，背溪而西又百步，复并溪南行。溪上下色皆重碧，幽邃靖⑥深，意若不欲流。

溪未穷，得支径⑦，西升上数百尺。既竟⑧，其顶隐而青者，或远在一舍⑨外，锐者如簪，缺者如玦⑩，隆者如髻，圆者如璧⑪。长林远树，出没烟霏⑫：聚者如悦，散者如别，整者如戟，乱者如发⑬，于冥蒙⑭中以意命之。水数百脉，支离胶葛⑮，经纬参错⑯：迤者为溪，漫者为汇，断者为沼，涸者为坳⑰。洲汀岛屿，向背离合；青树碧蔓，交罗蒙络⑱。小舟叶叶，纵横进退：摘翠者菱，挽红者莲，举白者鱼；或志得意满而归，或夷犹容与⑲若无所为者。山有浮图宫⑳，长松数十挺，俨立门左右，历历㉑如流水声从空中坠也。

既暮，不可留，乃并山北下。冈重岭复，乔木苍苍，月一眉挂修岩巅，迟速若与客俱。尽山足，更换二鼓矣。

翌日，又转北出小桥，并溪东行，又西三四曲折，及姚君贵聪门。俯门而航，自柳竹翳密间，循渠而出。又三四曲折，乃得大溪。一色荷花，风自两岸来，红披绿偃，摇荡葳蕤㉒，香气勃郁，冲怀冒㉓袖，掩苒㉔不脱。

小驻古柳根，得酒两罂㉕，菱芡数种。复引舟入荷花中，歌豪笑剧，响震溪谷。风起水面，细生鳞甲；流萤班班㉖，奄忽㉗

去来。

  夜既深，山益高且近，森森欲下搏人。天无一点云，星斗张明，错落水中，如珠走镜，不可收拾。隶而从者：曰学童，能嘲哳㉘为百鸟音，如行空山深树间，春禽一两声，翛然㉙使人怅而惊也；曰沈庆，能为歌声，回曲宛转，嘹亮激越，风露辅之，其声愈清，凄然使人感而悲也。

  追游不两朝昏，而东林之胜殆尽。同行姚贵聪、沈虞卿、周辅及余四人。三君虽纨绮世家，皆积岁忧患；余亦羁旅异乡，家在天西南隅，引领长望而不可归。今而遇此，开口一笑，不偶然矣。皆应曰："嘻！子为之记。"

《雪山集》

【注释】

①东林：山名，在浙江吴兴（今属湖州），以山水兼美而驰名。

②王质（1127~1189）：字景文，号雪山，南宋兴国（今属江西）人。博通经史，文采过人。绍兴三十年（1160）进士。枢密使张浚都督江淮时，曾聘他为幕僚。虞允文任四川宣抚使时，亦曾征辟他入幕。历任敕令所删定官、枢密院编修官。善诗、工词、能文，驰名于时。有《雪山集》。

③绍兴二十八年：公元1158年。绍兴为宋高宗年号。

④阛阓（huán huì）：街市。阛，市区的墙；阓，市区的门。

⑤并溪：沿溪。

⑥靖：通"静"。

⑦支径：斜出的小路。

⑧既竟：意谓走到路的尽头。

⑨一舍：古代行军三十里为一舍。

⑩玦：古玉器，环形而有缺口。

⑪璧：古玉器，平圆形，中有孔。

⑫烟霏：烟云雾霭。

⑬"聚者"四句：意谓远树长在一起的如同欢聚，分开生长的如同别离，排列整齐的好像枝枝长戟，杂乱的好像散发纷披。

⑭冥蒙：幽暗不明。

⑮支离：分散。胶葛：纠结纷乱的样子。

⑯经纬：纵横。参错：参差交错。

⑰"迤者"四句：意谓水脉绵延的形成溪流，漫溢的汇为水泽，断开的成为池塘，干涸的成为洼地。

⑱交罗：交织。蒙络：笼盖。

⑲夷犹、容与：均为从容悠闲的样子。

⑳浮图宫：指佛寺。

㉑历历：指风吹树声清晰分明。

㉒葳蕤：草木茂盛、枝叶下垂的样子。

㉓罥（juàn）：缠绕。

㉔掩苒：形容香气袭人笼罩萦绕的样子。

㉕罍：盛酒器。

㉖班班：同"斑斑"，斑点众多貌。

㉗奄忽：倏忽。

㉘嘲哳（zhāo zhā）：亦作"啁哳"，形容鸟鸣声。

㉙儵（shū）然：迅疾，忽然。儵，同"倏"。

【赏读】

王质才思敏捷，名闻天下，人称其"咳唾皆成珠玑"。他也是一位爱国志士，生值南宋初年的乱世，虽然多次入幕府，参与戎机，但是壮志未酬，屡遭打击。他的《游东林山水记》文采斐然，但也流露了山河破碎、家国乱离的悲怆。

东林山水奇秀，境复幽蒨；此篇铺彩摛文，清丽芊绵。游分二日，前日登山览胜，次日泛舟荷塘，溪山、林木、花鸟、星月……与人共徜徉，兴会飙举，情思飞扬。作者用了大量的铺陈排比的句式，极妍尽态，色彩斑斓。如登临绝顶而远眺，翠峰如簇，一连用了四个比喻："如簪"、"如玦"、"如璧"，都是碧绿美玉，极写山之苍翠秀润，千姿百态；至于"如髻"，前人有云"似将青螺髻，撒在明月中"（唐皮日休《太湖诗·缥缈峰》），亦是形容山色青黛，妩媚可人。又如凭高俯眺溪流，岛屿萦回，青树翠蔓，交织笼盖，其间小舟翩翩，纵横往来，"摘翠者菱，挽红者莲，举白者鱼"，画面活泼生动，翠、红、白，色彩对比鲜妍明媚，想见钓叟莲娃，情趣盎然。作者笔法灵活，收纵自如，或浓墨重彩，或简洁白描，各臻其妙，俱见风神。如下山时，"月一眉挂修岩巅，迟速若与客俱"，一眉新月弯弯，斜挂于崇山巉岩之巅，明莹纤巧，含羞脉脉，依依相随相伴着游人，客迟与俱迟，客速与俱速，清光倩影，宛似多情少女，直送到山下。

次日游荷花荡，亦有精彩绝伦之笔。"一色荷花"一段，虽然本于柳宗元的《袁家渴记》，但也自有特色。柳文"振动大木"、"纷红骇绿"，则风骤而狂矣；此篇"红披绿偃"，刻画红荷碧叶随风偃仰，笔调轻盈流转，则是取其柔婉。作者更加铺陈渲染"香气勃郁"，馨香盈怀袖，萦绕不得脱，极尽流媚飘香之致。又如游至夜深时分，"天无一点云，星斗张明，错落水中，如珠走镜，不可收拾"，此乃出神入化之笔。星光灿烂，溪水空明，漫天星斗，映落水中，如同大珠小珠在镜子上晶莹滑动，错落流走，不可掇拾。瑰奇之境，令人魂消。

文中景色描写逐渐由绮丽转为凄清。二三友朋，畅游醉酒，"歌豪笑剧，响震溪谷"，不免带有强颜欢笑的意味，终究排遣不了半壁江山沦丧的深创巨痛，读来总有一些新亭对泣的痛楚和悲凉。人生难得的"开口一笑"，也带着情不自禁的无奈和惆怅。触景生悲，随从僮仆中，一个叫学童的，能为百鸟音，"春禽一两声，脩然使人怅而惊也"；一个叫沈庆的，能引吭高歌，激越浏亮，在风清露白中，"其声愈清，凄然使人感而悲也"。篇末表白衷曲：三位朋友，都是锦衣玉食的世家子弟，但是积年久罹忧患；自己则萍踪浪迹，羁旅异乡，飘零天末，望家山而归不得。此文华彩飙飞，深情远韵，令人回味无穷。

百丈山①记 朱 熹②

　　登百丈山三里许，右俯绝壑③，左控垂崖④，叠石为磴⑤，十余级乃得度。山之胜盖自此始。

　　循磴而东，即得小涧，石梁⑥跨于其上。皆苍藤古木，虽盛夏亭午无暑气。水皆清澈，自高淙⑦下，其声溅溅⑧然。度石梁，循两崖曲折而上，得山门⑨，小屋三间，不能容十许人。然前瞰涧水，后临石池，风来两峡间，终日不绝。门内跨池又为石梁，度而北，蹑石梯数级入庵。庵才老屋数间，卑庳迫隘⑩，无足观，独其西阁为胜。水自西谷中循石罅⑪奔射出阁下，南与东谷水并注池中，自池而出，乃为前所谓小涧者。阁据其上流，当水石峻激相搏处，最为可玩。乃壁其后⑫无所睹。独夜卧其上，则枕席之下，终夕潺潺，久而益悲，为可爱耳。

　　出山门而东，十许步，得石台。下临峭岸⑬，深昧⑭险绝。于林薄⑮间东南望，见瀑布自前岩穴瀵涌⑯而出，投空下数十尺，其沫乃如散珠喷雾，日光烛⑰之，璀璨夺目，不可正视。台当山西南缺，前揖芦山⑱，一峰独秀出，而数百里间峰峦高下，亦皆历历在眼。日薄西山，馀光横照，紫翠重叠，不可殚数⑲。旦起下视，白云满川，如海波起伏，而远近诸山出其中者，皆若飞浮来往，或涌或没，顷刻万变。

　　台东径断，乡人凿石容蹬以度，而作神祠于其东，水旱祷焉。畏险者或不敢度，然山之可观者，至是则亦穷矣。

余与刘充父、平父、吕叔敬、表弟徐周宾游之,既皆赋诗以纪其胜,余又叙次其详如此。而其最可观者:石磴、小涧、山门、石台、西阁、瀑布也。因各别为小诗以识㉓其处,呈同游诸君,又以告夫欲往而未能者。年月日记。

《朱文公文集》

【注释】

①百丈山:在今福建建阳东北七十里,朱熹曾讲学于建阳之考亭书院。

②朱熹(1130~1200):字元晦,号晦庵,别号考亭、紫阳,南宋徽州婺源(今属江西)人,寓居建阳(今属福建)。绍兴十八年(1148)进士。曾知南康军、知漳州、潭州,任秘阁修撰等职。他是南宋著名的哲学家、教育家,继承发展了程颢、程颐关于理气关系的学说,建立了完整的客观唯心主义的理学体系,世称程朱理学。著作甚丰,有《四书章句集注》、《诗集传》以及《朱文公文集》等。

③绝壑:深不可测的山谷。

④垂崖:悬崖。

⑤磴:石阶,指登山的磴道。

⑥石梁:即石桥。

⑦淙(cóng):水疾流貌。

⑧溅(jiān)溅:湍急的流水声。

⑨山门:庵观寺庙的外门。

⑩卑庳(bì):低矮。迫隘:局促,狭窄。

⑪石罅:石缝。

⑫乃壁其后:西阁之后为石壁。

⑬峭岸：陡峭的崖岸。
⑭深昧：幽深昏暗。
⑮林薄：交错丛生的草木。
⑯濆（fèn）涌：喷涌。濆，水自地下深处喷涌而出。
⑰烛：照射。
⑱芦山：芦峰山，在今福建建阳西北，与百丈山东西遥遥相对。
⑲殚数：尽数。
⑳识（zhì）：记述。

【赏读】

百丈山因朱熹这篇游记而驰名，它几乎就保留在人们的记忆中、课本上，如今它已无复旧观，那清流潺湲、远山横翠的美景，都已化为历史的昨梦前尘。因此，朱熹的这篇《百丈山记》，就更可玩味了。

南宋淳熙二年（1175）的夏日，朱熹偕友人同游百丈山。他也是一位审美眼光非凡的作家，笔墨洗练，详略得当，重点突出，引人入胜。文中总结说："而其最可观者：石磴、小涧、山门、石台、西阁、瀑布也。"六处景观约略可分两组：一组以西阁为中心，描写西阁周围的景色；另外一组以石台为中心，主要写观瀑、远眺夕照与云海浮山，美景纷至沓来，而又层次分明。

首先扑入眼帘的是清幽之境。蹑石磴，过小涧，入山门而至西阁。登山行三里许，一笔带过；至于险象环生，右俯深谷，左临悬崖，叠石为磴，战战兢兢而过。他的《百丈山六咏·古磴》诗："层崖俯幽深，微径忽中断。努力一跻攀，前行有奇观。"足见其跃跃欲试。小涧，用了前后呼应之笔，两崖苍藤虬葛，古木森森，浓翠荟郁，暑气全消；更有清泉汩汩，自高流泻，水声溅溅，凉意沁沁，《小涧》诗"两崖交翠荫，一水自清泻。俯仰契幽情，神襟顿飘洒"，令他心旷神怡。西阁，当为阁楼，可以凭高览胜，观景绝佳。此时方才觅得水的源头，清泉从西谷、东谷的石罅中奔射而出，并注入池，淙淙而下，是为小涧，呼应前文。原来此山、此阁尽在清莹一水的萦回环抱之中，山得水而增其秀媚，水映山而益其葱茏。西阁枕于水之上流，正对着湍急的水流与峻峭的山石搏击之处，浪花飞溅，潮音澎湃。夜宿阁上，枕席之下，终夕流水潺潺，伴着游客的心潮起伏，悄然生悲。

  漫步而东，得石台，百丈山瀑布赫然在目，景象壮美瑰奇。石台下临悬崖峭壁，遥望东南，一挂瀑布从岩穴中喷涌而出，抛空而下长达数十尺，飞流溅沫就像散落的珍珠、喷洒的雾露，在日光的照射下，光华璀璨，五彩缤纷，晃人眼目。石台就在群山回合的西南缺口处，与芦山遥遥相对，纵目远眺，芦山孤峰独秀，挺拔天半；而周围几百里山峦逶迤、高下绵延，也都历历在目。以下写夕照、晨曦中的群山，极尽云谲波诡之致。日落西山，晚霞成绮，在一抹余晖斜照下，群山或横翠，或凝紫，重叠相映，绚丽如画。清晨俯瞰，白云漫山遍谷，如同大海波涛起伏，远近诸山出没其中，晃漾流荡，或如飞翔，或如漂浮，若来若往，时而随波涌现，时而逐浪沦没，此云海浮山之胜景，叹为观止。

金沙堆①观月记　张孝祥②

　　月极明于中秋。观中秋之月，临水胜；临水之观，宜独往；独往之地，去③人远者又胜也。然中秋多无月，城郭宫室安得皆临水？盖有之矣，若夫远去人迹，则必空旷幽绝之地。诚④有好奇之士，亦安能独行以夜而之空旷幽绝，蕲⑤顷刻之玩也哉！今余之游金沙堆，其具是四美者！

　　盖余以八月之望过洞庭，天无纤云，月白如昼。沙⑥当洞庭青草之中，其高十仞，四环之水，近者犹数百里。余系船其下，尽却⑦童隶而登焉。沙之色正⑧黄，与月相夺⑨；水如玉盘，沙如金积，光彩激射，体寒目眩。阆风⑩、瑶台⑪、广寒⑫之宫，虽未尝身至其地，当亦如是而止耳。盖中秋之月，临水之观，独往而远人，于是为备。书以为金沙堆观月记。

《于湖居士文集》

【注释】

　　①金沙堆：湖沙淤积而成的小岛，在今湖南洞庭湖与青草湖之间。

　　②张孝祥（1132～1170）：字安国，号于湖居士，南宋历阳乌江（今安徽和县）人。绍兴二十四年（1154）进士，廷试第一。历任中书舍人、建康留守，以及荆南、荆湖北路安抚使。他是著名的爱国词人。有《于湖词》、《于湖居士文集》。

　　③去：离开。

④诚：果真。

⑤蕲（qí）：通"祈"，祈求。

⑥沙：指金沙堆。

⑦却：使退。

⑧正：纯正。

⑨相夺：意谓争辉。

⑩阆风：传说中神仙居住的地方，在昆仑之巅。

⑪瑶台：传说中昆仑山上的神仙居处，有瑶台十二，以五色玉砌为台基。

⑫广寒：即广寒宫，月中仙宫。

【赏读】

张孝祥是一位坚决主战的爱国志士，在建康留守席上作《六州歌头》，忠愤填膺，悲歌慷慨，当时都督江淮兵马的张浚，读后动容，为之罢席。乾道二年（1166），张孝祥在广南西路经略安抚使任上，被谗罢官，从桂林北归，途中经过洞庭湖，泊舟金沙堆，写下了这篇《金沙堆观月记》。与此同时，他还作了著名的《念奴娇·过洞庭》词，留下了"应念岭表经年，孤光自照，肝胆皆冰雪"的名句，由此可以窥见他当时的心境。

题为观月，却以风发泉涌的议论开始，尽显其特立独行的个性。文中提出观月"四美"之说：中秋、临水、独往、远离世人，这与他屡遭谗毁、壮志难酬的处境有关，渴望挣脱尘网，表现了他孤高自洁的襟怀、光明磊落的风骨。

过洞庭，适逢中秋之夜，碧落青天，没有一缕云彩；月光皎洁，光耀如同白昼，这正是他所渴望的一个纯净洁白、了无尘垢的世界。金沙堆正当洞庭湖和青草湖之间，四环皆水，千里清辉，所谓"玉鉴琼田三万顷"（《念奴娇·过洞庭》），流光泻银，水天一色。系舟岸边,也不带家童仆隶,独登琼岛,别有一番神奇境象,孤月入怀,独享空旷寂寥的情趣。岛上沙色纯黄,熠熠生光,竟与朗月争辉,水如白玉盘,沙似黄金堆,光彩激射,璀璨夺目,令人感到凄寒沁骨,目眩神摇。纵使阆风、瑶台、广寒宫那样的琼楼玉宇,想来景致也不过如此吧。今夕何夕,兼具观月"四美",天影涵清,冰壶藻雪,正可映照自己的霜操劲节。

松风阁①记 刘 基②

松风阁在金鸡峰下,活水源上。予今春始至,留再宿③,皆值雨,但闻波涛声彻昼夜,未尽阅其妙也。至是,往来止阁上凡十余日,因得备悉其变态④。

盖阁后之峰,独高于群峰;而松又在峰顶,仰视如幢葆⑤临头上。当日正中时,有风拂其枝,如龙凤翔舞,离褷⑥蜿蜒,缪蟉⑦徘徊。影落檐瓦间,金碧相组绣⑧,观之者,目为之明。有声,如吹埙箎⑨,如过雨,又如水激崖石;或如铁马⑩驰骤,剑槊相摩戛⑪,忽又作草虫鸣切切⑫。乍大乍小,若远若近,莫可名状。听之者,耳为之聪。

予以问上人⑬。上人曰:"不知也。我佛以清净六尘⑭为明心之本。凡耳目之入,皆虚妄耳。"予曰:"然则上人以是而名其阁,何也?"上人笑曰:"偶然耳。"

留阁上又三日,乃归。至正十五年⑮七月二十三日记。

《诚意伯文集》

【注释】

①松风阁:故址在今浙江绍兴会稽山金鸡峰下。

②刘基(1311~1375):字伯温,号郁离子,元末明初青田(今属浙江)人。元末进士。曾任江西高安县丞、江浙儒学副提举。后弃官隐居青田山中。元至正二十年(1360)应召到应天(今南京),辅佐朱元璋统一天下。明初任御史中丞兼太史令,封诚意伯。

后辞官,忧愤而死。刘基博通经史,尤精天文和兵法。能诗善文,所为文章有奇气,与宋濂并为一代之宗。著有《诚意伯文集》。

③再宿:住了两天。

④变态:各种情态。

⑤幢葆:幢,一种旌旗,垂筒形,饰有羽毛,常用于仪仗;葆,羽葆,帝王仪仗中以鸟羽连缀为饰的华盖。

⑥离褷(shī):浓密貌。

⑦轇轕(jiāo gé):交错,纠结。

⑧金碧相组绣:金,黄色的琉璃瓦;碧,碧绿的松针叶;相组绣,相辉映组成锦绣般的华彩。

⑨埙篪(xūn chí):两种古代的吹奏乐器。埙,陶制;篪,竹制。二者合奏,乐音和谐。

⑩铁马:披铁甲的战马。

⑪槊:长矛。摩戛:摩擦撞击。

⑫切切:形容声音凄切。

⑬上人:对和尚的尊称。这里指方舟上人。刘基《松风阁记》前篇有云:"方舟上人为阁其下,而名之曰松风之阁。"

⑭六尘:佛教语,即色、声、香、味、触、法,与"六根"即眼、耳、鼻、舌、身、意相接,就会产生种种欲望,导致种种烦恼,所以要清净六尘。

⑮至正十五年:公元1355年。至正,元顺帝年号。

【赏读】

松风阁在灵峰寺后,刘基《活水源记》中说"寺之后,薄崖石有阁,曰松风阁",属于佛门福地。元末刘基弃官归隐,放浪山水间,以诗文自娱,曾经有过恬淡寂寥、逍遥尘外的想法,与很多僧人相交游;但是刘基是一个功名事业心极强的人,生逢乱世,沧海横流,内心充满了矛盾和痛苦。他曾多次游览会稽山水,写作了《松风阁记》前后二篇,这里所选的后篇,尤为精彩,以设譬神奇、辞章华美而著称。不过,刘基萦绕于心的也许还是对于生命存在价值的终极思考,文中蕴涵了深醇的理趣和禅机。

春日来游,皆遇雨,但闻昼夜涛声,未能尽情领略松风之佳妙;此番来游,盘桓十数日,方才完全领略了松风的神韵和丰姿。阁后之峰,孤拔独秀,已经高出群峰之上;而千年古松又在孤峰之顶,令人顿生"高山仰止"之想,仰视参天翳日的劲松,如同羽幢翠盖俯临头上。如此伟岸的形象,或许就隐含了作者对于超凡拔俗、独立不移的人格精神的期许。

文中着意写风吹松,以栩栩如生的动感而擅美。分两层次写风中的松之姿与松之声。时当正午,阳光明丽,郁郁苍松,傲干虬枝,风吹拂之,夭矫作态,如龙飞凤舞;松针茂密,陆离纷披;枝柯交蔽,摇曳婆娑;影落飞檐屋瓦间,黄色的琉璃瓦,浓绿的松树影,映着阳光灿烂,流光溢彩,金碧辉煌,构成了色彩斑斓、美如锦绣的画图。他写出了绚丽瑰玮的松姿,也写出了日丽中天、前程似锦的人生美梦。以下写松之声,一连用了五个比喻,刻画得淋漓尽致:如吹埙篪,此应彼和,和谐悠扬;如骤雨飘洒,清清泠泠,淅沥萧瑟;又如水激崖石,惊涛拍岸,砰然訇然,空谷回响;又如铁马长嘶、驰骤沙场,夹杂着刀剑长矛的撞击之声;忽而又如草间虫鸣,窃窃私语,幽咽凄清。伴随着这"乍大乍小,若远若近,莫可名状"的松涛起伏,人们读出了作者的心潮澎湃,他已陶醉在这天籁之中,激情奔放,生命活力跃然骏发。松风之姿、之声,究竟使他感悟到了什么?是龙飞凤舞的雄心壮志?是金戈铁马的沙场豪情?抑或是风云际会的人生得意?这大概就是被排挤到政治舞台之外的刘基在荒山古寺中的冥想吧?

后段与方舟上人的一段对话,情韵隽永,意味深长。问和尚感觉如何,和尚却说:"不知也。我佛以清净六尘为明心之本。凡耳目之入,皆虚妄耳。"这无异于给作者兜头泼了一瓢冷水。作者心不有甘,反诘:"然则上人以是而名其阁,何也?"回答更是妙不可言,上人笑曰:"偶然耳。"区区三个字,如醍醐灌顶,当头棒喝,唤醒痴迷。原来人世间的一切色相,都不过是偶然的因缘罢了,随风而逝,万境皆空。其实,刘基的《松风阁记》与苏轼的《前赤壁赋》,其写法是很类似的,僧俗对话,一如主客问答,都是对自我灵魂的解剖——是他思想的两个方面。政治前途的辉煌和迷惘,交战胸中,他内心何曾有过片刻的安宁?他又几曾放弃对于生命终极价值的执著追求,自甘沉沦?这种矛盾的痛苦挣扎,也许就一直伴随他到生命的终结。

记雪月之观 沈 周[①]

丁未[②]之岁，冬暖无雪。戊申[③]正月之三日始作，五日始霁。风寒冱[④]而不消，至十日犹故在也。

是夜月出，月与雪争烂[⑤]，坐纸窗下，觉明彻[⑥]异常。遂添衣起，登溪西小楼。楼临水，下皆虚澄[⑦]，又四围于雪[⑧]，若涂银，若泼汞[⑨]，腾光[⑩]照人，骨肉相莹[⑪]。月映清波间，树影滉弄[⑫]，又若镜中见疏发，离离然[⑬]可爱。寒浃[⑭]肌肤，清人肺腑。

因凭栏楯[⑮]上，仰而茫然，俯而恍然；呀[⑯]而莫禁，眙[⑰]而莫收；神与物融，人观[⑱]两奇。盖天将致我于太素[⑲]之乡，殆不可以笔画追状、文字敷说[⑳]，以传信[㉑]于不能从者。顾所得不亦多矣！

尚思若时天下名山川宜大乎此也，其雪与月当有神矣。我思挟之以飞遨八表[㉒]，而返其怀。汗漫[㉓]虽未易平，然老气衰飒，有不胜其冷者。乃浩歌下楼，夜已过二鼓矣。仍归窗间，兀坐[㉔]若失。念平生此景亦不屡遇，而健忘日寻[㉕]，改数日，则又荒荒[㉖]不知其所云，因笔之。

《沈石田先生诗文集》

【注释】

①沈周（1427～1509）：字启南，号石田，晚号白石翁，明长洲（今江苏吴县）人。画家，擅画山水，兼工花鸟，画名甚大，影响所及，形成"吴门派"，与其学生文徵明、唐寅、仇英合称"明

四家"。诗文亦为世所重。有《沈石田先生诗文集》。

②丁未：明宪宗成化二十三年（1487）。

③戊申：明孝宗弘治元年（1488）。

④沍：冻结。

⑤争烂：争相辉映。

⑥明彻：明亮，通透。

⑦虚澄：空明清澈。

⑧四囿于雪：四周被雪围着。囿，局限。

⑨汞：通称水银。

⑩腾光：迸射光彩。

⑪莹：光洁透明。

⑫滉弄：滉漾，摇荡。

⑬离离然：清晰分明的样子。

⑭浃：浸透。

⑮栏楯：栏杆。竖为栏，横为楯。

⑯呀：嗟叹，惊讶。

⑰眐：看，望。

⑱观：指景观。

⑲太素：古代谓最原始的物质。引申为天地、宇宙。

⑳敷说：陈说。

㉑传信：传达信息。

㉒八表：八方之外，指极远的地方。

㉓汗漫：无边无涯。汗漫虽未易平，意谓漫无边际的神飞遐想虽然难以平息。

㉔兀坐：独自端坐。

㉕日寻：意谓日甚一日。寻，连续。

㉖荒荒：昏昏，意谓模模糊糊。

【赏读】

　　沈周一生绝意仕进，隐遁吴门，风神萧散，据云望之如神仙中人。由此便可想见他的素怀洒落、飘逸出尘了。写作此则小品时他已六十二岁，他以画家的慧眼，诗人的灵性，生动地描绘了雪月交辉的美景。

　　新岁正月初三，一场江南罕见的大雪悄然而降，足足下了两天，虽已放晴，但是天寒地冻，直到初十，依然冰封雪凝。此夕月出，雪月争相辉映，寒宵静坐纸窗之下，顿觉寰宇异常光明亮澈，不觉添衣而起，竟然独自踏着碎玉琼瑶，步上溪西小楼。小楼临水，下皆空明澄澈；四周景物悉被皑皑白雪覆盖，冰琢玉砌；月光与雪光相激射，"若涂银，若泼汞"，尽显光的强度和质感。"腾光照人"，迸射出的光彩照耀着人，"骨肉相莹"，仿佛照得人的骨肉都莹洁透明。此为篇中警句，神来之笔。人，净化了；世界，也净化了，都是洁白无瑕、晶莹剔透。置身于如此一个冰清玉洁的世界，既有蝉蜕于尘埃之外的欣喜，也有几分荒寒空寂的凄然。更有楼前溪水，月光映照在清波间，波光粼粼，树影溟漾，萧疏的枝条倒映于寒碧之中，如同镜子映照着人萧疏的头发，历历分明。非画家的敏锐目光，不能及此。此时奇寒浸透肌肤，凄清砭入肺腑。

　　以下写作者的冥思遐想。独自凭栏，仰观寰宇，混茫一白，令人迷惘；俯视大块，银妆素裹，恍惚迷离；自己禁不住嗟叹惊讶，凝视的目光久久不能收回。此时作者逸兴遄飞，感到物我同化，浑融一体，人与自然都臻于清空澄明的境界。这是上天将我送入远离尘嚣的太素之乡，那种泠泠御风而行的美妙，只可意会，不可言传。遗憾的是不能形诸笔墨告诉那些未曾从游的人。但是，我所得到的美的享受，不也很多了吗？

　　文中刻画岁月沧桑、人生迟暮的心态，曲折入微。作者已是垂暮之年，无力浪游天下，但是壮心未泯，虽然独上小楼，却还想着天下的名山大川应该境界更阔吧，那里的雪月之观应该更加神奇吧，恨不能挟明月而高飞，遨游八方之外，然后再返回这个雪月交辉的溪畔小楼的怀抱，可见他是多么渴望挣脱世俗尘网的羁绊。那种漫无边际、汗漫而游的神思遐想，虽然难以平息，但是老气衰颓，禁受不住这里的凄骨之寒，于是就纵声高歌，走下楼去。时已二鼓，又回到纸窗之下，独自端坐，怅然若失。此夕的雪月之观，平生亦不屡遇，而自己的健忘却日甚一日，再过几天，又模糊淡忘了，故为记，捕捉住那可遇而不可求的奇观。

保俶塔[1]看晓山 高濂[2]

　　山翠绕湖，容态百逞[3]，独春朝最佳。或雾截山腰，或霞横树梢；或淡烟隐隐，摇荡清晖；或峦气浮浮，掩映曙色。峰含旭日，明媚高彰；风散溪云，林皋[4]爽朗。更见遥岑[5]迥抹柔蓝，远岫[6]忽生湿翠，变幻天呈，顷刻万状。奈此景时值酣梦，恐市门未易知也。

《遵生八笺·春时幽赏》

【注释】

　　①保俶塔：在今杭州西湖北岸宝石山上，与西湖南岸的雷峰塔遥遥隔湖对峙，人称"雷峰如老衲，保俶似美人"。

　　②高濂：生卒年不详。字深甫，号瑞南，又号湖上桃花渔，明钱塘（今浙江杭州）人。曾在京任鸿胪寺官，后长期隐居西湖。他是明代著名的戏曲作家兼藏书家。多才多艺，琴棋书画、诗词歌赋、文物鉴赏，无所不涉。精通音律，能度曲，所作《玉簪记》，风靡大江南北。约生于嘉靖初年，创作活动主要在万历前期，约与汤显祖、沈璟等人同时。《四库全书总目》关于高濂生平的记载："以戏曲名于世，所作《遵生八笺》成书于万历十九年（1591），对养生保健等方法，收辑其备。"

　　③逞：炫耀，显示。

　　④皋：水边高地。

　　⑤岑：小而高的山。

　　⑥远岫：与上文"遥岑"义同，泛指远山。岫，有洞穴的山。

【赏读】

高濂的《山满楼观柳》有云:"苏堤跨虹桥下东数步,为余小筑数椽,当湖南面,颜曰'山满楼'。余每出游,巢居于上,倚栏玩堤,若与檐接。"原来西湖苏堤的跨虹桥畔,曾经住过这位山满楼主人——高濂,一位风流蕴藉的才子。他朝朝暮暮,踏遍湖山胜迹,浑如耳鬓厮磨,晓夕阴晴,四时风月,莫不了然于胸。他的《遵生八笺》,分述春、夏、秋、冬四时幽赏,写成西湖小记四十八篇,镂月裁云,彩笔霞飞。《保俶塔看晓山》即是"春时幽赏"中的一篇。

青山翠嶂环绕着西湖,千姿百态,争妍斗艳,但是唯独春日清晨的景色最佳。文中刻画从破晓到日出的景色变幻,层次分明,浓淡有致。有时晓雾濛濛,缭绕山腰,翠微隐隐;有时几缕朝霞,横抹树梢,红晕泛泛;有时淡烟晴霭,摇漾于晨光熹微之中;有时山岚横翠,飘浮回荡,掩映着缥缈碧空的曙色。继则朝阳升起,峰含一轮红日,明霞烂锦,山辉川媚;风散溪云,山林泽畔,一派清旷秀朗。远山抹上了一层柔和的蓝色,遥望中重峦叠岫顿时变得色泽光鲜,青翠欲流。这瞬息万变的晓山美景,随着造化运行,悄然而至,又倏然而逝,过眼无踪。

篇末当是作者点题的话:"奈此景时值酣梦,恐市门未易知也。"遗憾的是此景出现时人们正在酣梦之中,恐怕世俗红尘中人懵然未易知晓,只有山满楼主人独自啸傲湖山了。所谓"人世俗肠,岂容知此真味"(《遵生八笺》)。

上方山①四记 （其一） 　　袁宗道②

　　自乌山口起，两畔乱峰束涧③，游人如行衖④中。中有村落、麦田、林屋，络络不绝。馌妇牧子⑤，隔篱窥诧，村犬迎人。至接待庵，两壁突起粘天，中间一罅⑥。初疑此罅乃狖⑦穴蛇径，或别有道达巅，不知身当从此度也。前引僧入罅，乃争趋就之。至此，游人如行匣中矣。三步一回，五步一折，仰视白日，跳而东西，踵屡高屡低，方叹峰之奇，而他峰又复跃出。屡跤⑧屡歇，抵欢喜台⑨。返观此身，有如蟹螯郭索⑩潭底，自汲井中，以身为瓮，虽复腾纵⑪，不能出栏。其峰峦变幻，有若敌楼⑫者，睥睨⑬栏楯⑭俱备；又有若白莲花，下承以黄趺⑮，余不能悉记也。

《白苏斋类集》

【注释】

　　①上方山：在今北京房山区南，属大房山支脉，隋唐时即为佛教圣地，明代据称有一百二十寺。现为京郊著名的游览区。

　　②袁宗道（1560～1600）：字伯修，号石浦，明湖广公安（今属湖北）人。万历十四年（1586）会试第一，授翰林院编修，任东宫讲官。与弟宏道、中道并称"三袁"，论文反对前后七子摹拟、复古的主张，崇尚本色，世称"公安派"。推崇白居易、苏轼，自名其斋为"白苏斋"。有《白苏斋类集》。

　　③束涧：夹峙约束着山涧。

④衖：通"弄"，里巷，胡同。

⑤饁（yè）妇：往田间送饭的村姑。牧子：牧童。

⑥罅：裂缝。

⑦狖（yòu）：长尾猿。

⑧踄（bù）：行走。

⑨欢喜台：上方山中的观赏景点。刘侗《帝京景物略·上方山》："望一平可息歇处，喜矣，曰欢喜台也。"

⑩郭索：螃蟹爬行的样子。

⑪腾纵：向上跳跃。

⑫敌楼：即城楼。

⑬睥睨：城墙上的矮墙，女墙。

⑭栏楯：即栏杆。楯，栏杆的横木。

⑮趺：指花萼。

【赏读】

伯修科举荣达，官居清要，但是他禀性淡泊，常怀丘壑之想。他以翰林院修撰充任皇长子经筵讲官，鸡鸣而入，寒暑不辍，形神俱瘁。《与陶编修石篑》书中云："弟也踯躅一室之内，婆娑数树之间，得意无处可说。虽居闹市，似处绝崖断壑，耳目所遇，翻助愁叹。"因此偕二三好友，到京郊饱览山野风光，无疑是一种精神解脱。游上方山，就是一次寻幽探胜的豪举。上方山虽有历史悠久的古迹，但是并无名气，人们只知小西天石经洞，而伯修谓"及游上方，则小西天寻常培塿耳"。他有上方山四记，此为其中的第一篇。

过乌山口，乱峰夹峙，幽涧曲折，游人如在里巷中行走。在乱山环抱的沟壑中竟然还有村落。作者以简洁生动的笔墨，刻画世外桃源一般的村落：茅屋篱舍、麦田陇亩，络绎不绝；此地罕有外人光顾，村民天真未凿，一行游客的到来，简直就是咄咄怪事，往田间送饭的村姑、幼小的牧童，都躲在篱笆后面窥视，惊诧不已；鸡鸣犬吠，算是迎客如仪。作者在这里领略到了与官场迥异的淳朴风俗。

至接待庵，两侧的悬崖峭壁突起，高耸粘天，中间只留一道裂缝。众人原以为此缝是猿猴的洞穴，蛇行的路径，后来才知道这就是登山的必由之路。带路的僧人率先钻进缝中；众人连忙跟着挤入，唯恐掉队，真是既冒险，又刺激。这时，如同身在匣中，山路曲曲折折，脚下忽高忽低；仰头看天，白日时而跳到东边，时而跳到西边；正惊叹此峰之奇，另一座险峰又跃将出来。众人磕磕绊绊，气喘吁吁，走一阵，歇一阵，好不容易走出这段峡谷，登上欢喜台。此处平坦高旷，真不愧有此嘉名。众人惊魂甫定，回头再看来时路，想到自己刚才在断崖绝壁的缝隙间蠕蠕而动的情景，简直就像螃蟹爬行在深潭之底，或是掉在井中汲水的罐子，无论怎么纵身跳跃，也不能蹦出井栏。伯修是崇尚理性的人，从历险之游中，也悟出了几分禅理。人生又何尝不是如此无奈，无论如何腾跃，也挣脱不了困住自己的深渊和枷锁。

而欢喜台，则别是一番境界，可以一舒襟怀，视野大为开阔，奇峰险壑，尽收眼底，千姿百态，变幻莫测。有的如城楼雉堞，栏杆飞檐，一一在目；有的如白玉莲花，娇黄的花萼承托在下，令人顿有皈依佛座之念。

上方山四记（其三） 袁宗道

毗卢①顶之右，有陡泉、望海峰。左有大小摘星峰，大摘星峰极高，一老僧说峰后有云水洞②，甚奇邃③。余遂脱巾裰衣④，导诸公行。诸公两手扶杖，短衣楚楚⑤，相顾失笑。至山腰少憩，则所谓一百二十寺者，一一可指数。

予已上摘星岭，仰视峰顶，陡绝摩天，回顾不见诸公，独憩峭壁下。一物攀萝疾走，捷若猿猱⑥，至则面目黧黑⑦，瘦削如鬼。予不觉心动，毛发悚竖⑧，讯之，僧也。语不甚了了⑨，但指其住处。予尾之行，入小洞中，石床冰冷，趺坐⑩少顷。僧供黄芽汤⑪，予啜罢，留钱而去，亦不解揖送。诸公登岭，皆称倦矣，呼酒各满引⑫，黄昭素⑬题名石壁。

蛇行⑭食顷，凡四五升降，乃达洞门。入洞数丈，有一穴甚狭，若瓮口。同游虽至羸者⑮，亦须头腰贴地，乃得入穴。至此始篝火，一望无际，方纵脚行数十步，又忽闭塞。度此则堆琼积玉⑯，荡摇心魂，不复似人间矣。有黄龙白龙悬壁上，又有大龙池，龙盘踞石畔，爪牙露张。卧佛、石狮、石烛，皆逼真。石钟鼓楼，层叠虚豁⑰，宛然飞阁。僧取石左右击撞，或类钟声，或类鼓声。突然起立者，名曰须弥⑱，烛之不见顶。又有小雪山、大雪山，寒乳飞洒⑲，四时若雪。其他形似之属，不可尽记。大抵皆石乳滴沥数千年，积累而成。僮仆至此，皆惶惑大叫。予恐惊起龙神，亟呵止不得⑳，则令诵佛号㉑。篝火垂尽，惆怅而返。

将出洞,命仆敲取石一片,正可作砚山[22]。每出示客,客莫不惊叹为过昆山[23]灵璧[24]也。

《白苏斋类集》

【注释】

①毗卢:佛名。毗卢舍那(亦译作毘卢遮那)之省称,即大日如来。这里指用毗卢舍那佛命名的上方山的一座山峰名。

②云水洞:上方山的著名景观,在上方山西部,是一座天然的钟乳石溶洞,纵深六百余米,遍布石笋、钟乳。

③奇邃:奇特幽深。

④脱巾褫(chǐ)衣:摘下头巾,脱去外面袍褂。

⑤楚楚:形容整齐、利索的样子。

⑥猿狖:即猿猴。

⑦黧黑:脸色黑黄。

⑧悚竖:惊悚竖立。

⑨了了:清楚,明白。

⑩趺坐:盘腿而坐。

⑪黄芽汤:即黄芩芽汤。

⑫满引:将酒斟满,一饮而尽。

⑬黄昭素:黄辉,字平倩,一字昭素,南充(今属四川)人。官少詹事。作者同游的好友。

⑭蛇行:形容在山路蜿蜒曲折而行。

⑮赢者:瘦小者。

⑯堆琼积玉:形容钟乳石如美玉琼瑶。

⑰虚豁:虚空。

⑱须弥:须弥山,原为古印度神话中的山名,后为佛教所采用,

指一个小世界的中心。山顶为帝释天所居,山腰为四天王所居。四周有七山八海,四大部洲。这里形容钟乳石的结构形状,高不见顶。

⑲寒乳飞洒:白色钟乳滴沥形成的冰挂。

⑳亟:急忙。呵止:呵斥令其停止呼叫。

㉑佛号:佛的名号。即指诵"南无阿弥陀佛"的名号以祈福消灾。

㉒砚山:砚台的一种。利用山形之石,中凿为砚,砚附于山,故名。

㉓昆山:昆仑山,指昆仑山出产的美玉。

㉔灵璧:石名,产于今安徽省灵璧县的磐石山。此石埋在深山沙土中,掘之乃见,色如漆,间有细白纹如玉,叩之声音清越。以其形状奇特,常用以装点假山。

【赏读】

此篇是上方山四记中的第三篇,主要写云水洞,一座华美瑰丽的天然钟乳石溶洞。伯修酷爱山水,得悉其弟中郎与友人浪游吴越山水,恨不能即时飞去,与之偕游。曾在文中慨叹:"西湖胜境入梦已久,何日挂进贤冠,作六桥下客子,了此山水一段情障乎?"(《极乐寺记游》)称为"情障",足见其对山水的情有独钟,已经是如痴如魔了。此文即表现了伯修恣情浪游的逸兴豪情。

听老僧说有云水洞奇妙绝伦,伯修首先响应,奋然率众前往。虽为太子爷的师傅,但他也顾不得礼法官派,脱去冠带长袍,一身短衣打扮,精灵利索,几位同僚京官,彼此打量,不禁失笑。云水洞就在极高的大摘星峰之后。登至山腰,纵目远眺,重峦翠嶂,一望无际,所谓的一百二十寺,丹碧错落,嵌入岩际,可以一一指数。作者已登上摘星岭,仰望峰顶,峭壁摩天;回顾众人不见踪影,原来他锐意孤往前行,将同伴远远地抛在了后边。这里穿插了一些僧人轶事,以京官眼光看化外之人,颇多奇趣。陡见一物在苍崖间攀萝缘葛疾走,比猿猴还要快捷,近前则见面目黧黑,骨瘦如柴,形同鬼魅。作者怦然心惊,毛发倒竖,讯问,方知是山僧。语言不能沟通,迎送不知礼数,住的是洞穴,睡的是石床,可谓苦行。一时间,仿佛穿越时空,回到了原始的混沌时代。

及至云水洞,入内昏黑莫辨,一穴如瓮口,即使极瘦小者,也得头腰贴地爬行而入,何况大块头如作者般庞然呢!手足并用,爬入穴口,点起灯笼,则别有洞天,"度此则堆琼积玉,荡摇心魂,不复似人间矣",豁然开朗,高广不可穷尽,石笋钟乳,琳琅满目,奇形诡状,如入琼楼玉宇。黄龙白龙飞悬壁上,虬龙盘踞池畔,张牙舞爪;石卧佛、石狮子、石蜡烛,酷肖逼真;更有石钟鼓楼,层出叠起,玲珑剔透,宛然瑶轩飞阁,叩之,声韵清扬。横亘其间的则是冰封雪覆的须弥山,高不见顶,惊心骇目;周遭寒乳飞洒,冰柱悬凝,垂垂累累,宛如美玉一般晶莹可爱。此皆数千年石乳滴沥而成,只能惊叹大自然的鬼斧神工。

宗道神清气秀,宁静淡泊,文章清润温雅,而此篇则以诡奇取胜,写天地之大美,赋石头之灵性。云水洞中的钟乳石,与岁月同生共长,亘古长存,见证了多少历史的沧桑、世纪的轮回,历万劫而修炼成为有姿有韵的灵物,千姿百态,韵趣横生。前人有言"石不能言最可人"(陆游《闲居自述》),原来石性与人性是相通的。无怪乎宗道要取石一片,做成砚山,以供清玩,宝同拱璧了。

虎 丘① 袁宏道②

虎丘去城可七八里，其山无高岩邃壑，独以近城故，箫鼓楼船，无日无之。凡月之夜，花之晨，雪之夕，游人往来，纷错如织。而中秋为尤胜。每至是日，倾城阖户，连臂而至，衣冠士女，下迨③蔀屋④，莫不靓妆丽服，重茵累席，置酒交衢间。从千人石⑤上至山门，栉比如鳞，檀板丘积，樽罍云泻。远而望之，如雁落平沙，霞铺江上，雷辊电霍⑥，无得而状。

布席之初，唱者千百，声若聚蚊，不可辨识。分曹部署，竞以歌喉相斗，雅俗既陈，妍媸自别。未几而摇头顿足者，得数十人而已。已而明月浮空，石光如练，一切瓦釜⑦，寂然停声，属而和者，才三四辈。一箫，一寸管，一人缓板而歌，竹肉⑧相发，清声亮彻，听者魂消。比至夜深，月影横斜，荇藻凌乱，则箫板亦不复用。一夫登场，四座屏息，音若细发，响彻云际，每度一字，几尽一刻，飞鸟为之徘徊，壮士听而下泪矣。

剑泉⑨深不可测，飞岩如削。千顷云⑩得天池⑪诸山作案，峦壑竞秀，最可觞客。但过午则日光射入，不堪久坐耳。文昌阁亦佳，晚树尤可观。面北为平远堂旧址，空旷无际，仅虞山一点在望。堂废已久，余与江进之⑫谋所以复之，欲祠韦苏州、白乐天⑬诸公于其中，而病寻作。余既乞归，恐进之兴亦阑矣。山川兴废，信有时哉！吏吴两载，登虎丘者六。最后与江进之、方子公⑭同登，迟月生公石⑮上，歌者闻令来，皆避匿去。余因谓进之曰："甚矣，乌纱之横，皂隶之俗哉！他日去官，有不听曲此石上者，如月⑯。"今余幸得解官，称"吴客"矣，虎丘之月不知尚识余言否耶？

《袁宏道集笺校》

【注释】

①虎丘：山名，在苏州城阊门外，有虎丘塔、剑池、千人石等名胜古迹。

②袁宏道（1568~1610）：字中郎，号石公，又号六休，明湖广公安（今属湖北）人。万历二十年（1592）进士，授吴县令，官至吏部郎中。有文名，与兄宗道、弟中道并称"三袁"。他是"公安派"的代表人物，反对前后七子复古、摹拟主张，倡言"独抒性灵，不拘格套"。有《袁中郎全集》。

③迨：至。

④蔀（bù）屋：草席盖顶之屋，此代指贫寒人家。

⑤千人石：虎丘山剑池旁有一大盘石，可坐千人，故名。

⑥雷辊（gǔn）电霍：电闪雷鸣。辊，车轮滚动的轰鸣。霍，迅疾。

⑦瓦釜：瓦锅，古代用作简单的乐器，后指粗俗的音乐。

⑧竹肉：指箫管与歌喉。

⑨剑泉：即剑池。

⑩千顷云：亭阁名。

⑪天池：山名，一名花山。

⑫江进之：江盈科，字进之，号渌萝山人，桃源（今属湖南）人。与袁宏道同科中进士。其时袁宏道为吴县令，江盈科为长洲县令。

⑬韦苏州、白乐天：唐代诗人韦应物、白居易，都曾任苏州

刺史。

⑭方子公：方文僎，字子公，新安人。袁宏道的幕僚，也是好友，曾为袁宏道编次《敝箧集》、《锦帆集》等。

⑮迟月：待月。迟，等候。生公石：在千人石北面，相传南朝宋高僧竺道生（尊称生公）讲经于此，至微妙处，石皆点头，故名。

⑯如月：指证之词，即以月为证。

【赏读】

明代以后的游记，较少涉笔人迹罕至的名山大川，而更加关注贴近日常生活的湖山胜迹。作者饶有兴味的不仅是自然景观，也是人文景观，于蒨冶山水中融入了几多市井风情。读中郎的《虎丘》，便可尽情地领略江南都市风韵。

中郎任吴令以来，曾经六游虎丘，虎丘的千姿百态，皆已了然于胸。每值花朝月夕，楼船箫鼓，载酒征歌，纷纷而至，既有宝马雕车的名门仕女，也有蓬门荜户的小家碧玉，倾城腾欢，于山崖水涘之间，设茵开筵，衣香鬓影，钗横钏飞。作者取居高临下的视角，俯瞰十里软红尘中的芸芸众生，"如雁落平沙，霞铺江上"，寥寥数语，写尽苏州的风月繁华。

文中着力渲染的是虎丘的中秋之夜，声色俱足令人魂消。作者以精妙入微的笔触，层次分明地勾勒出"雅俗既陈，妍媸自别"的奇观。从瓦釜雷鸣、人声鼎沸的喧嚣，至于"明月浮空，石光如练"，那些不识风月为何物的俗辈皆已散去，但闻箫管悠扬，清音浏亮，沁人心脾。终至夜阑人寂，月影横斜，"一夫登场，四座屏息，音若细发，响彻云际，每度一字，几尽一刻，飞鸟为之徘徊，壮士听而下泪矣"，这段裂石穿云的音乐描写，使得如梦如幻的虎丘中秋之夜染上了几分苍凉之感。冶艳风流而又掺入几许空灵飘逸，这就是中郎的审美情趣。

至于虎丘的名胜景观,则以轻灵流走的笔调略加点染。剑池巉岩如削,深不可测,蕴藏了多少历史的奥秘;千顷云四望峰峦叠翠,如屏如障,天池诸山如作几案;平远堂荒废已久,山川竞秀而古迹残存,令人缅怀先贤遗踪。中郎曾云"虎丘如冶女艳妆,掩映帘箔"(《上方》),然而,真正使他镂心刻骨的还是虎丘的中秋之夜,秾华无限而又凄迷。难忘那自由的、奔放的感情宣泄,狂恣的、如潮来潮去的欢乐人流。待到雷辊电霍的喧阗逝去,一切归于静寂,清冷的月光激射,磨平了群山嵯峨,只有响遏行云的一曲清歌轻漾,其摇魂荡魄的魅力,如张岱所形容的:"听者寻入针芥,心血为枯,不敢击节,唯有点头。"(《虎丘中秋夜》)中郎最后一次游虎丘,"歌者闻令来,皆避匿去",实在大煞风景。中郎久厌官场,以为"在官一日,一日活地狱也"(《罗隐南》),"觉乌纱可厌恶之甚"(《龚惟长先生》),因此他对月盟誓:他日不当官了,一定再来生公石上听曲,明月为证!写作此文之时,他已辞去吴县令,如巨鱼之纵大壑,已是浪迹吴中之客,依然深情缱绻,如对魂萦梦牵的故人,难舍爱缕柔丝,意味绵长地问道:虎丘之月,你可还记得我的誓言?

灵 岩[①] 袁宏道

灵岩一名砚石,《越绝书》云:"吴人于砚石山作馆娃宫。"即其处也。山腰有吴王井二:一圆井,曰池也;一八角井,月池也。周遭石光如镜,细腻无驳蚀,有泉常清,莹晶可爱,所谓银床素绠[②],已不知化为何物。其间挈军持[③]瓶钵而至者,仅仅一二山僧,出没于衰草寒烟之中而已矣,悲哉!有池曰砚池,旱岁不竭,或曰即玩华池也。

登琴台,见太湖诸山,如百千螺髻,出没银涛中,亦区内绝景。山上旧有响屧廊[④],盈谷皆松,而廊下松最盛,每冲飙至,声若飞涛。余笑谓僧曰:"此美人环佩钗钏声,若受具戒[⑤]乎?宜避去。"僧瞪目不知所谓。石上有西施履迹,余命小奚[⑥]以袖拂之,奚皆徘徊色动。碧缫细钩[⑦],宛然石发[⑧]中,虽复铁石作肝,能不魂消心死?色之于人甚矣哉!山仄有西施洞,洞中石貌甚粗丑,不免唐突。或云:石室,吴王所以囚范蠡也。僧为余言:其下洼处,为东西画船湖,吴王与西施泛舟之所。采香径在山前十里,望之若在山足,其直如箭,吴宫美人种香处也。山下有石可为砚,其色深紫,佳者殆不减歙溪。米氏[⑨]《砚史》云:"巀村石理粗,发墨不糁[⑩]。"即此石也。山之得名盖以此,然在今搜伐殆尽,石亦无复佳者矣。

嗟乎,山河绵邈,粉黛若新。椒华[⑪]沉彩,竟虚待月之帘;夸[⑫]骨埋香,谁作双鸾之雾?既已化为灰尘、白杨、青草矣。百世之后,幽人逸士犹伤心寂寞之香趺,断肠虚无之画屧,矧夫看花长洲之苑,拥翠白玉之床者,其情景当何如哉?夫齐国有不嫁之姊妹,仲父⑬云无害霸;蜀宫无倾国之美人,刘禅竟为俘虏。亡国之罪,岂独在色?向使库有湛卢⑭之藏,潮无鸱夷⑮之恨,越虽进百西施何益哉!

《袁宏道集笺校》

【注释】

①灵岩:山名,在苏州城西南三十里,吴王夫差为西施建馆娃宫于灵岩山,有琴台、响屧廊、采香径、画船湖等胜迹。

②银床:井栏,一说辘轳架。素绠:汲水桶上的绳索。

③军持:净瓶,僧人携带以贮水。

④响屧(xiè)廊:馆娃宫中的廊名。响屧,指女子的步履声,相传西施轻步漫舞于廊,廊虚而响,故名。

⑤具戒:即具足戒,意谓僧尼所受戒律圆满充足。

⑥小奚:小仆。

⑦碧繶缃钩:深绿色的鞋带,浅黄色的鞋饰。

⑧石发:石上的苔痕。

⑨米氏:北宋书画家米芾,字元章,著有《砚史》。

⑩糁(sǎn):散开。

⑪椒华:越献西施于吴,"吴处以椒华之房,贯细珠为帘幌"(《拾遗记》)。

⑫夸:柔弱。

⑬仲父:指管仲,春秋时齐桓公尊管仲为仲父。

⑭湛卢:宝剑名,相传为春秋时欧冶子所铸。

⑮鸱夷:革囊,吴王夫差杀伍子胥,取其尸盛入革囊,浮之江中。代指滥杀忠臣。

【赏读】

　　此篇为凭吊绝代佳人西施而作。灵岩山为馆娃宫遗址，当年是吴王与西施宴乐歌舞之地。春风麋鹿、明月鹧鸪之离宫别苑，备极侈丽。然而，千百年来，陵谷变迁，故迹难寻。吴王井畔，纵有石光如镜，泉水晶晶，但是华美的"银床素绠"已荡然无存，唯见一二僧人持瓶取水，出没于衰草寒烟之中，读来感慨系之。霸业烟消，美人尘土，令人不胜沧桑之感。

　　闲寻旧踪迹，登琴台，遥想当年，美人抚琴，远眺太湖，卷雪千顷，螺髻隐隐；访采香径，残花旧石，湮没于灌莽薋菶之间。作者着意刻画的则是响屦廊。盈谷皆松，松涛触壁，空谷回响，宛如美人的钗钏环佩，铿然有韵；石上有陷痕，相传以为是西施的履迹，风流渐尽，莲印犹存！一笔描画，"碧纒缃钩"，令人想见当日的仙姿婀娜，舞步翩跹。这里用了两个陪衬之笔：一是僧之冥顽不灵，一是奚之徘徊色动，一反一正，从而烘托出了中郎所谓的"情之所钟，正在我辈"，竟然堂皇直言："虽复铁石作肝，能不魂消心死？色之于人甚矣哉！"遥想当年，西施这样一个被卷入吴越争霸旋涡的柔弱女子，情何以堪？而她的归宿又是极其幽渺。如此一位风光无限而又楚楚堪怜的薄命女，怎能不逗引中郎的爱怜？他真正做到了"信腕信口"，"说人间不敢说的话"（《与江进之》）。此类文字，虽使中郎枉得"轻儇"之骂名，但我们却由此看到了中郎本色："率性而行，是谓真人。"（《识张幼于箴铭后》）

　　"嗟乎"而下，以饱蘸深情的清词丽句凭吊绝代佳人西施的香消玉殒。当年西施在华彩沉沉的椒花殿中、珠幌帘内，临镜靓妆，偷窥者莫不"惊心动魄"（《拾遗记》）。而当越灭吴后，这位"吴王妃"的结局则是众说纷纭。除了与范蠡偕隐，同泛五湖而去这个浪漫的结局，可能是寄托了人们的美好愿望而外，更多的传说则是此一尤物被视为"红颜祸水",沉江而死,所谓"亡国之物,留之何为!"无论是被越王勾践,或被越王后,或更残忍的是被范蠡沉江,都令人怆然而悲。最早的记载《墨子·亲士》篇中有云:"西施之沉,其美也。"甚至《红楼梦》中的黛玉也深深悲悼:"一代倾城逐浪花,吴宫空自忆儿家。效颦莫笑东村女,头白溪边尚浣纱。"(《西施》)中郎所谓"夸骨埋香",千秋遗恨,欷歔凭吊,不能自已,对"女色亡国论"提出强烈的质疑。他已超越了对美色的恋慕,升华为更为悲悯的人文关怀。出于内心的深情震撼,他不仅写了此记,在与长兄伯修的书信中也写道:"过响屧廊,观西施履迹;游剪香径,思吴宫花草。低回顾视,千载若新,至欲别不能别。有情之痴,至于如此。"无怪乎中郎在答谢江进之为他的《锦帆集》作序的信中称:"若无江序,则中郎又安得与西施千载为配,并垂不朽哉!"

初至西湖记 袁宏道

从武林门而西,望保叔塔①突兀层崖中,则已心飞湖上也。午刻入昭庆②,茶毕,即棹小舟入湖。山色如娥③,花光如颊,温风如酒,波纹如绫,才一举头,已不觉目酣神醉,此时欲下一语描写不得,大约如东阿王④梦中初遇洛神时也。余游西湖始此,时万历丁酉二月十四日也。

晚同子公⑤渡净寺⑥,觅阿宾⑦旧住僧房。取道由六桥、岳坟、石径塘而归。草草领略,未及遍赏。次早得陶石篑⑧帖子,至十九日,石篑兄弟同学佛人王静虚⑨至,湖山好友,一时凑集矣。

《袁宏道集笺校》

【注释】

①保叔塔:亦名保俶塔,在杭州西湖北岸宝石山上。

②昭庆:寺名,在保叔塔附近。

③娥:指女子的秀眉。

④东阿王:指曹植,他曾被封为东阿王。所撰《洛神赋》,记叙他途经洛水,遇到了"翩若惊鸿"的洛水女神,精移神骇,中心振荡。

⑤子公:即方子公。

⑥净寺:即净慈寺,在西湖南岸。

⑦阿宾:指宏道之弟中道。

⑧陶石篑：陶望龄，字周望，号石篑，会稽人。官至国子监祭酒。是袁宏道的挚友。

⑨王静虚：即王赞化，居士。

【赏读】

题中点"初"字，颇可玩味。中郎以蒨丽之笔写出了一个初游西湖者目夺神摇的内心激荡。遥见翠巘隐隐，塔影凌空，便自心飞神越，一叶小舟，直漾湖心。

初识西子，乍喜乍惊。"山色如娥，花光如颊，温风如酒，波纹如绫"，扑面而来的美景：青黛一抹，恍如美人的娥眉清扬；秾花烂漫，娇红欲滴，宛似豆蔻年华的少女笑靥迎人；日暄风软，流媚飘香，撩人仿佛微醺中酒，品味绵甘醇香的佳酿；湖光潋滟，清泚如縠，令人想见洛水仙姝的凌波微步。张岱盛赞中郎以此四句"画出西湖三月"（《西湖香市》）。那种美的享受，令人心旌摇荡，恍惚不能自持，无以形诸笔墨，而中郎竟以神来之笔一语了之："大约如东阿王梦中初遇洛神时也。"惊鸿一瞥，魂消魄荡，原来人之于山水的痴迷，一如情潮之澎湃，欲海之沉酣，汗漫无极！

晚游六桥^①待月记　袁宏道

西湖最盛,为春为月;一日之盛,为朝烟,为夕岚^②。

今岁春雪甚盛,梅花为寒所勒,与杏桃相次开发,尤为奇观。石篑^③数为余言,傅金吾园中梅,张功甫^④家故物也。急往观之。余时为桃花所恋,竟不忍去。湖上由断桥至苏堤一带,绿烟红雾,弥漫二十余里。歌吹为风,粉汗为雨,罗纨之盛,多于堤畔之草,艳冶极矣。

然杭人游湖,止午、未、申三时^⑤。其实湖光染翠之工,山岚设色之妙,皆在朝日始出,夕舂^⑥未下,始极其浓媚。月景尤不可言,花态柳情,山容水意,别是一种趣味。此乐留与山僧游客受用,安可为俗士道哉!

《袁宏道集笺校》

【注释】

①六桥:西湖苏堤有六桥:映波、镇澜、望山、压堤、东浦、跨虹。

②夕岚:傍晚山林中的雾气。

③石篑:即陶望龄,字石篑。袁宏道挚友。

④张功甫:张镃,字功甫,南宋名将张俊之孙。其家园林中玉照堂周围皆种梅,如香雪海。

⑤午、未、申三时:午时,上午十一时至下午一时;未时,下午一时至三时;申时,下午三时至五时。

⑥夕舂：即"夕阳舂"，古代日落时舂米，即指夕阳时分。

【赏读】

  此篇专叙西湖之美，作者笔翻波澜，烟霞满纸，读来齿颊生馨。题中点出"待月"，行文却藏头露尾。"西湖最盛，为春为月；一日之盛，为朝烟，为夕岚。"深中三昧之言。

  写春日，用繁笔。由断桥至苏堤一带，是西湖景色最佳处。长堤一道，间植桃柳。"绿烟红雾，弥漫二十余里"，不是近景，柳丝弄碧，纤苞秾朵，而是远景，花妍柳媚之态氤氲朦胧，令人顿时迷失在泱泱无边的春色之中了。加之游人如织，罗袂飘香，汗晕红雨，伴着轻歌曼妙，丝竹清扬，洵足为湖山点缀，无怪乎人们戏称西湖为靓妆冶女，"艳冶极矣"。

  然而，美则美矣，中郎以为市井俗儿逐队迫欢而来，并未领略湖山佳处。"其实湖光染翠之工，山岚设色之妙，皆在朝日始出，夕舂未下，始极其浓媚。"此处照应篇首之"朝烟"、"夕岚"。晨曦初上，摇漾湖光，含烟笼翠，一片空濛；山衔落日，夕岚暮霭，瞬息明灭，西湖脱尽尘嚣，一派静谧之美。"染翠"、"设色"，湖山亦自妩媚多情。

  篇末方才点出"月景尤不可言，花态柳情，山容水意，别是一种趣味"，此乃文章命意所在。孤月在天，流光泻银，群峰顿失，湖水涵空，人们置身琉璃世界，露花风柳，也消失在清辉玉映之中，仿佛广寒宫中桂魄弄影，不知天上人间。此情此境，湖山方才专为吾辈所有。文章戛然而止，并未正面描写"为月"，所谓"不着一字，尽得风流"。

雨后游六桥记 袁宏道

寒食后雨,余曰此雨为西湖洗红,当急与桃花作别,勿滞也。午霁,偕诸友至第三桥,落花积地寸余,游人少,翻以为快。忽骑者白纨①而过,光晃②衣,鲜丽倍常,诸友白其内者皆去表。少倦,卧地上饮,以面受花,多者浮③,少者歌,以为乐。偶艇子出花间,呼之,乃寺僧载茶来者,各啜一杯,荡舟浩歌而返。

《袁宏道集笺校》

【注释】

①纨:白色细绢。

②光晃:光芒闪耀。

③浮:饮酒。

【赏读】

此篇叙一次快意游湖,趣味盎然。此时中郎,"掷却进贤冠,作西湖荡子"(《张幼于》),无一日不游,无一游不乐。花谢花飞,本是伤感之景,前人已经说过:"飞红万点愁如海。"(秦观《千秋岁》)中郎诗中也曾写道:"落红雨过更愁人,六桥十里胭脂血。"(《湖上》)此篇却别开生面,以青春作歌的豪气,与桃花作别。

欲亲香泽,游兴方酣,命俦啸侣,直奔湖上。但见落英缤纷,积厚寸许。湖上游人稀少,惬意开怀,越发手舞足蹈起来,一派狂痴之态可掬。试看如此匪夷所思的花絮：忽有穿白色罗衣者策马疾驰而过，白衫飘飘，映衬着落红成阵，鲜丽耀目，何处郎君，俊美如此？此辈狂生看得呆了，也顾不得效颦与否，连忙脱下杂色外服，露出白色内衣，也学着在纷纷红雨中潇洒一遭。游倦，索性横七竖八躺在花丛下，玩起赌酒游戏，以面受花，面上受花多的，浮一大白，少的罚唱一曲，恣情谑浪。花间荡出小舟，原来是寺僧送茶，渴鹿奔泉，豪饮一通，扯开嗓子，放声高歌，荡舟而返，旁若无人。放浪形骸，一至于此。这位曾经做过知县的袁大令，竟然像个顽童，写的就是童心未泯。中郎曾叙自家面目："终日嬉戏，无一庄语。"（《记药师殿》）此即所谓"天趣"，与生俱来的本真，率心而行，无所忌惮，虽经官场销磨，仍然不失其至贵至宝的赤子之心。

鉴 湖^① 袁宏道

鉴湖昔闻八百里,今无所谓湖者。土人云:旧时湖在田上,今作海闸,湖尽为田矣。贺监池^②去陶家堰二三里,阔可百十顷,荒草绵茫如烟,蛙吹如哭。月夜泛舟于此,甚觉凄凉。醉中谓石篑:"尔狂不如季真,饮酒不如季真,独两眼差同耳。"石篑问故。余曰:"季真识谪仙人^③,尔识袁中郎,眼讵不高与?"四座嘿然,心诽其颠。

《袁宏道集笺校》

【注释】

①鉴湖:一名镜湖,在浙江绍兴城西南二公里。

②贺监池:唐代诗人贺知章,字季真,会稽(今浙江绍兴)人。官至秘书监。晚年归隐乡里,唐玄宗诏赐镜湖剡川一曲,以为贺知章的放生池,故名贺监池。

③季真识谪仙人:贺知章在长安一见到李白,奇其丰姿,读《蜀道难》,惊呼:"子,谪仙人也。"以金龟换酒为乐。贺知章长李白四十二岁,二人一见如故,结为忘年之交。

【赏读】

游鉴湖,自然不免缅怀昔人故迹。当年饮中八仙之一的贺知章,识拔李白于长安,这恐怕是他平生的一大快事,也是诗坛佳话。知章生性旷达,晚年归隐镜湖,尤放荡不羁,自号"四明狂客",遨嬉里巷,醉墨淋浪。李白悼念知章的诗:"四明有狂客,风流贺季真。长安一相见,呼我谪仙人。昔好杯中物,今为松下尘。金龟换酒处,却忆泪沾巾。"(《对酒忆贺监》)情深一至于此。人们念念不忘的是"贺监犹狂"(张炎《三姝媚》)。如此一位狂客,自是中郎同调。然而,八百年的沧桑,风流总被风吹雨打去,酒仙、诗仙都已成为历史的陈迹。今宵泛舟于此,月华惨淡,湖荡溟濛,冷烟荒草,凄眉怆目;加之蛙鸣聒耳,如闻夜哭,令人黯然消魂。中郎之文,很少出现如此凄清的画面。

然而,凄凉之中犹有一缕温馨的慰藉,毕竟还有酒朋诗侣携手同游。陶石篑是中郎挚友,中郎游吴越山水,三个月始终相伴、形影不离的,就是石篑,二人不拘形迹,"摩霄极地,无所不谈"(《董思白》)。当年贺知章金龟换酒,与李白同醉,今有石篑与中郎同此酩酊。石篑以为"除却袁中郎,天下尽儿戏"(《别石篑》其五),对其爱重如此。醉眼蒙眬的中郎口出狂言:"季真识拔谪仙,石篑识拔中郎,你的眼光难道不高吗?"此言既出,石破天惊!此即中郎本色,他本来就有横世独立、摧陷廓清的勇气,"少小读诗书,得意常孤往。手提无孔锤,击破珊瑚网"(《述怀》)。

文章以俳谐语作结:"四座嘿然,心诽其颠。"中郎狡黠地暗笑,让你们肚子里骂我癫狂吧。

由诸暨至五泄寺记　袁宏道

越人盛称五泄①，然皆闻而知之。陶周望②虽极言五泄之好，其实不曾亲见，与我等也。发郡城凡二日，至诸暨县，县去五泄尚七十余里。次日始行，一路多顽山，无卷石可入目者。余私念看山数百里外，敝舟羸马，艰辛万状，今诸山态貌若此，何以偿此路债？周望亦谓乃弟："余辈夸张五泄太过，若尔，当奈中郎笑话何？"独静虚以为不然。

顷之，至青口，两山夹天如线，山石玲珑峭削，若叠若镂。数里一壁，潭水滑滑③流壁下。一壁上有古木一株，土人云是沉香树，一年一花，猿猱所不到。其他非奇壁，则皆秾花异草，幔山而生，红白青绿，灿烂如锦。映山红有高七八尺者，与他山绝异。因相顾大叫曰："奇哉！得此足偿路债，不怕袁郎轻薄④也。"王静虚曰："未也，尔辈遇小小丘壑，便尔张皇⑤如是，明日见五泄，当不狂死耶？"静虚曾习定⑥五泄三年，以是知之极详。

余与公望⑦闻之喜甚，皆跳吼沙石上。缓步十余里，始至五泄僧房⑧。静虚曰："牛羊下矣⑨，五泄留供来日朝餐。"因散步前山，沿溪而行，两山一溪，比青口天尤狭，而奇峭率相类。山形或如炉，如钟鼓，如屏障剑戟，皆拔地而生，溪旁天竹成林。行数里，遇一白须人云："前山有虎。"同行者皆心动，寻旧路而归。

《袁宏道集笺校》

【注释】

①五泄：即五道瀑布，土人号为泄。五泄山以瀑而得名，在浙江诸暨市西五十里。

②陶周望：陶望龄，字周望，号石篑。

③淈（gǔ）淈：水涌流貌。

④轻薄：轻视鄙薄。

⑤张皇：夸张炫耀。

⑥习定：修习禅定，意谓养静以止息妄念。

⑦公望：陶周望之弟陶奭龄，字公望。

⑧五泄僧房：指五泄寺。

⑨牛羊下矣：指天色已晚。《诗经·王风·君子于役》："日之夕矣，牛羊下来。"

【赏读】

五泄诸篇，可称浪游纪快之作。中郎笔下，西湖秀冶柔媚，五泄奇峭瑰玮，两种不同的美。

此篇其实是五泄观瀑的序曲。迤逦行来，心潮起落，尚未见到五泄瀑布之真容。此篇写得极其活泼酣恣，景活，人活，蹦跃欲出，妙趣横生。

文章先抑后扬。行数百里之外看山，其心可谓诚矣。敞舟羸马，一路奔波，但见顽山乱石，中郎岂不懊恼？过青口，方渐入佳境。两山夹峙欲颓堕，中留一线青天，令人齿震震然。移步换形，又是一番天地。野花怒放，蒙络重峦，色彩斑斓，锦绣满谷，更有千年沉香古木，欹立凌霄绝壁之上。此情景颇似中郎曾引过的东坡偈语："空山无人，水流花开。"在寂寂空山中，大自然竟如此狂放地、恣情地呈露自我！这才引得看山诸客"相顾大叫"。

至于中郎之友，皆是有山水之癖的狂生，彼此情投意惬，嬉笑戏谑，无所不至。中郎慧黠精灵，诸友狂呼哄笑，独有沉稳老到的静虚居士妙语解颐："尔辈遇小小丘壑，便尔张皇如是，明日见五泄，当不狂死耶？"吊足了他们的胃口，这才逗得"余与公望闻之喜甚，皆跳吼沙石上"。此番浪游，给中郎留下了难以磨灭的记忆，直到他的晚年，陶周望已然去世，中郎犹忆当年浪游吴越的欢乐时光，不禁黯然神伤。

观第五泄记 袁宏道

从山门①右折,得石径,数步闻疾雷声,心悸。山僧曰:"此瀑声也。"疾趋度石罅②,瀑见。石青削不容寸肤,三面皆郛③立,瀑行青壁间,撼山掉④谷,喷雪直下,怒石横击如虹,忽卷挚⑤折而后注,水态愈伟,山行之极观也。游人坐欹岩下望,以面受沫,乍若披丝,虚空皆纬,至飞雨泻崖而犹不忍去。

暮归,各赋诗,所目既奇,思亦变幻恍惚,牛鬼蛇神,不知作何等语。时夜已午,魈⑥呼虎号之声,如在床几间。彼此谛视,须眉毛发,种种皆竖,俱若鬼矣。

《袁宏道集笺校》

【注释】

①山门:指五泄寺的山门。

②罅:裂缝。

③郛(fú):城的外墙。

④掉:摇动。

⑤卷挚:卷引牵拉。

⑥魈(xiāo):山鬼。

【赏读】

中郎在另一版本中写道:"五泄水石俱奇绝,别后三日,梦中犹作飞涛声。"

此篇之奇有二：一是瀑布之奇；一是人物之奇。

　　篇中多用短句，急促的节奏透露了紧迫的心情。数步闻"疾雷声"，未睹其状，先闻其声，山崩海啸一般的轰响令人心悸神寒。"疾趋"，何其迫不及待；"瀑见"，那魂萦梦牵已久的五泄瀑布，就豁然呈现眼前。

　　石壁青黛，陡峭如刀削斧劈，不容寸土，三面环绕如郭。百幅鲛绡，自天而挂，飞涛走雪，令人目夺神骇。尤其不可思议者，怒石截之，水石相激，雷奔海立，撼山摇谷，雪浪腾空倒挂，溅沫映日如虹，此即中郎诗中所云："一曲飞珠三万斛。"（《第五泄》）更有峡风逆之，横卷斜掠向后狂泻，翻云抹海，喷雾溅雪，帘披绡曳，水势之雄奇壮美臻于极致。游人坐欹侧岩石下望，以面受沫，初时细若游丝，如同横掠而来的纬线，后来竟如飞雨泻崖，人们仍然舍不得离去。

　　暮归，各赋诗。每个人都受到过于强烈的震撼，所见景物既奇，神思也自恍惚，浮现出种种光怪陆离的幻象，牛鬼蛇神，不可名状。此时，已是夜深，睡意全无。瀑布与山石撞击的砰訇巨响，仿佛鬼号虎啸，久久在床榻几案间回荡。"彼此谛视，须眉毛发，种种皆竖，俱若鬼矣。"此段描写，可谓亘古未有之文，将骚人名士的尊容形容曲尽，亦谐亦谑。试看，世之耍笔杆儿者，有几个不把自己搞得形销骨立，如醉如狂？纵然笔下字字欲飞，一片神行，其奈面目尘土，须发虬张，三分像人，七分像鬼。读罢中郎此文，当可会心一笑。

满井①游记 袁宏道

　　燕地②寒，花朝节③后，余寒犹厉，冻风时作。作则飞砂走砾，局促一室之内，欲出不得。每冒风驰行，未百步辄返。

　　廿二日，天稍和，偕数友出东直④，至满井。高柳夹堤，土膏微润，一望空阔，若脱笼之鹄⑤。于时冰皮始解，波色乍明，鳞浪层层，清澈见底，晶晶然如镜之新开，而冷光之乍出于匣也。山峦为晴雪所洗，娟然如拭，鲜妍明媚，如倩女之靧面⑥，而髻鬟之始掠也。柳条将舒未舒，柔梢披风，麦田浅鬣⑦寸许。游人虽未盛，泉而茗者，罍⑧而歌者，红装而蹇⑨者，亦时时有。风力虽尚劲，然徒步则汗出浃背。凡曝沙之鸟，呷浪之鳞，悠然自得，毛羽鳞鬣之间，皆有喜气。始知郊田之外，未始无春，而城居者未之知也。

　　夫能不以游堕事⑩，而潇然于山石草木之间者，惟此官⑪也。而此地适与余近，余之游将自此始，恶能无纪？己亥⑫之二月也。

《袁宏道集笺校》

【注释】

　　①满井：在北京东北郊。《长安客话》卷四记满井云："出安定门，循古濠而东三里许，有古井一，径五尺余。飞泉突出，冬夏不竭。好事者凿石栏以束之。水常浮起，散漫四溢。井傍苍藤丰草，掩映小亭。都人探为奇胜。"

②燕地：古燕国的地域，在今河北北部。这里指北京。

③花朝节：旧俗以农历二月十五日（或以二月初二日，或以二月十二日）为百花生日，称花朝节。

④东直：北京的东直门。

⑤鹄：天鹅。

⑥靧（huì）面：洗脸。

⑦鬣（liè）：马鬃。

⑧罍（léi）：酒器。

⑨蹇（jiǎn）：驴。

⑩堕（huī）事：废事，误事。

⑪此官：袁宏道时任顺天府教授。

⑫己亥：万历二十七年（1599）。

【赏读】

《满井游记》最足以代表中郎之文清新流丽的美学风貌。他写的是北国的早春二月，刻画精妙入微，敏锐地捕捉到了大自然的律动。

中郎在京师的苦寒尘嚣中蛰居很久，不免感到压抑郁闷。此次满井之游，给他带来了极大惊喜。"高柳夹堤，土膏微润，一望空阔，若脱笼之鹄"，长堤高柳，微微泛出新绿；冰融雪消的沃土，散发着湿润的芳香；郊野一派空阔浩荡，使人如脱笼之鸟，可以自由飞翔。点染几笔，写出了大地的苏醒，个性的舒张。此文最为摄人心魄的就是作者肆于笔端的灵气，一切景物，俱含性灵，写的虽是山川草木，却令人感到生命之泉汩汩流淌。试看中郎笔下的山容水态：春水初漾，清澈澄明，滟滟波光，仿佛刚刚磨好的新镜乍出于匣，闪耀着纤尘不染的莹莹晶光；山峦如洗，青葱浅翠，秀色可人，仿佛倩女梳洗方罢，刚刚挽好堆云斜堕的髻鬟。前后比喻对照，就是一幅美人临镜晨妆的画图,鲜妍明媚,栩栩如生。一个"掠"字,更增添了几分俏媚的风流标格。此即中郎的诗"湖上青山镜里姝"(《饮北安门水轩》)所写的同一情境,烟云秀色与天地生生之气自然凑泊。展望平芜,柳条轻舒柔梢,袅娜春风;麦田嫩绿茸茸,一望无际。游人情态各异,有汲泉煮茗的雅士,有举酒高歌的豪客,也有穿着艳丽服装、骑驴踏春的靓女,三三两两,点缀春光。就连沙滩上晒太阳的鸟儿,水浪中嬉戏的鱼儿,都是那么悠然自得,洋溢着喜气。中郎"潇然于山石草木之间",那自由的、欢乐的、萌发着蓬勃生机的春天原野,就是他的心灵外化。

游高梁桥①记 袁宏道

高梁桥在西直门外,京师最胜地也。两水夹堤,垂杨十余里,流急而清,鱼之沉水底者,鳞鬣皆见。精蓝②棋置,丹楼珠塔,窈窕绿树中。而西山之在几席者,朝夕设色以娱游人。当春盛时,城中士女云集,缙绅士大夫,非甚不暇,未有不一至其地者也。

三月一日,偕王生章甫③、僧寂子出游。时柳梢新翠,山色微岚,水与堤平,丝管夹岸。趺坐④古根上,茗饮以为酒,浪纹树影以为侑⑤,鱼鸟之飞沉,人物之往来,以为戏具。堤上游人,见三人枯坐树下若痴禅者,皆相视以为笑。而余等亦窃谓彼筵中人,喧嚣怒诟,山情水意,了不相属,于乐何有也。少顷,遇同年黄昭质⑥拜客出,呼而下,与之语,步至极乐寺⑦观梅花而返。

《袁宏道集笺校》

【注释】

①高梁桥:在北京西直门外,因跨高梁河,故名。《长安客话》卷三记高梁河云:"水急而清,鱼之沉水底者鳞鬣皆见。春时堤柳垂青,西山朝夕设色以娱游人。都城士女藉草班荆,曾无余隙,殆一佳胜地也。"

②精蓝:佛寺,僧舍。精,精舍;蓝,伽蓝。

③王章甫:王衫,字章甫,一字子静。汉阳人。贡生。

④趺坐：盘腿端坐。

⑤侑（yòu）：劝。指"侑者"，劝酒之人。

⑥黄昭质：黄辉第四弟，南充人。万历二十年（1592）与袁宏道同科中进士。

⑦极乐寺：在高梁桥西三里许。

【赏读】

中郎同时所作的《游高梁桥》诗有云"花时晴色酿芳原，出郭犹如出槛猿"，足见他心花怒放的欢跃。其时高梁桥是京师游览佳处，读此文，当可一览明代燕都西郊之胜景。长堤垂柳，万缕千丝，弄晴拂水；来自西山玉泉的水流，湍急莹澈，可鉴鱼翔浪底，鳞鳍可数；芳原绿野，树影参差，古刹梵宇，点缀犹如棋布，丹楼珠塔，碧瓦朱甍，掩映于蓊郁浓绿中。西山翠微一带，缥缈无际，朝夕晴雨，云岫霞光，烟霏暮霭，变幻出千姿百态，娱人耳目，人在坐榻几案之间即可领略西山秀色。

以下具体描画此次出游的诱人风光：碧柳长条，新翠欲滴，婀娜于春风骀荡之中；层峦远岑，披青抹黛，轻岚出岫；春水泛溢，波与堤平，溟漾一碧；更有调丝弄管者，曼声清扬，如自天外飞来。此时盘腿坐于古木根上，尽情享受神与物游的乐趣。啜茗浑似佳酿，令人一醉酡颜；清波涟漪，浪纹摇碧，弱柳扶风，倒影涵空，秀媚可人犹如粉黛侑酒；鸢飞鱼沉，人物往来，便似生、旦、净、末登台的戏场，游心骋目，可以不饮自醉了。此时胸中浩浩，荡涤块垒，真如蝉蜕于尘埃之外。文末点出人世间的悖谬：堤上游人嗤笑他三人枯坐树下如傻和尚；他等亦可怜堤上人浑浑噩噩，对于山情水意，一窍不通，枉生世上。中郎前岁所写的《游高梁桥》诗曾经道及："阉贵马嘶风，飞弹睫前过。……随荫即张席，礼法捐烦苛。高车载美酒，倾泻若洪波。"所以"喧嚣怒诟"之状，自是司空见惯，不免玷辱山川灵秀之气了。

远帆楼记 袁中道①

邑中无培塿②之山，独江水自天而下，卷雪轰雷，为天下雄观。予谓峰固有飞来者，今秦蜀之间，开眼皆山，安得峙一峰于此，与江流相吞吐乎？昔尝游光、黄间，酷爱其层峰叠嶂，而其土人则又曰："吾安得一曲之水，而日观之。"盖物珍于罕得久矣。然以大江之洋洋，即山与水不相凑合，亦有终日观而不厌者。予性嗜水，不能两日不游江上。尝醉卧沙石间，至夜犹不去。

万历壬辰③，有龙阳人以舟载楼而鬻者，大人鬻而建之宅右，而令予居焉。登而望之，则大江横亘其前，浩浩乎，泂泂乎，昔所谓烦步履而后得者，一旦坐而致之几席。凡江北之烟树，沙上之游人，了了可数。其风帆之往来者，出没于青槐绿柳之中，或疾如马奔，或缓若云停，或千帆争出，或孤篷自振，或满插云霄，或半移疏树。顾而乐之，曰是可名为"远帆楼"也。

逾月，有一妓来，与之登楼，熟视楼而泣下，因问楼所由来。予答以鬻之龙阳人。妓乃愀然曰："噫嘻！此妾夫君别驾刘公楼也。公既家居，爱声色，畜妓甚多，妾其一也。终日于楼上教歌舞，丝肉代奏，欢宴穷日夜。公既死，妾之香火兄弟皆散去，而妾身亦流落为游妓。孰知楼亦远移至此？"因指白板扉上所画花卉数种，谓予曰："此妾与女伴某窃公笔而戏为之者也。"以袖拂拭，言与泪俱。予乃调之曰："汝独不能学盼盼④乎？"妓收泪笑曰:"燕子楼被人买去,盼盼将安居耶?"

予因念此楼,在刘公时为歌舞喧阗之所,至予寂然,惟破书败纸,堆列案间,安有所为青娥皓齿者乎?则此楼亦大流落,独妓耶?然予又思,楼中虽萧条,而楼外江景甚佳,但得堤不崩,帆之远者不日以近,使余得安然居之,读书之暇,继以眺望;不望不已,继以沉酣。自酌自醉,自歌自舞,亦未尝不适之,而又何羡焉,则谓楼之未始落莫也亦可。楼凡三楹,凡三月毕功,而予姑记之,以识岁月。

《珂雪斋集》

【注释】

①袁中道(1570~1626):字小修,号凫隐居士,明湖广公安(今属湖北)人。早慧,性豪放,喜浪游,仕途蹭蹬,万历四十四年(1616)他四十六岁时才考中进士,官至南京吏部郎中。文章词采清丽,本色独造,与兄宗道、宏道并称"三袁",号"公安派"。有《珂雪斋集》。

②培塿:小土山。

③万历壬辰:万历二十年(1592)。

④盼盼:妓名,唐贞元中,镇守徐州的张建封之妾。白居易《燕子楼诗序》:"徐州故尚书(张建封)有爱妓曰盼盼,善歌舞,雅多风态。尚书既没,彭城有旧第,第中有小楼名燕子。盼盼念旧爱而不嫁,居是楼十余年。"

【赏读】

小修嗜水,性与水狎,父亲让他居临江楼上,大江横亘其前,卷雪轰雷,日夜涛声。此文以饱蘸情感的笔墨记叙了楼之命名以楼之沧桑。

凭楼远眺，江水奔腾浩渺，烟树莽莽苍苍，风帆樯影出没于青槐绿柳之中。文中重点写"帆"，那瞥然而逝的往来风帆，从何处来，往何处去？负载着多少人生的重荷、命运的沉浮？有的疾驰如奔马，有的缓进如云屯；有的千帆竞驶，有的孤篷独往；有的插云戟日，有的偃息疏树。这其中蕴涵了多少不可破解的人生密码？小修"顾而乐之"，将它命名为"远帆楼"。

一次萍水相逢的邂逅，令人黯然。人生机缘竟有如此巧合，偶有一妓登楼，熟视此楼此阁，不禁泫然泪下。原来此楼是她的故主刘公的旧宅，刘公爱声色，畜歌妓，她即其中之一，当日此楼曾经歌舞喧阗。作者仅用两个细节就写出了此女的悲梗命运。一是指白板扉上所画花卉数种，曰："此妾与女伴某窃公笔而戏为之者也。"昨梦前尘，宛然可见，她虽然出身卑微，但是也曾天真，也曾有过夭韶岁月，聪慧而多才艺，在嬉戏中留下了花样年华的印痕。另一就是作者将她与盼盼相比："妓收泪笑曰：'燕子楼被人买去，盼盼将安归耶？'"当年东坡夜宿燕子楼，梦盼盼，写下了"燕子楼空，佳人何在，空锁楼中燕"的名句，张建封死，盼盼念旧爱而不嫁，住在为她而建的燕子楼中，生死相依。这是一个理想化的浪漫故事，而小修所写的则是现实版的惨淡人生。刘公既死，风流云散，而她一介弱女，只能是萍漂梗泛，沦落风尘。比起盼盼的故事，更多了几分凄怆。或许"远帆楼"也正象征着人生归宿的未卜和渺茫。小修后来为人题写山亭匾额，信笔题下了"远帆亭"（《游居柿录》），足见他对"远帆"这一意象的深情绵邈。

游岳阳楼记 袁中道

洞庭为沅、湘等九水之委①。当其涸时，如匹练耳。及春夏间，九水发而后有湖。然九水发，巴江②之水亦发。九水方奔腾浩渺，以趋浔阳。而巴江之水，卷雪轰雷，自天上来。竭九水方张之势，不足以当巴江旁溢之波。九水始若屏息敛衽③而不敢与之争。九水愈退，巴江愈进。向来之坎窦④，隘不能受，始漫衍为青草⑤，为赤沙⑥，为云梦⑦，澄鲜宇宙，摇荡乾坤者，八九百里。而岳阳楼峙于江湖交会之间，朝朝暮暮，以穷其吞吐之变态，此其所以奇也。楼之前为君山，如一雀尾炉，排当水面，林木可数。盖从君山酒香朗吟亭上望，洞庭得水最多，故直以千里一壑，粘天沃日为奇。此楼得水稍诎，前见北岸，政须君山妖蒨⑧，以文其陋。况江湖于此会，而无一山以屯蓄之，莽莽洪流，亦复何致。故楼之观，得水而壮，得山而妍也。

游之日，风日晴和，湖平于熨，时有小舫往来，如蝇头细字着鹅溪⑨练上。取酒共酌，意致闲淡。亭午风渐劲，湖水汩汩有声。千帆结阵而来，亦甚雄快。日暮，炮车云生，猛风大起，湖浪奔腾，雪山汹涌，震撼城郭。余始四望惨淡，投箸而起，愀然以悲，泫然不能自已也。昔滕子京⑩以庆帅左迁此地，郁郁不得志，增城楼为岳阳楼。既成，宾僚请大合乐落之，子京曰："直须凭栏大哭一番乃快！"范公⑪"先忧后乐"之语，盖亦有为而发。夫定州之役，子京增堞籍兵⑫，慰死犒生，边垂以安，而文法吏以耗国议其后。朝廷用人如此,诚不能无慨于心。第以束发登朝,入为名谏议,出为名将帅,已稍稍展布其才;而又有范公为知己,不久报政最⑬矣,有何可哭?至若予者,为毛锥子所窘,一往四十余年,不得备国家一亭一障之用。玄鬓已皤,壮心日灰。近来又遭知己骨肉之变,寒雁一影,飘零天末,是则真可哭也,真可哭也!

《珂雪斋集》

【注释】

①委:水流汇聚之处。

②巴江:指长江上游。

③屏息敛衽:屏住呼吸,整饬衣襟。表示恭敬。

④坎窦:坑洼。

⑤青草:湖名,与洞庭湖相连。

⑥赤沙:湖名,又名赤湖,在湖南华容县西南,与洞庭湖相连。

⑦云梦:即云梦泽。

⑧妖蒨:妩媚鲜丽。

⑨鹅溪:地名。在四川省盐亭县西北,以产绢著名,唐时以为贡品。

⑩滕子京:滕宗谅,字子京,河南洛阳人。与范仲淹是同年进士。曾以天章阁待制任环庆路都部署,并知庆州。后被人诬告"盗用公使钱",贬谪到岳州巴陵郡。次年,重修岳阳楼。

⑪范公:即范仲淹。与滕子京是同年好友,为滕子京撰《岳阳楼记》。

⑫增堞(dié)籍兵:意谓整顿军备。堞,城上齿形的矮墙,也称女墙。籍,登记。

⑬报政最：即报最，或举最。旧时长官考察下属，把政绩最好的列名报告朝廷叫报最。

【赏读】

往昔范仲淹撰《岳阳楼记》，享誉千古，赋予了岳阳楼厚重的历史文化积淀。后之来者，游踪至此，莫不抚今追昔，心潮澎湃。登临斯楼，洞庭八百里乾坤浩荡，尽收眼底。

小修此游，几乎一日之间，经历了由晴和景明至于阴风怒号的瞬息突变。凭栏纵目，波平如熨，小舫划过水面，如同在鹅溪白绢上书写蝇头细字，把酒共酌，意态闲远。正午风力渐劲，千帆竞驶，尚可一快耳目。迨日暮，终至狂飙横卷，白浪滔天，雪崩海立，震撼城郭。"余始四望惨淡，投箸而起，愀然以悲，泫然不能自已也。"

此篇令人酸楚的便是小修之"哭"。想起当年重修岳阳楼的滕子京，他本有才略，知庆州时，整饬军备，慰死犒生，防御西夏有功，但是却遭诬陷，自庆帅谪巴陵，愤懑见于辞色，因此岳阳楼落成之际，滕子京曰："落甚成？只待凭栏大恸数场！"（《清波杂志》）滕公当日之哭，触动了小修的万斛愁肠，吊古伤今，怆然涕下。比起滕公的宦海沉浮，自己一介书生，更加潦倒飘零。年逾不惑，仍然辱在泥涂，两位兄长先后谢世，尤其近来二哥中郎英年早逝，使他痛不欲生，心灵上留下了难以愈合的创伤，华发早白，壮心已逝，文中充满了怀旧伤逝的哀思。当年中郎叙小修诗曾云："不胜其哀生失路之感，予读而悲之。大概情至之语，自能感人，是谓真诗。"此篇《游岳阳楼记》，就是直抒其哀生失路之悲的作品。"寒雁一影，飘零天末"，就是小修的自我写照，孤零的小修，柔弱的小修，这个意象，就永远镌刻在读者的心中。

爽籁①亭记 袁中道

玉泉②初如溅珠，注为修渠。至此忽有大石横峙，去地丈余，邮③泉而下，忽落地作大声，闻数里。予来山中，常爱听之。泉畔有石，可敷蒲④，至则趺坐⑤终日。其初至也，气浮意嚣，耳与泉不深入，风柯谷鸟，犹得而乱之。及冥而息⑥焉，收吾视，返吾听，万缘⑦俱却，嗒焉丧偶⑧，而后泉之变态百出。初如哀松碎玉，已如鹍弦铁拨⑨，已如疾雷震霆，摇荡川岳。故予神愈静，则泉愈喧也。泉之喧者入吾耳，而注吾心，萧然泠然⑩，浣濯肺腑，疏瀹⑪尘垢，洒洒⑫乎忘身世而一死生⑬。故泉愈喧，则吾神愈静也。夫泉之得予也，予为导其渠之壅滞，除其旁之草莱，汰其底之泥沙，濯足者有禁，牛马之蹂践者有禁。予之功德于泉者止此耳。自予之得泉也，旧有热恼⑭之疾，根于生前，蔓于生后，师友不能箴⑮，灵文⑯不能洗，而与泠泠之泉遇，则无涯柴棘⑰，若春日之泮薄冰，而秋风之陨败箨⑱。泉之功德于我者，岂其微哉！泉与予又安可须臾离也。

故予居此数月，无日不听泉。初曦落照往焉，惟长夏亭午，不胜烁也，则暂去之矣。斜风细雨往焉，惟滂泥淋漓，偃盖之松不能蔽也，则暂去之矣。暂去之，而予心皇皇然，若有失也。乃谋之山僧，结茅为亭于泉上，四置轩窗，可坐可卧。亭成而叹曰：是骄阳之所不能驱，而猛雨之所不能逐也，与明月而偕来，逐梦寐而不舍，予今乃得有此泉乎！且古今之乐，自八音⑲止耳。今而后始知八音外，别有泉音一部。世之王公大人不能听，亦不暇听，而专以供高人逸士陶写性灵之用。虽帝王之咸英韶武[20]，犹不能与此泠泠世外之声较也，而况其他乎？予何幸而得有之，岂非天所以贲予者欤？于是置几移襆，穷日夜不舍，而字之曰"爽籁"云。

《珂雪斋集》

【注释】

①爽籁：大自然中的清妙之音。

②玉泉：在湖北当阳市玉泉山。

③邮：传导。

④敷蒲：铺设蒲团。

⑤趺坐：盘腿端坐。

⑥冥而息：冥心息虑，意谓泯灭俗念，使心境宁静。

⑦万缘：指各种杂念。

⑧嗒焉丧偶：语出《庄子·齐物论》："嗒焉似丧其偶。"指达到物我两忘的境界。

⑨鹍弦铁拨：鹍弦，用鹍鸡筋做的琵琶弦。铁拨，用铁制的弹拨琵琶等弦乐器的工具。唐段安节《乐府杂录·琵琶》："开元中有贺怀智，其乐器以石为槽，鹍鸡筋作弦，用铁拨弹之。"

⑩萧然：空寂的样子。泠然：清凉的样子。

⑪疏瀹：疏通荡涤。

⑫洒洒：了无挂碍。

⑬一死生：泯灭了生死界限。

⑭热恼：焦虑苦恼。

⑮箴：针砭，医治。

⑯灵文：指佛教经文。

⑰柴棘：荆棘，比喻胸中缠绕纠结的苦痛。

⑱箨：竹皮。

⑲八音：中国古代乐器的统称，指金（钟）、石（磬）、丝（琴）、竹（箫）、匏（笙）、土（埙）、革（鼓）、木（柷）八种不同质材的乐器为八音。

⑳咸英韶武：上古帝王之乐。咸，咸池，黄帝之乐；英，六英，帝喾之乐；韶，虞舜之乐；武，周武王之乐。

【赏读】

在相知相爱的二哥中郎溘然长逝后，小修万念俱灰，锦绣乾坤化作凄凉世界，胸中块垒难消，他摒挡家事，遣嫁侍婢，到离家三百里外的玉泉隐居，结庵习静，看山听泉。他所寻觅的是心灵的止泊之所。

此篇重在写泉，写他与山泉的那份不解之缘。端坐蒲团终日，胸中了无杂念，方始一点灵犀，悟出泉之变态百出。泉流淙淙，迸玉溅珠，初若松涛鸣柯，碎玉珊珊，凄美幽韵；既而水石相激，雾雪纷飞，如鹍弦铁拨，悲亢激越；终而飞流直注，万壑轰鸣，雷奔石怒，震荡山川。作者实笔纯写听觉形象，言外也隐含了视觉形象。目揽堆蓝积翠之色，耳聆转石奔雷之声，清清泠泠，足以荡涤肺腑，浣洗污垢，忘却世间的尘累，将死生看得淡然，卸下那不堪承受之重——对生的爱恋，对死的恐惧。胸中无限纠结的焦虑痛苦，一旦与清越激扬的泉相遇，竟涣然消释，如春日之泮薄冰，秋风之扫落叶。他又找回了自我。这是何等可珍可贵的人生之寄！

以下极写他的"癖且痴"，他与此泉竟然须臾不可暂离。初曦落照往焉，斜风细雨往焉，然而，烈日炎炎的正午，滂沱淋漓的雨天，则不能往。此刻他便惶惶然，失魂落魄，于是与山僧谋划，建一亭于泉上,而且四置轩窗。此亭落成之日,小修慨然叹曰:"是骄阳之所不能驱,而猛雨之所不能逐也,与明月而偕来,逐梦寐而不舍,予今乃得有此泉乎!"索性搬家具、卷铺盖往进此亭,与美妙无与伦比的泉音共此朝夕,形影不离,将此亭命名曰"爽籁亭"。此即小修撰《爽籁亭记》的本末。痴情的小修,奇癖的小修,令人爱怜。

游桃花记　　陈继儒①

南城独当阳，城下多栽桃花。花得阳气及水色，大是秾华。居民以细榆软柳，编篱缉墙，花间菜畦，绾结相错如绣。

余以花朝②后一日，呼陈山人父子，暖酒提小榼③，同胡安甫、宋宾之、孟直夫渡河梁，踏至城以东，有桃花蓊然。推户闯入，见一老翁，具鸡黍饷客。余辈冲筵前索酒，请移酒花下。老翁愕视，恭谨如命。余亦不通姓字，便从花板酒杯④，老饕一番。复攀桃枝，坐花丛中，以藏钩⑤输赢为上下，五六人从红雨中作活辘轳，又如孤猿狂鸟，探叶窥果，惟愁枝脆耳。日暮乃散。是日也，老翁以花朝为生辰，余于酒后作歌赠之，谓老翁明日请坐卮脯⑥为寿。

十四日，余与希周、直夫、叔意挈酒榼，甫出关，路途得伯灵、子犹，拉同往。又遇袁长史披鹤氅入城中，长史得我辈看花消息，遂相与返至桃花溪。至则田先生方握锄理草根，见余辈，便更冠出肃客。客方散踞石上，而安甫、宾之、箕仲父子，俱携酒榼佐之。董、徐、何三君，从城上窥见，色为动，复踉跄下城，又以酒及鲜笋、蛤蜊佐之。是时，不速而会凡十八人，田先生之子归，骈为十九，榼十一，酒七八壶觞。酒屈兴信⑦，花醉客醒，方苦瓯罍⑧相耻，忽城头以长绠缒酒一尊，送城下客，则文卿、直卿兄弟是也。余辈大喜，赏为韵士。时人各为队，队各为戏。长史、伯灵角智局上。纷纷诸子，饱毒空拳，主人发短耳长,龙钟言笑。时酒沥尚馀,乃从花篱外要⁹路客,客不问生熟妍丑,以一杯酒浇入口中,以一枝桃花簪入鬓角,人人得欢喜吉祥而去。日暮鸟倦,余亦言旋。皆以月影中抱持而顾,视纱巾缥袖,大都酒花花瓣而已。

昔陶征君⑩以避秦数语⑪,输写心事,借桃源为寓言,非有真桃源也。今桃花近在城齿,无一人为花作津梁,传之好事者,自余问津后,花下数日间便尔成蹊。第赏花护花者,舍吾党后,能复几人?几人摧折如怒风甚雨,至使一片赤霞,阑珊狼藉,则小人于桃花一公案,可谓功罪半之矣。

《晚香堂小品》

【注释】

①陈继儒(1558~1639):字仲醇,号眉公,又号麋公,明华亭(今上海松江)人。二十九岁即绝意仕进,取儒衣冠焚弃之,隐居昆山,后又隐居东佘山,以诗文书画自娱。广交朝中显宦、文坛名流。精绘画,与董其昌齐名;工诗文,短翰小词,极有风致。名倾朝野,以布衣而终。有《陈眉公全集》。

②花朝:旧俗以农历二月十二日为百花生日,称花朝节;也有二月初二之说。

③榼(kē):古代盛酒的器具。

④花板酒杯:即梨花杯,一种较小的酒杯,以形似花瓣而得名。

⑤藏钩:古代一种游戏,将一钩(或他物)藏于手心,让对方猜。

⑥卮脯:酒肉。

⑦酒屈兴信:酒已尽而兴正浓。屈,竭尽;信,通"伸",舒张。

⑧瓯罍：泛指酒器。

⑨要：邀请。

⑩陶征君：指东晋诗人陶渊明。征君，指不接受朝廷征聘的隐士。

⑪避秦数语：陶渊明《桃花源记》写桃源中人"自云先世避秦时乱"。

【赏读】

  眉公之文，"闲雅"与"世俗"圆融无间，独标一格。《游桃花记》匠心独运，对桃花着墨不多，主要写的是游春赏花之人的活动，写得浓墨重彩，活泼酣恣。此篇其实是对陶渊明的《桃花源记》的一种颠覆，它写的不是与世隔绝的乐土，而是一片现实的、世俗的欢喜天地。这是晚明文人的一种生存方式的写照，或者说是体现了他们的审美情趣和人生境界。眉公的《太平清话》中引用了两句韵语，"身入儿童斗草社，心如太古结绳时"，盖谓返璞归真。赏花自然离不开酒，眉公自命颇谙酒中风味，太醉、太醒皆不可，妙的是"非醉非醒，如憨孩儿"（《酒颠小序》），此篇写的就是童心未泯，狂而且憨。

  作者以精练的笔墨，前后照应，点染桃花盛开时节的诱人春色。"大是秾华"，四字凸现桃花之烂漫、秾艳，得阳光雨露之滋润，花娇欲狂，蒸霞吐媚。城边人家，以嫩柳柔条编为篱笆，"花间菜畦，绾结相错如绣"，一片赤霞红雨中点缀着几抹新绿，真个是锦天绣地，令人感到春色骀荡无边。赏花人游兴勃发，呼朋啸侣，出城寻春。至一桃花蓊然的溪畔人家，直阃而入，筵前索酒。几位不速之客，也不通报姓字，极写此辈的放浪形骸，纵情任性。老翁亦是解人，相逢何妨同醉？于是饕餮一番，大快朵颐。然后攀上桃枝，以藏钩为戏，"五六人从红雨中作活辘轳"，其行径与顽童无异。此日兴犹未尽，次日复来，热闹空前，与会者十八人，有的送来鲜笋、蛤蜊，方愁酒罄，城头忽以长绳縋下美酒一尊，真是善可人意。玩到昏天黑地，酒未喝完，于是拉住过路客，不问生熟妍丑，各灌酒一杯，簪花一朵，人人欢天喜地而去。此时此刻，消泯了雅俗，浑忘了尊卑，同在华胥国中一醉。归时皆在月中抱持，踉跄而行，身上酒香花瓣而已。眉公的《岩栖幽事》有云："唯有偷闲人，憨憨直到老"，即此境界吧。

浣花溪①记 钟 惺②

出成都南门，左为万里桥③，西折纤秀长曲，所见如连环，如玦④，如带，如规，如钩；色如鉴，如琅玕⑤，如绿沉瓜。窈然深碧，潆回城下者，皆浣花溪委⑥也。然必至草堂而后浣花有专名，则以少陵⑦浣花居在焉耳。

行三四里为青羊宫⑧，溪时远时近，竹柏苍然，隔岸阴森者尽溪。平望如荠，水木清华，神肤洞达。自宫以西，流汇而桥者三，相距各不半里。舁夫⑨云通灌县，或所云"江从灌口来"是也。人家住溪左，则溪蔽不时见，稍断则复见溪。如是者数处，缚柴编竹，颇有次第。桥尽，一亭树道左，署曰"缘江路"。过此则武侯祠，祠前跨溪为板桥一，覆以水槛，乃睹"浣花溪"题榜。过桥，一小洲横斜插水间如梭。溪周之，非桥不通。置亭其上，题曰"百花潭水"。由此亭还，度桥，过梵安寺⑩，始为杜工部祠⑪。像颇清古，不必求肖，想当尔尔⑫。石刻像一，附以本传。柯仁仲别驾⑬署华阳时所为也。碑皆不堪读。

钟子曰："杜老二居，浣花清远，东屯⑭险奥，各不相袭。严公⑮不死，浣溪可老，患难之于友朋大矣哉！然天遣此翁增夔门一段奇耳。穷愁奔走，犹能择胜。胸中暇整⑯，可以应世，如孔子微服主司城贞子⑰时也。"时万历辛亥⑱十月十七日，出城欲雨，顷之霁。使客游者，多由监司郡邑⑲招饮，冠盖稠浊，磬折⑳喧溢，迫暮趣归。是日清晨，偶然独往，楚人钟惺记。

《隐秀轩集》

【注释】

①浣花溪：在成都西郊外，一名濯锦江，一名百花潭。

②钟惺（1574~1624）：字伯敬，号退谷，明湖广竟陵（今湖北天门）人。万历三十八年（1610）进士。官至福建提学佥事。与同里谭元春相契，号竟陵派，以深幽孤峭为宗。著有《隐秀轩集》。

③万里桥：在成都城南，原名长星桥，三国时蜀费祎使吴，诸葛亮为他饯行于此，祎叹曰："万里之行，始于此矣。"故改称万里桥。

④玦：环形而有缺口的玉佩。

⑤琅玕：一种美石，形容竹之青翠。

⑥委：水的下游。

⑦少陵：指杜甫，他在长安时，曾在少陵附近居住，自称少陵野老。后人以少陵为杜甫的代称。

⑧青羊宫：又称青羊观，在浣花溪附近，是一座著名的道教宫观。

⑨舁（yú）夫：轿夫。

⑩梵安寺：即草堂寺。

⑪杜工部祠：在杜甫草堂遗址上修建的纪念杜甫的祠堂，杜甫曾任检校工部员外郎。

⑫想当尔尔：想来应当如此。

⑬别驾：官名，明代为州府的副长官。

⑭东屯：杜甫离开成都到夔州，曾经住在东屯高斋。

⑮严公：指严武，杜甫在成都时，严武任剑南节度使，对杜甫

多有照顾；严武死后，杜甫无所依靠，就离开了成都。

⑯暇整：即"整暇"，形容严谨而又从容不迫。

⑰司城贞子：春秋时陈国大夫，孔子流亡到陈国时，曾住在他家。

⑱万历辛亥：万历三十九年（1611）。

⑲监司：明代按察使掌管监察，称监司。郡邑：州县长官。

⑳磬折：打躬作揖，弯腰如磬。磬，古代一种曲尺形的打击乐器。

【赏读】

《浣花溪记》是为缅怀诗圣杜甫而作。杜甫在风尘澒洞、干戈遍地之际，流寓成都，在浣花溪畔修筑了一所草堂，客居四载，留下了大量不朽的诗篇，从此草堂成为人们景慕瞻仰的风景胜地。八百余年后，钟惺奉使入川，独游草堂，寻访当年杜甫的行踪遗迹，记下了浣花草堂及其周边的清幽秀丽的景色。此文充分体现了深幽孤峭的竟陵风格，几乎就是钟惺的诗文主张的完美演绎："察其幽情单绪，孤行静寄于喧杂之中，而乃以其虚怀定力，独往冥游于寥阔之外。"（《诗归序》）每一移步换形，都摇漾着思古之幽情。

首句点出"万里桥"，读来怦然心动，因为万里桥是杜甫倾注深情的风物，诗中一再提及"万里桥西一草堂"（《狂夫》），"南浦清江万里桥"（《野望》），这里就是游浣花溪的起点。以下状写溪流的窈窕多姿，以五个比喻形容溪水的纤长秀美、蜿蜒曲折，是状其形；以三个比喻形容溪水的清澈明净、湛然深碧，是写其色，已经美不胜收。然而溪水只有流经杜甫草堂的一段才享有浣花溪的美名，"浣花溪水水西头，主人为卜林塘幽"（《卜居》），令人神往不已。

过青羊宫，溪流时远时近，岸边苍竹翠柏，浓荫蓊郁，远望漠漠如荠，近观则翠筱风梢，娟娟拂水。作者以"水木清华"四字，摹写溪光树色之清幽湛秀，令人心旷神怡。溪畔人家，白屋茅茨，柴门竹篱，一派朴野风光。过武侯祠，一小洲横斜插水间，"溪周之，非桥不通"，杜诗所云"清江一曲抱村流"（《江村》）的景色宛然在目。置亭其上，题曰"百花潭水"，出自杜诗名句："百花潭水即沧浪。"（《狂夫》）度桥过亭，便是杜甫"舍南舍北皆春水"（《客至》）的草堂，后人建为杜工部祠。诗圣之像，清肃高古，令人崇敬感喟于千载之下。

篇末杂以议论，钟惺此时初登仕途，既对杜甫"穷愁奔走，犹能择胜"的器宇不凡十分仰慕，也对当时官场应酬的恶浊风气"冠盖稠浊，磬折喧溢"深为鄙薄。他的"幽情单绪、孤行静寄"，尽显竟陵派冷隽、峭拔的格调，谏果回甘，清简而有余味。

再游乌龙潭①记 谭元春②

潭宜澄,林映潭者宜静,筏宜稳,亭阁宜朗,七夕宜星河,七夕之客宜幽适无累。然造物者岂以予为此拘拘者乎?

茅子③越中人,家僮善篙楫④。至中流,风妒之,不得至河荡,旋近钓矶,系筏垂下。下雨霏霏湿幔,犹无上岸之意。已而雨注下,客七人,姬⑤六人,各持盖立幔中,湿透衣表。风雨一时至,潭不能主,姬惶恐求上,罗袜无所惜。

客乃移席新轩,坐未定,雨飞自林端,盘旋不去,声落水上,不尽入潭,而如与潭击。雷忽震,姬人皆掩耳欲匿至深处。电与雷相后先,电尤奇幻,光煜煜⑥,入水中,深入丈尺,而吸其波光以上于雨,作金银珠贝影,良久乃已。潭龙窟宅之内,危疑未释。

是时,风物倏忽,耳不及于谈笑,视不及于阴森,咫尺相乱,而客之有致⑦者,反以为极畅。乃张灯行酒,稍敌风雨雷电之气。忽一姬昏黑来赴,始知苍茫历乱,已尽为潭所有,亦或为潭所生。而问之女郎来路,曰"不尽然",不亦异乎?

招客者为洞庭吴子凝甫,而冒子伯麟、许子无念、宋子献孺、洪子仲伟,及予与止生为六客,合凝甫而七。

《谭友夏合集》

【注释】

①乌龙潭:在南京城内。

②谭元春（1586~1637）：字友夏，号鹄湾，明湖广竟陵（今湖北天门）人。天启七年（1627）乡试第一。未出仕，布衣终身。与钟惺同为竟陵派的创始者。著有《谭友夏合集》。

③茅子：茅元仪，字止生，茅坤的孙子。茅坤为明初"唐宋派"代表之一。

④篙楫：船篙与船桨。

⑤姬：歌伎。

⑥煜煜：明亮貌。

⑦有致：有情致、兴致。

【赏读】

此篇以奇幻险奥而别具一格。谭子作为竟陵派的领军人物，标举"人有孤怀，有孤诣"（《诗归序》），自然不拘格套。首段议论风生，即是独出心裁，一连用了六个"宜"字，如潭宜澄，一泓清碧；筏宜稳，波平浪静等等，大体是指风和日丽、良辰美景。以下陡然一折，一笔抹尽上文，"然造物者岂以予为此拘拘者乎？"难道造物者以为我是如此墨守成规的吗？竟陵派无论审美情趣抑或雕章琢句，都力避俗滥、追求孤峭，言外之意：我辈岂是那等拘拘于世俗之见的凡夫庸子！游乌龙潭，也许雨骤风狂更有情趣。

次段写筏游。《初游乌龙潭记》记叙友人止生在乌龙潭新建了轩阁，准备了游筏，"筏架木朱槛，制如幔亭"。此次筏游潭上，风浪起，雨霏霏下，打湿亭幔，刹那间大雨瓢泼倾注而泻。这里穿插了场面描写，"客七人，姬六人"，有几位侑酒的歌伎，小鸟依人，此时惶恐万状，恳求带她们上岸，也顾不得踩湿罗袜，画出莺莺燕燕的狼狈之态。筏游到此中止。

于是移席新轩。以下是篇中的警策之句，写惊心动魄的雷鸣电闪、雨骤风狂，这是可遇而不可求的大自然的壮美奇观。"雨飞自林端,盘旋不去",写出骤雨横掠之暴、怒卷之狂。而最精彩的则是电光,一道强烈刺目的电闪,划破阴霾,直插水中,仿佛汲取了龙宫中的精华倒射于雨,幻作金银珠贝,光华四射,熠熠生辉。这是最奇幻、最绚丽的一笔,令人目夺神摇。客中有情致者,翻以为此游极畅,于是张灯行酒,这就是作者的夫子自道吧,正符合他的奇诡幽僻的审美情趣。

尾声极饶韵趣。一姬迟来赴约,方知潭外并无风雨,原来雷鸣电闪、雨骤风狂,只属于乌龙潭所专有,或者说竟是潭之所生,真是千载难逢,不虚此游。

游焦山①小记 李流芳②

二十七日，雨初霁，与伯美③约为焦山之游。

孟阳④、鲁生适自瓜州来会，亟呼小艇，共载到山。访湛公于松寥山房，不遇，步至山后，观海门⑤二石。还登焦先岭⑥，寻郭山人故居，小憩山椒亭子，与孟阳指点旧游。孟阳因诵湛公诗"风篁一山满，潮水两江多"，相与赏其标格。寻籐⑦小径至别山、云声二庵，径路曲折，竹树交翳，阒然非复人境。有僧号见无，与之谈，亦楚楚不俗，相与啜茶而别。寻《瘗鹤铭》⑧于断崖乱石间，摩挲久之。还，饭于湛公房。孟阳、鲁生遂留宿山中，予以舟将渡江，势不可留，怏怏而去。

孟阳、鲁生与山僧送余江边，徙倚柳下，舟行相望，良久而灭。落日注射，江山变幻，顷刻万状，与伯美拍舷叫绝不已。因思焦山之胜，闲旷深秀，兼有诸美。焦先岭上，一树一石，皆可彷徨追赏；其风涛云物，荡胸极目之观，又当别论。且其地时有高人道流，如湛公之徒，可与谈禅赋诗，逍遥物外。观其所居，结构精雅，庖湢⑨位置，都不乏致。竹色映人，江光入牖，是何欲界，有此净居？孟阳云："吾尝信宿⑩兹山，每于夕阳，登岭眺望，落景烂于西浦，望舒⑪已升于东淑⑫；琥珀琉璃，和合成界，熠耀恍惚，不可名状。"嗟乎！苟有奇怀，闻此语已，那免飞动？

予自丁酉来游，未遑穷讨。人事参商⑬，忽忽数年，始一续至。又以羁绁⑭俗缘，卒卒⑮便去，如传舍⑯然，不知此行定复何急，良可浩叹！自今以往，日月不居，一误难再。赋归之后，纵心独往，尚于兹山不能无情。当择春秋佳日，买小艇，襆被⑰宿松寥阁上十日夕，以偿夙负⑱。滔滔江水，实闻此言！

《檀园集》

【注释】

①焦山：在今江苏省镇江市东北长江中，与金山对峙。相传东汉处士焦先隐此，故名。原名谯山，亦曰浮玉山。

②李流芳（1575～1629）：字长蘅，一字茂宰，明嘉定（今属上海）人。万历年间举人。他是明代中晚期享有盛誉的画家，工书法，精题跋，画、诗、文俱佳，风格韶秀淡远。

③伯美：张伯美，李流芳的友人。

④孟阳：程嘉燧，字孟阳，明休宁（今属安徽）人。擅绘画，通音律，工诗文，名士风流。与李流芳是至交，情谊笃厚。

⑤海门：山立奔涛中，江出其腹，故谓之海门。

⑥焦先岭：焦先，汉末隐士，字孝然，河东人。见汉室衰，结庐于镇江谯山（即今焦山）隐居。皇帝三次下诏征召他出山为官，他都拒不应召。时人为了纪念他，改山名为焦山。

⑦繇：由。

⑧《瘞鹤铭》：传说王羲之所携二只仙鹤夭折于焦山，埋葬于此，王羲之遂挥笔写了《瘞鹤铭》以示悼念，刻于焦山崖石。曾经崩坠长江，后移置焦山定慧寺。此为著名的摩崖刻石，被推许为"碑中之王"、"大字之祖"。关于《瘞鹤铭》的时代和书者，众说纷纭，均无确据。

⑨庖湢：厨房和浴室。

⑩信宿：连宿两夜。

⑪望舒：神话中为月亮驾车的神。代指月亮。

⑫溆：水边。

⑬参商：参星和商星。二者在空中此出彼没，用来喻亲友隔绝，不能相见。

⑭羁绁（xiè）：被羁绊。

⑮卒卒：匆促急迫。

⑯传舍：旅舍。

⑰襆被：卷铺盖。

⑱夙负：以往的歉疚。

【赏读】

焦山以古朴幽邃而著称，肖然耸峙于扬子江心，碧波环绕，林木荟郁，满山苍翠，宛然碧玉浮江，所以又有"浮玉山"的美名。流芳的写景小品，黄宗羲称其："潇洒数言，便使读之者如身出其间，真是文中有画也。"他天资颖悟，耽于禅悦，其所为文，韶秀隽逸，清空淡远，风致绝佳。

焦山云涛风物，悦目荡胸，不一而足，而观夕阳落照，尤为一绝。焦山临江面海，浩渺无际，故而霞光璀璨，蔚为奇观。流芳此篇，着意于江山夕照，而渗透其中柔思绵邈的则是他对挚友的无限深情。他与程孟阳交谊笃厚，同为画家、诗人、小品妙手，志趣相投，流芳自云："平生心知两莫逆，人言君痴我亦癖。"（《送程孟阳游楚中》）此番偕游焦山，他因事匆匆离去，意甚怏怏，孟阳诸友送至江边，不仅徘徊柳下，恋恋不舍，而且伫立江畔，目送孤帆远去。置身此情此境之中，瞥然目睹"落日注射，江山变幻，顷刻万状"，不禁拍舷叫绝，正印证了孟阳所言：西浦日落崦嵫，千嶂彩飞，明霞烂锦，平铺江上，波水尽赤。而东溆娟娟明月已悄然跃出沧波浩渺间，精光电射，江波碎为玉玦，滟滟千里，和合成一琥珀琉璃的世界，熠熠生辉，璀璨夺目。流芳心驰神往，岁月荏苒，时过境迁，仍然追怀不已，诗中写道："去年送我扬子湄，焦山落日江逶迤。"（《送程孟阳游楚中》）

　　焦山以竹木幽深而取胜，远眺焦山在白浪中蓊蓊如翠球；近则寻径而上，修篁翠竹，蔽翳天光，幽碧如浸，衣袂酣染，阒然非复人境。梵宇精舍，点缀其间，苍崖削黛，翠络蒙密，宛若天然画图。流芳喜禅，此间亦有诗僧画衲，可以共话禅机。僧所居室，结构精雅，竹色映人，江光入牖，令人有澄寂之趣，不禁叹羡："是何欲界，有此净居？"流芳以其柔婉敏感之心，对人间美景、友朋欢会倍加珍爱，然而，世间诸事瞬息即逝，万境皆空，因此他的清绮美文，往往带着淡淡的感叹岁月流逝的哀愁。

净业寺①观水记 王心一②

长安③以水为奇遇，每坐对砚池盂水，与天光相映，便欲飞身溟海④，一溯⑤洪流。而净业寺在都城之北，面临清波汪洋数十顷，两涯之间，几不辨牛马，而一望镜彻，直令人心一空。招提⑥金碧，与林木森疏，时时吞吐水练上，即此便是方丈、蓬丘⑦。

予厌苦尘污。一日，舍舆⑧循涯而步，见有败荷如盖，馀香乘风来扑人鼻。忽木鱼⑨响歇，隔林笙歌，隐隐出红楼⑩中，觉耳根如洗；转视昔时从马驴间听传呼声，顿隔人天。已而穿萝寻径，复有小筑⑪，自为洞天⑫；四顾竹树，交加成帷，更为奇绝。予乘小酣，暂憩草裀⑬。尔时欲有题记，觉我宁作我，不可更著名言。顷刻，西山落日，斜挂树杪，如轮如烛，返照水面矣。

归来抱膝对砚池盂水，余兴欲勃，便欣然神往，遂漫为追次⑭其事。倘他日乞得冷曹⑮，借吏隐⑯闲身，再觅句以志胜事，当不负此佳境也。

《兰雪堂集》

【注释】

①净业寺：故址在今北京德胜门内西顺城街。《长安客话》："都城北隅，旧有积水潭，周广数里，西山诸泉从高梁桥流入北水门汇此。内多植莲，因名莲花池。池上建有莲花庵、净业寺，及王公贵人家水轩水亭，最为幽胜。"

②王心一（1572～1645）：字纯甫，号元渚，又号元珠，明吴县（今江苏苏州）人。万历进士。天启间官御史，以屡次弹劾魏忠贤党遭贬。工绘画，精诗文。有《兰雪堂集》。

③长安：原为汉唐都城位于陕西的长安，此处代指北京。

④溟海：大海。

⑤溯：逆流而上。

⑥招提：寺庙。

⑦方丈、蓬丘：传说海上有三神山：蓬莱、方丈、瀛洲。蓬丘，即蓬莱山。

⑧舁：车，轿。

⑨木鱼：佛教法器，刻木像鱼形，诵经礼佛时扣之以调音节。

⑩红楼：古代常指妙龄女子的住处。

⑪小筑：精巧的建筑物，如亭榭轩阁之类。

⑫洞天：道教称神仙的居处，意谓洞中别有天地。后常泛指风景胜地。

⑬草裀：草地。裀，褥垫、毯子之类。

⑭追次：追忆，记录。

⑮冷曹：清闲的官职。

⑯吏隐：虽居官而犹如隐者。

【赏读】

王心一可谓是"家住吴门，久作长安旅"（周邦彦《苏幕遮》），他生长在江南水乡，看惯了山明水秀的南国风物，一旦做了京官，在都城，黄尘漫天，沙砾扑面，加之目睹了官场的黑暗险恶，混迹于尔虞我诈、蝇营狗苟的衙门，精神上感到莫大的压抑。只看他面对家中砚池、盆盂中阳光映照的水，便想飞越大海、弄潮洪流，从这种匪夷所思的狂想，便可见他挣脱束缚、释放郁结的渴望。因此，当他来到净业寺前、莲花池畔，便觉耳目一新，心花怒放。眼前一泓池水，清波荡漾，汪洋数十顷，几乎看不清楚对岸涯涘，那水如镜子一般明莹清澈，秀色可爱，令人心旷神怡，顿时忘却了世间的喧嚣嘈杂，灵府一片澄明。远远近近，梵宇金碧辉煌，若隐若现；临水飞阁流丹、亭台耸翠，与或密或疏的花木，倒映水中，摇漾于清波涟漪之上。这就是自己梦寐以求的蓬莱仙境！

久厌京华尘涴，亟思在滚滚红尘中获取片刻的清静安宁。一日，舍弃车而漫步水涯，残荷犹亭亭如盖，风送余香，沁沁扑鼻；忽闻天外传来一阵阵木鱼声，时响时歇，梵音绵邈，令人入于清虚悠远之境；隔着花木，红楼一角，飘然传出笙歌清扬，令人忆起少壮秾华，曾经有过的纯洁无瑕的岁月。此时觉得六根俱净，灵性莹然。想到自己奔波官场，入则案牍烦冗，形神俱瘁；出则皂隶喝道，驴马嘶鸣，苦不堪言，顿时觉得相隔人天，仙凡判若天壤。继而穿林披萝，曲径寻幽，又见小阁玲珑，自为洞天福地，竹树环抱，蓊然如屏如帏，幽蒨奇绝。乘着薄醉，暂憩草茵，想要题写一记，然而，转念一想，"我宁作我"，一个自在、自足的我，又何必题写什么大言煌煌的名句呢？他一直盘桓到了日落西山，嫣红一抹隐于树梢，明霞散绮映于水上。

归来余兴未消，按捺不住心驰神往，挥笔追记下此日的所见所思；企盼将来如有闲身，定当再觅佳句，以不负此人间阆苑的美景。

东 山[①] 王思任[②]

出东关，得箬舟[③]，雾初醒，旭上，望虞山一带，坦迤绎直，絮棉中埋数角黑幕，是米颠[④]浓墨压山头时也。然不可使颠见，恐遂废其画。

亭午，过蒿坝，江鱼入馔，两岸山各以浅深色媚行。伸脚一眠，小醉而梦。舟子突叫："看东山！"山麓巉石兽蹲，守江如拒。从谢公棹楔[⑤]上蹬路，每数十武，长松绣天，涛声百沸。又壑中时有哀玉[⑥]淙淙，草多远志。看洗屐池，一泓不竭，可当万里流也。池上数级，得蔷薇洞，文靖[⑦]携妓常憩此。李供奉[⑧]《忆东山》词："花开月落，几度谁家？"何物少年轻薄，然致语大是晓语，可以唤起文靖，不必多憾。窈蔼曲折入国庆寺，寺僧指点调马路，英风爽然。上西眺，西眺名韵甚，白天布曳，直入大海，浩然不疑。独琵琶一洲，宛作当年掩袂态。古今人岂甚相殊，那得不为情感？

东山辨见宋王铚[⑨]记甚详，吾以为山之所住，偶然四隅耳，何以喜东不喜南也？夫东山之借鼎久矣，足忌之而口祥之，人遂视东山为南山。絮令家有从未面识，而辄谓其知情者乎？吾安能倒决曹江之水，一为洗清两字冤也。山可矣，去其东而可矣。

《王季重十种》

【注释】

①东山：在浙江上虞市西南，以晋谢安隐居于此而闻名。

②王思任（1574~1646）：字季重，号遂东，晚年又号谑庵，山阴（今浙江绍兴）人。万历二十三年（1595）进士。曾任知县、工部主事、九江佥事等。鲁王监国，授礼部侍郎。清兵陷绍兴，征召不赴，绝食自尽。他是晚明小品文的重要作家，著有《王季重十种》等。

③箬舟：竹舟。

④米颠：宋代书画家米芾，字元章，襄阳人，世称米襄阳。擅画山水，自名一家，笔意纵横，几同泼墨。好奇石，有洁癖，不能与世俯仰，人称米颠。

⑤谢公：指谢安。棹楔：门旁表宅树坊的木柱。

⑥哀玉：形容泉流淙淙，如鸣环珮，音色凄清。

⑦文靖：谢安，谥文靖。他隐居东山时，放情丘壑，常携妓自随。

⑧李供奉：指李白，他曾供奉翰林。

⑨王铚：字性之，南宋初人。记闻博洽，撰有《默记》、《东山记》。

【赏读】

　　王思任晚年自号谑庵，其为文自出手眼，横恣老辣，幽默谐谑。张岱称其"笔悍而胆怒，眼俊而舌尖，恣意描摩，尽情刻画"（《王谑庵先生传》）。他的山水小品，锋棱欲活，砰訇欲跃，风生云起，满纸烟霞。

　　东山之游，实为追慕谢安。谢安四十一岁出仕前隐居东山，留下很多遗迹，后来成为名胜景观，如国庆寺、洗屐池、蔷薇洞、明月堂、白云轩、谢公调马路、东西二眺亭等。写舟行，晓雾初开，望虞山一带，云遮雾隐，絮白之中墨色浓抹隐没了数角峰峦，仿佛米颠泼墨淋漓，挥写黑云压山图景。正午过蒿坝，两岸山色，浓翠浅黛，各逞秀色，以媚行人。小醉入梦之际，已到东山。循石蹬而上，"长松绣天，涛声百沸"，山谷深蔚，松樾蔽天，清荫匝地，涛声回荡；溪壑中泉流淙淙，如哀玉琮琤。登西眺亭，水天相接，江如匹练，直走大海。又有指石弹琵琶的故实：东山之下有巨石，横出江面，舟行其下，莫不骇栗；巨石像手指一样，斜指江中对面的琵琶洲，因此琵琶洲"宛作当年掩袂态"。

　　思任喜发议论，杂以调侃嘲谑。文中所引"花开月落，几度谁家"句，化自李白《忆东山》诗："不向东山久，蔷薇几度花。白云还自散，明月落谁家？"蔷薇洞是谢安当年携妓游宴之地，白云轩、明月堂也是谢安高卧憩息之所，李白将东山、蔷薇、白云、明月巧妙融入诗中，却又了无痕迹，此诗含蓄、隽永，意在感叹风流已逝，故旧凋零。思任道"何物少年轻薄"，可能是因为有种传闻说白云、明月是谢公所携妓的小名，所以"花开月落，几度谁家"只是叹息美人尘土而已，是为绮语。其实，谢安是李白最为心仪的人物，李白既欣赏他草芥荣华、睥睨王侯的高隐，也仰慕他待时而出、大济苍生的功业，其诗中歌咏谢安的句子极多。因此思任下文转而妙语解颐：有韵致之语也就是大彻大悟之语，白云苍狗，花飞花谢，本是宿命轮回，又何须遗憾呢？

小 洋[①]   王思任

　　由恶溪[②]登括苍[③]，舟行一尺，水皆汗也。天为山欺，水求山放，至小洋而眼门一辟。吴闳仲送我，挈睿孺出船口，席坐引白[④]，黄头郎[⑤]以棹歌赠之，低头呼卢[⑥]，俄而惊视，各大叫，始知颜色不在人间也，又不知天上某某名何色，姑以人间所有者仿佛图之。

　　落日含半规[⑦]，如胭脂初从火出。溪西一带山，俱似鹦鹉绿、鸦背青，上有猩红云五千尺，开一大窦[⑧]，逗出缥[⑨]天，映水如绣铺赤玛瑙。口益呇[⑩]，沙滩色如柔蓝懒白，对岸沙则芦花月影，忽忽不可辨识。山俱老瓜皮色。又有七八片碎蒻鹅毛霞，俱金黄锦荔，堆出两朵云，居然晶透葡萄紫也。又有夜岚[⑪]数层斗起，如鱼肚白，穿入出炉银红中，金光煜煜[⑫]不定，盖是际天地山川，云霞日采，烘蒸郁衬，不知开此大染局作何制？意者，妒海蜃[⑬]，凌阿闪，漏卿丽[⑭]之华耶？将亦谓舟中之子，既有荡胸决眦[⑮]之解，尝试假尔以文章，使观其时变乎？何所遘[⑯]之奇也！

　　夫人间之色，仅得其五。五色互相用，衍至数十而止，焉有不可思议如此其错综幻变者？曩吾称名取类，亦自人间之物而色之耳。心未曾通，目未曾睹，不得不以所睹所通者，达之于口而告之于人。然所谓仿佛图之，又安能仿佛以图其万一也？嗟乎！不观天地之富，岂知人间之贫哉！

《王季重十种》

【注释】

①小洋：滩名，在浙江青田县境内。

②恶溪：亦名好溪，相传溪中多水怪，故名恶溪；唐段成式为刺史，水怪遁去，改名好溪。

③括苍：山名，即小括苍山，在浙江丽水。

④引白：举杯饮酒。

⑤黄头郎：汉代掌管船舶行驶的吏员叫黄头郎，后泛指船夫。

⑥呼卢：谓赌博。

⑦半规：半圆。

⑧窦：洞穴。

⑨缥：淡青色。

⑩笏（hū）：昏暗。

⑪岚：山间雾气。

⑫煜煜：光耀。

⑬海蜃：即海市蜃楼。

⑭卿丽：卿云之丽。卿云，即庆云，一种彩云，古人视为祥瑞。

⑮荡胸决眦：杜甫《望岳》诗："荡胸生层云，决眦入归鸟。"意谓胸襟涤荡，眼界开阔。

⑯遘（gòu）：遭遇。

【赏读】

思任之文，奇幻诙诡，标新领异，陈继儒评说他的山水游记"混沌以来，山灵数千年未尝遇此品题知己"（《王季重〈游唤〉序》），《小洋》即是其例。此篇刻意摹写夕照落霞，很少有作品将夕照落霞写得如此姿态横生，瑰奇绚丽，璀璨夺目。

文中先叙舟行艰难，两岸峰峦峭立，直插云霄，遮天蔽日，船在乱石险滩中搏浪前行，舟中人或饮酒，或听歌，或呼卢，未免有些意兴阑珊，直到小洋出现，方才蓦然惊视，一派色彩斑斓的壮美景观豁然呈现眼前。众人大叫，真个是别有天地非人间！

山衔落日，半轮殷红，如同胭脂初从火出，分外鲜艳；溪西一带山峦，树木郁郁葱葱，像鹦鹉翠羽一般浓绿，像鸦背一般深黛，正是一幅"落日山横翠"的光景。上有猩红云五千丈，云中洞开处逗露出一抹淡青色的天空；霞光映在水面，如同锦绣上平铺了一层红色玛瑙。纵目游观，光华四射，异彩纷呈。

天色逐渐昏暗，沙滩变作浅蓝淡白的颜色，对岸沙白茫茫如芦花月影，一片迷离朦胧；山峦也暗淡下来，变成老瓜皮色。然而，天空中还有余霞散绮，流荡的云霞如同七八片剪碎的鹅毛，色如"金黄锦荔"，或在暮色中凝成"晶透葡萄紫"。夜幕悄临，山岚雾霭层层涌起，如鱼肚白，流荡穿插于银红色的霞光中，金光闪烁不定，熠熠生辉。此时此际，天地山川，云霞日彩，陶冶为一大染坊，色彩缤纷，令人眼花缭乱。何来如此奇谲瑰美的景观？是为了让海市蜃楼的幻景妒忌，让霹雳电闪黯然失色，还是为了泄露庆云的精气光华？

文末一叹，意味深长："嗟乎！不观天地之富，岂知人间之贫哉！"面对宇宙之大美，人间何其苍白！尘世的荣辱沉浮似乎也都等若轻尘了。

游敬亭山①记 王思任

"天际识归舟,云中辨江树"②,不道③宣城,不知言者之赏心④也。姑孰⑤据江之上游,山魁而水怒。从青山⑥讨宛⑦,则曲曲镜湾,吐云蒸媚,山水秀而清矣。曾过响潭,鸟语入流,两壁互答。望敬亭,绛雾⑧浮巘⑨,令我杳然生翼,而吏卒守之不得动。既束带⑩竣谒事⑪,乃以青鞋走眺之。

一径千绕,绿霞翳染,不知几千万竹树党结阴寒,使人骨面之血皆为蔷碧,而向之所谓鸟啼莺啭者,但有茫然,竟不知声在何处。厨人尾我,以一觞劳之留云阁上。至此,而又知"众鸟高飞尽,孤云独去闲"造句之精也。朓乎?白乎?归来乎?吾与尔凌丹梯⑫以接天语也。日暮景收,峰涛沸乱,饥猿出啼,予慄然不能止。

归卧舟中,梦登一大亭,有古柏一本,可五六人围,高百余丈,世眼未睹,世想不及,峭崿斗突,逼嵌其中,榜曰"敬亭",又与予所游者异。嗟乎!昼夜相半,牛山⑬短而蕉鹿⑭长,回视霭空间,梦何在乎?游亦何在乎?又焉知予向者游之非梦,而梦之非游也?止可以壬寅四月记之尔。

《王季重十种》

【注释】

①敬亭山:在安徽宣城北十里外。
②"天际"二句:出自谢朓《之宣城出新林浦向板桥》诗。

③道：经过。

④言者之赏心：言者，指谢朓；赏心，谢朓诗中有云："嚣尘自兹隔，赏心于此遇。"

⑤姑孰：今安徽省当涂县的古称，王思任曾任当涂县令。

⑥青山：山名。一名青林山，谢朓曾卜居于此，故又称谢公山。在当涂县东南。李白《题东溪公幽居》诗："宅近青山同谢朓。"

⑦讨宛：讨，寻觅，访求；宛，蜿蜒曲折。

⑧绛雰（fēn）：红霞。

⑨巘（yǐn）：山势高耸突兀。

⑩束带：整饬衣冠，束紧衣带，表示恭敬。

⑪谒事：谒见长官。

⑫凌丹梯：谢朓《游敬亭山》诗："要欲追奇趣，即此凌丹梯。"

⑬牛山：在今山东省淄博市。《晏子春秋·谏上十七》："景公游于牛山，北临其国城而流涕曰：'若何滂滂去此而死乎！'"后比喻为人生短暂而悲叹。

⑭蕉鹿：《列子·周穆王》："郑人有薪于野者，遇骇鹿，御而击之，毙之。恐人见之也，遽而藏诸隍中，覆之以蕉，不胜其喜。俄而遗其所藏之处，遂以为梦焉。"后以"蕉鹿"指梦幻。此句意谓生命短而梦幻长。

【赏读】

人们游览山川胜迹，往往是为了印证自己记忆中的名诗名句，如提到敬亭山，便立即想起李白、谢朓咏敬亭山的佳作，它们赋予了敬亭山以厚重的人文蕴涵，敬亭山已经被人格化了。思任此游，即是为了追寻前贤遗踪。

"天际识归舟，云中辨江树"，一幅清空淡远的画图，归舟，孤帆隐隐,出没于渺渺天际;江树,渐行渐远,迷失在云水苍茫之中。着一"识"字、一"辨"字,染上了浓重的感情色彩,王夫之评此二句:"隐然一含情凝眺之人呼之欲出,从此写景,乃为活景。"(《古诗评选》卷三)作者慨叹:不是道经宣城,就不能体会小谢当年那种离乡去国、天涯孤旅的况味。此段写望敬亭山。舟行发姑孰,经青山,江流蜿蜒,烟云蒸媚,水秀山清,鸟声呖呖婉转,在两岸峭壁间呼应对答。遥望敬亭,高耸入云,红霞雾雾,隐没了峰峦峭壁,令人恨不能生出翅膀飞落亭前,可惜官身束缚,不得自由。

次段写实游敬亭山。一径千绕,绿霞瀚染,几千万竿箐竹蒙络荫翳,冷绿沁骨,人行其间,骨血均化为酣碧之色。小饮留云阁上,至此已凌绝顶,山与云而俱齐,江接天而并远,昔时所谓的鸟啼莺啭,竟杳然不知声在何处。此时方知太白"众鸟高飞尽,孤云独去闲"造句之精。斯人已逝,风范犹存。"朓乎?白乎?归来乎?"临风一呼,知音何在?山川与性情蓦然邂逅,譬如电光石火,又为敬亭山之游留下了浓墨重彩的一笔。

末段写梦游敬亭山。梦中登一大亭,浑朴古拙,嵌于险峰峭壁间,有百丈高的古柏一棵。世人眼所未睹、想所不及,此即所谓"凌丹梯以接天语",借以抒发他的蝉蜕于尘埃之外的梦想罢了。

游慧锡两山①记 王思任

越人自北归,望见锡山,如见眷属,其飞青天半,久渴而得浆也。然地下之浆,又慧泉②首妙。居人皆蒋姓,市泉酒独佳。有妇折阅③,意闲态远,予乐过之。买泥人,买纸鸡,买木虎,买兰陵面具④,买小刀戟,以贻儿辈。至其酒,出净磁,许先尝论值。予丐冽者清者,渠言燥点择奉,吃甜酒尚可做人乎!冤家,直得一死。

《王季重十种》

【注释】

①慧锡两山:在江苏无锡。

②慧泉:即慧山泉或惠山泉,在无锡惠山白石坞下,水清味醇,用以酿酒,称惠泉酒。唐陆羽称之为"天下第二泉"。

③折(shé)阅:谓商品减价销售。

④兰陵面具:北齐兰陵王高长恭,才武而貌美,临阵常戴假面以对敌,击周师金墉城下,勇冠三军。此即指假面具。

【赏读】

思任的山水小品,固然以风神飘逸、秀色瑰奇见长,但是谐谑狂恣是其总体特色,他也长于摹写世俗社会,人情世态,市井风情,莫不鲜活生动,笔下妙趣横生。张岱称其"矢口放言,略无忌惮"(《王谑庵先生传》),思任亦自谓"舌如风,笑一肚"(《谑庵自赞》)。于谑浪中可见其真率的个性,幽默的禀赋。

首写北归还乡之喜，遥见锡山，如见家人眷属；江南的青山隐隐，飞凌天半，餐此秀色，真如久渴而得琼浆。由浆而及于有"天下第二泉"之称的慧山泉。作者所关注的是慧山的民俗风物，"买泥人，买纸鸡，买木虎，买兰陵面具，买小刀戟"，这些都是无锡慧山招牌性的小工艺品，人们不禁会心一笑，慧山泥人等等真是历史悠久啊！作者买了"以贻儿辈"，几句家常絮语，亲切自然，闲闲道出缕缕宁馨祥和之气。

　　而作者浓墨点染的则是那位青山溪壑间的酒家妇。"有妇折阅，意闲态远，予乐过之。"折阅，大约如今之所谓打折销售，而店主又落落大方，无小家子气，自然乐于打交道了。最佳的当然是慧山泉酿制的酒，当垆的酒家妇又是如此会做生意，拿出洁净的白瓷碗，可以先品尝，再按质论价，真是善可人意。"予丐冽者清者"，当然是要泉质好的，而甘冽清凉者，恐怕略如今之冰镇啤酒之类了。可是酒家妇却打趣道：给您来点烈性酒吧，吃甜酒还可算是男人吗？这位老板娘巧于周旋，灿舌生花，可谓风情万种，所以接着就突然冒出一句："冤家，直得一死！"此为明人通脱之习性，与正统的载道文学大相径庭。思任在《天姥》中也曾写道："酒家胡当垆艳甚，桃花流水，胡麻正香，不意老山之中有此嫩妇。"他所悠然会心的是一"趣"字，标榜"文章有欢喜一途……其所落笔，山水腾花，烟霞划笑"（《夏叔夏先生文集序》），此文庶几近之。

西 堤① 刘 侗②

　　水从高梁桥③而又西,萦萦入乎偶然之中。岸偶阔狭,而面以阔以狭;水底偶平不平,而声以鸣不鸣。偶值数行柳垂之,傍极乐、真觉诸寺④临之,前广源闸节之,上麦庄桥越之,而以态写,以疏密致⑤,以明暗通。过桥,水亦已深,偶得溃衍⑥,遂湖焉。界之长堤,湖在堤南,堤则北;稻田豆场在堤北,堤则南。曰西堤者,城西堤也。

　　堤,官堤,人无敢亭,无敢舫,无敢渔。荷年年盛一湖,无敢采采。凡荷,藕恶石及水,芉恶泥,蒂恶流水,花叶恶水而乐日。故水太深以流,泥太深浅者,不能花也。西堤望湖,不花者,数段耳。荷,花时即叶时,花香其红,叶香其绿,香皆以其粉。荷,风姿而雨韵。姿在风,羽红摇摇,扇白翻翻⑦;韵在雨,粉历历⑧,碧琤琤⑨,珠溅合,合而倾。荷,朵时⑩笔植,而花好偃仰⑪,花头每重,柄每弱,盖⑫每傍挤之。菱砌芡⑬铺,簪之慈菇⑭,鹭⑮步鸥⑯投,浮鹥⑰没凫⑱,则感荷而愁鱼矣。

　　堤行八九里,龙王庙;庙之傍,黑龙潭。隔湖一堤,而各为水。又行一里,堤始尾⑲,湖始濒⑳,荷香始回㉑。右顾村百家,上青龙桥,即玉泉山下也。万历十六年㉒,上谒陵㉓还,幸㉔湖,御龙舟。先期,水衡㉕于下流闸水,水平堤。内侍潜系巨鱼水中,处处识㉖之,则奏举网,紫鳞银刀㉗,泼剌水面,上颜喜。

《帝京景物略》

【注释】

①西堤：选自《帝京景物略》卷七西山下。今北京颐和园内昆明湖的前身是元代瓮山泊，又称"西湖"或"西湖景"；明代至清初沿用；清乾隆十五年（1750）新建清漪园，拓展湖面，改名为昆明湖。西堤，即明代所称西湖之长堤。

②刘侗（约 1593～1637）：字同人，号格庵，明麻城（今属湖北）人。崇祯七年（1634）进士，授吴县令，赴任途中，卒于扬州舟中。与谭元春为邻里，学钟惺、谭元春而得其神韵，为竟陵派中之翘楚。在京师，与于奕正合著《帝京景物略》，于奕正搜集资料，刘侗撰写成文，记叙帝京景物，名胜古迹，风土人情等，写景冷隽幽艳，语言尖新奇僻。

③高梁桥：在北京西直门外半里许，桥跨高梁河上，故名。

④极乐寺：故址在今北京西直门外，去高梁桥三里。真觉寺：又称五塔寺，故址在今北京白石桥东侧的高梁河北岸，以金刚宝座塔闻名。始建于明永乐年间，于成化九年（1473）建成。

⑤致：显其韵致。

⑥濆（pēn）衍：水波涌溢漫衍。

⑦羽红、扇白：红色的、白色的羽扇，形容荷花。

⑧历历：形容粉白。

⑨玽玽：形容碧绿。

⑩朵时：含苞待放时。

⑪偃仰：即俯仰。

⑫盖：荷盖，即荷叶。

⑬芡：水生植物，又名鸡头。叶圆盾形，浮于水面。

⑭慈菇：水生植物，叶形如箭。

⑮鹭：水鸟，嘴直而尖，颈细而长，洁白如雪，喜食鱼蛙之类。

⑯鹢（yì）：水鸟名，形如鸬鹚，善高飞。

⑰鹥（yī）：水鸟，鸥的别名。鸥浮水上，轻漾如沤。

⑱凫：野鸭。

⑲尾：到了尽头。

⑳濒：到了岸边。

㉑回：渐渐消失。

㉒万历十六年：公元1588年。

㉓陵：明朝历代皇帝的陵墓。

㉔幸：帝王驾临。

㉕水衡：古官名，水衡都尉、水衡丞的简称，主管皇家池苑。后泛指主水官。

㉖识（zhì）：作出标志。

㉗紫鳞银刀：指巨鱼。

【赏读】

刘侗与谭元春相友善，游京师，同住在于奕正家之小园。刘侗为文，学竟陵派而深得其闻奥，他的《帝京景物略》也成为竟陵文风的代表作品。只看此篇开端一节中数语"岸偶阔狭，而面以阔以狭；水底偶平不平，而声以鸣不鸣"，便可领略竟陵派之生涩僻奥。其意在赞美水的自然之趣：堤岸偶然宽阔，偶然狭窄，水面也就偶然宽阔，偶然狭窄；水底偶然平坦，偶然不平坦，水声也就偶然鸣响，偶然不鸣响。如此笔调，虽然一新人之耳目，却也不免佶屈聱牙。

当然，他也自有文采斐然的妙笔，用短句，字简净，莹心湛秀，风致嫣然，称得起是"冷隽幽艳"。蒲松龄对《帝京景物略》大加赞赏，编了一个选本：《帝京景物选略》，稍去其繁，得七十七篇，所谓"狐取其白，尽美则已"，并且自撰《小引》，亟赏刘侗妙笔生花,"凌波微步,步每不咫,一咫一莲生"。他也仿效刘侗的竟陵笔调"步步迹,咫咫印,细珊珊,香尘满,几乎坐绣而行锦矣",对刘侗的写景之文给予了高度评价,步步莲花,摇曳生姿。

此篇写荷,就是得其神理的妙文。以"荷"领起的描写凡三小节。首节写形色香泽,"花香其红,叶香其绿",是动态的,花儿红艳艳了才香,叶子碧莹莹了才香,花、叶都是因为它们的粉才香,令人想见荷的明媚鲜妍,红酣绿润,浥露和粉,飘香四溢。次节写姿态神韵,"风姿而雨韵",一语摄其魂魄,捕捉住了那超乎象外的韵致。"羽红"、"扇白",尖新隽美的字眼,荷的姿态全在于风,花儿像红色的或白色的羽扇那样在风中轻摇翻转,令人忆起周邦彦的名句"水面清圆,一一风荷举"。荷的韵致全在于雨,冷雨潇潇,如濯濯新浴,更显出了粉白历历,碧绿琤琤,雨滴溅落在肥大的荷叶上,滚来滚去,如珠走盘,合拢来,又四散去,写出了荷的楚楚风神。末节体物入微,轻怜薄惜。花儿在含苞待放时,其茎笔直,亭亭玉立。但是绽开的菏花在雨丝风片中常常颤颤悠悠地俯仰,因为花头太重了,娇不胜力,花柄又太细弱了,翠碧如玉的荷盖又常常来挤迫花儿。作者笔下,花如解语,妩媚可人。

水尽头① 刘侗

观音石阁②而西,皆溪,溪皆泉之委③;皆石,石皆壁之馀。其南岸皆竹,竹皆溪周而石倚之。燕④故难竹,至此林林亩亩。竹,丈始枝⑤;笋,丈犹箨⑥;竹粉生于节,笋梢出于林,根鞭出于篱⑦,孙大于母⑧。

过隆教寺⑨而又西,闻泉声。泉流长而声短焉,下流平也。花者,渠泉而役乎花⑩;竹者,渠泉而役乎竹;不暇声⑪也。花竹未役,泉犹石泉矣。石鳞⑫乱流,众声渐渐⑬,人踏石过,水珠渐⑭衣。小鱼折折⑮石缝间,闻跫音⑯则伏,于苴⑰于沙。

杂花水藻,山僧园叟不能名之。草至不可族⑱,客乃斗以花⑲,采采百步耳,互出,半不同者。然春之花尚不敌秋之柿叶,叶紫紫,实丹丹⑳。风日流美,晓树满星,夕野皆火。香山曰杏,仰山㉑曰梨,寿安山㉒曰柿也。

西上圆通寺,望太和庵前㉓,山中人指指水尽头儿,泉所源也。至则磊磊㉔中两石角如坎㉕,泉盖从中出。鸟树声壮,泉喈喈㉖不可骤闻,坐久,始别,曰:"彼鸟声,彼树声,此泉声也。"

又西上广泉废寺,北半里五华寺㉗,然而游者瞻卧佛辄返,曰:"卧佛无泉。"

《帝京景物略》

【注释】

①水尽头:选自《帝京景物略》卷六西山上。水尽头,亦名水

源头，在北京西郊卧佛寺西北樱桃沟。

②观音石阁：卧佛寺北为观音阁，阁在山半，建于大磐石上，故称石阁。观音石阁而西，大略即意谓卧佛寺而西。

③委：水之下流。

④燕：北京属古燕国之地，此处指北京。

⑤丈始枝：竹长到一丈多高才分枝杈。

⑥丈犹箨（tuò）：笋长到一丈多高还带着笋壳。箨，笋壳。

⑦鞭：竹根旁生侧出，其形如鞭。出于篱：钻出篱笆之外。

⑧孙大于母：孙，指竹鞭长成的新竹；母，指竹鞭根体，老竹。

⑨隆教寺：在观音阁西半里许，遗址可见，门楣上有"古柯亭荫"四字，明成化六年（1470）敕令重修隆教寺碑尚存。

⑩渠泉而役乎花：意谓泉水自然流淌成渠而滋润灌溉着花。役乎花，服役于花。下句，渠泉而役乎竹，义同。

⑪不暇声：没有闲暇发出声响。

⑫罅：裂缝。

⑬淅淅：水流声。

⑭渐（jiān）：沾湿。

⑮折折：鲜明，清晰。

⑯跫（qióng）音：脚步声。

⑰苴（chá）：水中浮草。

⑱族：种类。此句意谓草繁茂不可分辨种类。

⑲斗以花：古代一种猜花名的游戏。

⑳实丹丹：果实红艳艳。

㉑仰山：碧云寺以东、卧佛寺以西的一段山。

㉒寿安山：又名五华山，即樱桃沟所在之山。

㉓圆通寺、太和庵：均已废。

㉔磊磊：众石堆积貌。

㉕坎：坑。

㉖唶（jí）唶：小鸟鸣声，比喻泉声略小。

㉗广泉寺、五华寺：均已废。

【赏读】

  刘侗写作此篇，是抱憾于世人不知有"水尽头"这样一个清幽秀美的好去处。从卧佛寺而西，便进入了山谷，两山所夹的溪涧，古称退谷，也就是俗称的樱桃沟。水尽头，就是樱桃沟最西端的水源头。此篇章法是：通过沿樱桃沟上溯泉水尽头的游程，来写沿沟的溪流山野花竹果木的无限风光，它的灵魂就是樱桃沟的流水。在明代，樱桃沟还是一个人迹罕至、清幽僻远的山谷，作者敏锐地捕捉住了它那丰韵天然的野趣，在这远离世俗尘嚣的所在，天地万物都在自生、自长、自得、自乐，尽显大自然中活泼泼的生命律动。

  漫步于芳菲幽谷，溪水漫流，怪石嶙峋，北方难得一见的竹子，竟然蓬勃怒长，成林成亩，翠梢拂天，修篁翳日，在溪流的漫衍中焕发出一派生机。渐闻泉声泠泠，水流长而声短暂，因为下流地势平坦的缘故。涓涓细流日夜不停地浇灌着花竹，赋予了它们生命和灵性，自己无暇发出声响。待到走近上流，泉水无须漫衍浇灌花竹，便是众声喧哗，纵情自由地欢跃，在乱石裂缝间迸玉溅珠，沾湿人衣。鱼儿游于浅底，清晰可见，一闻足音，就精灵地躲躲藏藏。

  至于山花烂漫，百草夭蒨，数不胜数，如同锦绣满谷。而春花之蒨冶尚不敌秋实之秾艳。香山的杏，仰山的梨，而尤以寿安山的柿独擅胜场。篇中的警策之句"叶紫紫，实丹丹"，又是典型的竟陵笔调，经霜柿叶，红得发紫，果实累累，丹渥红透。每当风和日丽的日子，清晨破晓时分，柿树就像挂满了灼灼繁星；暮色黄昏时，晚霞中的柿树就像漫山野火。在作者笔下，万物皆有灵性，鲜蹦欢跳，趣味盎然，令人感到生命之泉的汩汩流淌。

及至寻到水的源头，冥坐于泉水涌出的水尽头，凄清幽阒，一派天籁之声齐鸣，鸟声、风吹树声、泉声，混合为几重奏。坐久，才能分辨出："那是鸟声，那是树声，这是泉声。"令人沉醉于琮琮琤琤的万籁和鸣。文末点题：一般游者只瞻卧佛辄返，曰"卧佛无泉"，陷入人云亦云的误区，竟与空谷佳人失之交臂。

天都峰① 徐弘祖②

初四日③,十五里至汤口④。五里至汤寺⑤,浴于汤池⑥。扶杖望硃砂庵⑦而登,十里上黄泥冈。向时云里诸峰,渐渐透出,亦渐渐落吾杖底。转入石门⑧,越天都之胁而下,则天都、莲花⑨二顶,俱秀出天半。路旁一歧⑩东上,乃昔所未至者,遂前驱直上,几达天都侧。复北上,行石罅中。石峰片片夹起,路宛转石间,塞者凿之,陡者级之⑪,断者架木通之,悬者植梯接之。下瞰峭壑阴森,枫松相间,五色纷披,灿若图绣。因念黄山当生平奇览,而有奇若此,前未一探,兹游快且愧矣。

时夫仆俱阻险行后⑫,余亦停弗上。乃一路奇景,不觉引余独往。既登峰头,一庵翼然,为文殊院⑬,亦余昔年欲登未登者。左天都,右莲花,背倚玉屏风⑭,两峰秀色,俱可手揽。四顾奇峰错列,众壑纵横,真黄山绝胜处。非再至,焉知其奇若此!

遇游僧澄源至,兴甚勇。时已过午,奴辈适至。立庵前,指点两峰。庵僧谓:"天都虽近而无路,莲花可登而路遥。只宜近盼天都,明日登莲顶。"余不从,绝意游天都,挟澄源、奴子,仍下峡路。

至天都侧,从流石蛇行而上。攀草牵棘,石块丛起则历块,石崖侧削⑮则援崖。每至手足无可着处,澄源必先登垂接⑯。每念上既如此,下何以堪?终亦不顾。历险数次,遂达峰顶。惟一石顶⑰，壁起犹数十丈，澄源寻视其侧，得级，挟余以登。万峰无不下伏，独莲花与抗耳。时浓雾半作半止⑱，每一阵至，则对面不见。眺莲花诸峰，多在雾中。独上天都，予至其前，则雾徙于后；予越其右，则雾出于左。其松犹有曲挺纵横者；柏虽大干如臂，无不平贴石上，如苔藓然。山高风巨，雾气去来无定。下盼诸峰，时出为碧峤⑲，时没为银海。再眺山下，则日光晶晶，别一区宇⑳也。日渐暮，遂前其足，手向后据地，坐而下脱。至险绝处，澄源并肩手相接。度险，下至山坳，暝色已合。复从峡度栈以上，止文殊院。

《徐霞客游记》

【注释】

①天都峰：在安徽黄山东南部，是黄山三大主峰（天都峰、莲花峰、光明顶）中之最险峻者，古称此峰为"群仙所都"，意谓天上仙人的都会。

②徐弘祖（1586~1641）：字振之，号霞客，明江阴（今属江苏）人。自幼好学，博览群书，弃绝科举，一生未仕，寄情山水，二十二岁开始遍游全国名山大川，毕生从事旅游和地理考察。著有《徐霞客游记》，不仅是地理学著作，也包含了不少精美的游记小品。

③初四日：指明万历四十六年（1618）九月初四日。作者于万历四十四年初游黄山，此为再游。

④汤口：镇名，在黄山脚下，为登山的必经之路。

⑤汤寺：即祥符寺，因靠近汤泉，故又称汤寺。

⑥汤池：即著名的黄山温泉。怪石、奇松、云海、温泉并称黄山四绝。泉自硃砂峰而来，其气清芬，被誉为天下温泉之冠。

⑦朱砂庵：即慈光寺，在朱砂峰下。

⑧石门：峰名，为黄山三十六峰之一。峰顶两壁夹峙如门，故名。

⑨莲花：峰名，在黄山中部，为黄山三大主峰中的最高峰，峰顶宛如一朵仰天绽开的莲花。

⑩歧：岔路。

⑪级之：凿出石阶。

⑫夫仆：脚夫，僮仆。阻险：被险峻的山路所阻。

⑬文殊院：寺名，在天都峰、莲花峰之间，后倚玉屏峰，风光奇美，临眺烟霞缥缈，群峰出没足底。已废。

⑭玉屏风：即玉屏峰，崖壁秀出横列如玉屏，故名。

⑮侧削：倾斜陡削。

⑯垂接：垂手接应。

⑰惟一石顶：天都峰顶有一巨石耸立，呈长方形，有石级可登，刻有"登峰造极"四字。

⑱半作半止：作，兴起；止，消散。

⑲峤：高而锐的山。

⑳区宇：境界，天地。

【赏读】

徐弘祖是一奇人，他摒弃了科举出仕的人生之路，毕生从事旅游和地理考察，遍游全国的名山大川。诚如潘耒所赞叹："不避风雨，不惮虎狼，不计程期，不求伴侣，以性灵游，以躯命游，亘古以来，一人而已。"（《徐霞客游记序》）他以毕生精力和心血，写成皇皇巨著《徐霞客游记》，被誉为"千古奇书"，"世间真文字，大文字，奇文字"（钱谦益《嘱徐仲昭刻游记书》）。

此篇是他再度重游黄山的日记。天都峰是黄山第一险峰。文章以游踪为线索，移步换形，层层渲染，步步惊心，险象环生，烟霞满纸，精神全在一个"奇"字。初登山时，云遮雾隐，诸峰没于云海；历黄泥冈、石门峰，"则天都、莲花二顶，俱秀出天半"，不仅写出二峰横空出世的姿态，而且写出初识天都、莲花真面的狂喜，上倚青天，秀挺劲拔，诱人奋力登攀。继则觅新径，入险途，下瞰深涧幽壑，森森然，丹枫苍松，绿酣红醉，色彩绚丽，如画如绣。登玉屏峰，临文殊院，视野开阔，纵目四顾，苍崖翠壁，迤逦屏开；奇峰险壑，纵横交错，左天都，右莲花，两山秀色，俱可手揽。天都峰，似乎已经近在咫尺，令人欣欣然，跃跃然，然而，却是无路可通，可望而不可即。作者不顾众人劝阻，奋然前行。蛇行匍匐，披棘牵草，越石攀崖，历尽艰险，终于登上天都绝顶。"万峰无不下伏，独莲花与抗耳"，苍山如海，尽皆匍匐于下，天都峰凌空矗立，卓然云表，只有莲花峰与其遥遥相对，堪与抗衡。面对大自然的雄伟，人感到了生命的渺小，宇宙的寥廓无垠。作者刻意摹写了黄山绝景：一是雾涛云海，飘忽不定，变幻莫测，恍兮惚兮，光怪陆离，充满了灵异诡奇；一是奇松怪柏，松树曲干虬枝，柏树平贴石上，如同苔藓一般。人于绝顶迎风而立，时而云开雾散，露出山痕一抹，如碧玉簪似的秀美；时而浓雾弥漫，千岩万壑没入一片银白色的茫茫云海。而远眺山下，却是日光晶晶，别是另一天地。

远 阁[①] 祁彪佳[②]

阁以远名，非第因目力之所极也，盖吾阁可以尽越中诸山水，而合诸山水不足以尽吾阁，则吾之阁始尊，而踞于园之上。

阁宜雪，宜月，宜雨。银海澜回，玉峰高并；澄晖弄景，俄看濯魄冰壶；微雨欲来，共诧空濛山色。此吾阁之胜概也。

然而态以远生，意以远韵。飞流夹巘，远则媚景争奇；霞蔚云蒸[③]，远则孤标秀出。万家灯火，以远，故尽入楼台；千叠溪山，以远，故都归帘幕。

若夫村烟乍起，渔火遥明，蓼汀唱欸乃[④]之歌，柳浪闻睍睆[⑤]之语，此远中之所孕含也。纵观瀛峤[⑥]，碧落苍茫；极目胥江[⑦]，洪潮激射；乾坤直同一指[⑧]，日月有似双丸。此远中之所变幻也。览古迹依然，禹碑[⑨]鹄峙[⑩]；叹霸图已矣，越殿[⑪]乌啼[⑫]。飞盖西园[⑬]，空怆斜阳衰草；回舸兰渚[⑭]，尚存修竹茂林[⑮]。此又远中之所吞吐，而一以魂消，一以怀壮者也。盖至此而江山风物，始备大观，觉一壑一丘，皆成小致矣。

《祁彪佳集》

【注释】

①远阁：祁彪佳于崇祯八年（1635）辞官回乡，在寓山筑别业，名寓山园，撰《寓山注》，以短文一一描述园中景观。远阁即园中之景。选自《寓山注》。

②祁彪佳（1602～1645）：字弘吉，号世培，别号远山堂主人，

山阴（今浙江绍兴）人。明天启三年（1623）进士。官至御史，巡按苏、松。清兵陷杭州，投水自尽殉国。精戏曲，善诗文。撰有《寓山注》、《越中园亭记》、《远山堂曲品剧品》、《祁忠敏公日记》）。

③霞蔚云蒸：形容草木茂盛。《世说新语·言语》："千岩竞秀，万壑争流，草木蒙笼其上，若云兴霞蔚。"

④欸（ǎi）乃：摇橹声；亦指棹歌，划船时歌唱之声。

⑤睍睆（xiàn huǎn）：形容鸟声清和圆转。《诗·凯风》："睍睆黄鸟，载好其音。"

⑥瀛峤：海外仙山。

⑦胥江：即钱塘江。

⑧一指：《庄子·齐物论》："天地一指也。"意谓大小是非等等都是相对的。

⑨禹碑：即岣嵝碑，凡七十七字，蝌蚪文字。后人附会夏禹治水时所刻，碑在湖南衡山云密峰，早佚。绍兴等地有摹刻。

⑩鹄峙：像鹄一样引颈而立，形容高耸直立。鹄，天鹅。

⑪越殿：越王勾践的宫殿遗址。

⑫乌啼：形容荒废。

⑬飞盖西园：曹植《公宴》诗："清夜游西园，飞盖相追随。"泛指名流雅集。

⑭回觞兰渚：用王羲之《兰亭集序》的典故。晋永和九年（353）王羲之与友人谢安、孙绰等四十余人在会稽山阴的兰亭集会，"流觞曲水，列坐其次"。

⑮修竹茂林：《兰亭集序》："此地有崇山峻岭，修竹茂林。"

【赏读】

祁彪佳辞官归里后，即致力于修筑寓山别业，经营二载有余，使寓山由一培塿小丘变为亭台池榭、蔚为大观的私家园林。他精通园林建筑艺术,认为筑园"如名手作画,不使一笔不灵;如名流作文,不使一笔不韵"(《寓山注小序》)。寓山园落成有四十九景,祁彪佳一一为其题名作记,这四十多篇小品汇为《寓山注》一书,篇篇精妙绝伦,文笔隽秀灵逸,成为园林小品的经典之作。

远阁,是登高远眺的佳处,"踞于园之上"。晚明江南士绅兴造园林,追求富艳精工,成为风气,而此阁此文,可谓扫尽铅华,作者情有独钟的是萧疏淡远的意境和韵味,由此可以窥见作者的人格精神和审美情趣。

"阁宜雪,宜月,宜雨。"便觉素怀洒落,翛然尘表。全景式的勾勒,雪景:逶迤起伏的原野,悉被皑皑积雪覆盖,银涛素浪,混茫一白,玉峰隐隐,并峙于渺渺天际;月景:一片清辉,婆娑弄影,冰壶桂魄,皎洁如濯濯新浴;雨景:细雨霏微,山色空濛,意境邈远。以下描写由静态转为动态。越中山水,飞流叠嶂,草木葱茏,都来斗奇秀媚;万家灯火,千叠溪山,尽收摄于几席之间。视野开阔,遐思飙举,人生、历史、家国……临风凭眺,思绪万千。以下分别以远中之"所孕含"、"所变幻"、"所吞吐"三个层次抒写:一层写平畴绿野,一望无际,炊烟、渔火,蓼汀棹歌清扬,柳浪莺啼婉转,此即吾乡吾土。二层写感天地之寥廓,远眺海上仙山,碧落苍茫;极目钱塘江潮,白浪滔天;"乾坤一指"、"日月双丸",令人顿生此身"渺沧海之一粟"之感。三层写越中人杰地灵,往昔的功业辉煌,抑或文采风流,都已成为历史的陈迹,只能于斜阳衰草间供人欷歔凭吊而已。祁彪佳写作此文之时,已距明亡不远,国势风雨飘摇。他在《寓山注》中曾经写道:"今日以前,原是培嵝寸土;安能保今日以后,列阁层轩长峙乎岩壑哉!"一种宿命的沧桑悲凉不经意地流溢于楮墨之间了。

妙赏亭 祁彪佳

寓山之胜，不能以寓山收，盖缘身在山中也。子瞻于匡庐①道之矣。此亭不暱②于山，故能尽有山。几叠楼台，嵌入苍崖翠壁，时有云气往来缥缈，掖③层霄而上。仰面贪看，恍然置身天际，若并不知有亭也。倏然回目，乃在一水中。激石穿林，泠泠传响，非但可以乐饥，且涤十年尘土肠胃。夫置屿于池，置亭于屿，如大海一沤④，然而众妙都⑤焉，安得不动高人之欣赏乎！

《祁彪佳集》

【注释】

①子瞻：苏轼的字。匡庐：即庐山。此句指苏轼《题西林壁》诗："不识庐山真面目，只缘身在此山中。"

②暱（nì）：同"昵"，靠拢。

③掖：扶持，搀扶。

④一沤：一个水泡，佛教用以喻无常生死。

⑤都：汇聚。

【赏读】

张岱为祁彪佳所作的《跋寓山注》中云："古人记山水手，太上郦道元，其次柳子厚，近时则袁中郎。读《注》中道劲苍老，以郦为骨；深远冶淡，以柳为肤；灵巧俊快，以袁为修目灿眉。"道尽祁文的美学风范。此篇《妙赏亭》重在抉发一个"妙"字，即自然与匠心的巧妙结合，有限景观与无限时空的美妙圆融，是构园时匠心独运、妙手天成，也是行文时虚实相生、纳须弥于芥子。

亭不傍山，主人于远处设亭，正是为了一览寓山胜景。"几叠楼台，嵌入苍崖翠壁"，绿映朱栏，丹流翠壑，时有云气霞光，往来缥缈，凌虚直上重霄；仰面贪看，恍如置身蓬莱仙境，忘却了亭之所在。"倏然回目，乃在一水中"，跌宕生姿。此为大手笔，无此回眸一瞥，就不足以尽观赏之妙。主人的园林设计，极重视水，"园以藏山，所贵者，反在于水"（《水明廊》）。水赋予了园林以汩汩流动的灵气。寓山园池中三山倒影，妙不可言。妙赏亭上聆听清音，溪流丘壑，琮琮琤琤，激石穿林，如鸣环珮，清清泠泠，不仅可以疗饥，而且可以荡涤十年宦海尘垢。至此山情水意，描摹尽致。文末点明亭之所在，"夫置屿于池，置亭于屿"，原来妙赏亭就建构在寓山园池中的一片岛屿之上，云山浩渺，回波流媚。以下是篇末点题的话，"如大海一沤，然而众妙都焉"，斯亭斯屿，微如大海中的一朵小小的涟漪，然而，"众妙"都汇聚于此。中国的园林建筑美学，讲究虚实相生，一滴水便是一华严世界，壶中有天地，芥子纳须弥。凌波一亭，足可妙赏，迎风吟月，呼云醉雪，安能不动高人韵士纵目宅心的雅兴呢！

芙蓉渡 祁彪佳

　　自草阁达瓶隐有曲廊①，俯槛临流，见奇石兀起，石畔筼筜寒玉②，瑟瑟秋声。小沼澄碧照人，如翠鸟穿弄枝叶上。吾园长于旷，短于幽，得此地一啸一咏，便可终日。廊及半，东面有小沼，自此而台而桥而屿，红英浮漾，绿水斜通，都不是主人会心处。惟是冷香数朵，想象秋江寂寞时，与远峰寒潭，共作知己，遂以芙蓉字吾渡。

《祁彪佳集》

【注释】

　　①草阁、瓶隐：都是寓山园中的景点。草阁，即浮山草阁，建在半崖半水间；瓶隐，隐映于花木幽深中，是卧室的命名。

　　②筼筜（yún dāng）寒玉：筼筜，大竹，一种皮薄、节长而竿高的竹子。寒玉，比喻清冷雅洁之物，代指竹。

【赏读】

　　祁彪佳的园林小品纯净、晶莹，如同一泓清泉般澄澈，人们很难想见他内心的焦灼、痛苦。其实祁彪佳始终是一位忧国忧民的志士，他为官刚正，得罪首辅，遭排挤，愤而辞官回乡侍母。其时，他仅三十三岁，正当年富力强的壮年，而国事已不堪为，目睹江河日下，"愁肠苦趣，日如处漏舟，如在焦釜，不堪为人言也"（《祁忠敏公日记》）。修筑寓山园林，也是他的一种精神寄托，"以为快心娱志莫过山水园林"（同上），想要在污浊尘世觅得一片净土，一块芳丘。亭台池榭、花木泉石的构筑经营，莫不蕴涵着主人冰清玉洁的人格精神、超凡脱俗的幽韵情趣。寓山园毋宁说就是他心灵的憩息之地、止泊之所。

　　读《芙蓉渡》，仿佛随着主人的屐痕，漫步于园中的回廊曲径。槛外怪石嶙岣，崚嶒傲兀，石畔筼筜寒玉，冷绿沁骨，风动幽篁，瑟瑟秋声。临流俯瞰，小沼澄碧照人，游鱼唼喋空明，如翠鸟穿梭枝叶。邂逅如此幽窈之境，亦可一啸一咏，流连盘桓终日。过此小沼，"而台而桥而屿"，迤逦行来，情由境生，"红英浮漾，绿水斜通，都不是主人会心处"，此为点题的话，所谓颊上三毫，睛中一画，即在"会心处"三字。彪佳喜谈"缘"，寓山之于他，"似有夙缘者"，"会心"，也即是"缘"。山川风物与性情自然凑泊，灵犀暗通，相知相契。"惟是冷香数朵，想象秋江寂寞时，与远峰寒潭，共作知己"，寥寥数语，凄美绝伦。孤芳自赏的冷香数朵，点缀在萧瑟寂寞的秋江，远峰烟云灭没，寒潭空影凄清，共同伴随主人品味那荣华落尽的悲凉。

汾湖①石记　叶小鸾②

汾湖石者，盖得之于汾湖也。其时水落而岸高，流涸而厓③出。有人曰："湖之湄④有石焉，累累然而多。"遂命舟致之。其大小、圆缺、袤尺⑤不一，其色则苍然，其状则崟然⑥，皆可爱也。询其居旁之人，亦不知谁之所遗矣。

岂其昔为繁华之所，以年代邈远，故湮没而无闻耶？抑开辟以来，石固生于兹水者耶？若其生于兹水，今不过遇而出之也；若其昔为繁华之所湮没而无闻者，则可悲矣。想其人之植此石也，必有花木隐现，池台依倚，歌童与舞女流连，游客偕骚人啸咏，林壑交美，烟霞有主，不亦游观之乐乎？今皆不知化为何物矣，且并颓垣废井，荒途旧址之迹，一无所存而考之。独兹石之颓乎卧于湖侧，不知其几百年也，而今出之，不足悲哉？

虽然，当夫流波之冲激而奔排，鱼虾之游泳而窟穴；秋风吹芦花之瑟瑟，寒宵唳征雁之嘹嘹；苍烟白露，蒹葭无际；钓艇渔帆，吹横笛而出没；萍钿荇带，杂黛螺而萦复，则此石之存于天地之间也，其殆与湖之水冷落于无穷已耶？今乃一旦罗之于庭，复使垒之而为山，荫之以茂树，披之以苍苔，杂红英之璀璨，纷素蕊之芬芳。细草春碧，明月秋朗，翠微缭绕于其颠，飞花点缀乎其岩。乃至槛槛之间，登高台而送归云；窗轩之际，照遐景而生清风。回视昔之啸咏，流连游观之乐者，不又复见之于今乎？则是石之沉于水者可悲，今之遇而出之者又可喜也。若使水不落，湖不涸，则至今犹埋没于层波之间耳。石固亦有时也哉!

《午梦堂集》

【注释】

①汾湖:又名分湖,在今江苏省吴江市东南。

②叶小鸾(1616～1632):明末才女,字琼章,一字瑶期,吴江(今属江苏苏州)人。父叶绍袁,天启进士,官工部主事,母沈宜修,字宛君,均工诗词,偕隐汾湖。小鸾是沈宜修的第三个女儿,貌娟好,工诗词,善围棋及琴,又能画,绘山水及落花飞蝶,皆有韵致。婚前五日,未嫁而卒,时年仅十七岁。沈宜修称小鸾:"性高旷,厌繁华,爱烟霞,通禅理。"(《季女琼章传》)陈廷焯评说:"叶小鸾词笔哀艳,不减朱淑真。"(《白雨斋词话》)

③厓:湖岸。

④湄:岸边,水和草相接的地方。

⑤袤尺:指长短尺寸。袤,一般指纵长,南北曰袤,东西曰广。

⑥崟(yín)然:奇特的样子。

【赏读】

读叶小鸾的《汾湖石记》,文如其人,凄美绝伦,令人生无穷感喟。小鸾不仅才华横溢,而且容华绝代,其母说她"风韵神致,亭亭无比",戏谓之曰:"儿嗔人赞汝色美,今粗服乱头,尚且如此,真所谓笑笑生芳,步步生妍矣,我见犹怜,未知画眉人道汝何如?"(沈宜修《季女琼章传》)然而,天妒红颜,就在《汾湖石记》写成三个月后,一代才女,遽尔香消玉殒!人们常常将小鸾比做曹雪芹笔下的林黛玉,或许冥冥中真的和那部《石头记》有些缘分吧!《石头记》写了青埂峰下的一块顽石,小鸾写了颇有灵气的汾湖石，不仅清词丽句、文采纷披，而且蕴涵着对生命的解悟和沉思，她所追索的是石头的命运沉浮，从何处来、往何处去的问题，涉及了生命的本原，切入了形而上的哲理层面。

因为天旱水涸，人们才发现汾湖中有层层叠叠的太湖石，形态各异，色泽苍润，父亲将湖石运回庭园，砌成假山。这些玲珑剔透的湖石，引起小鸾无限的奇思妙想：它们从何处来？是从开天辟地就生在湖中的吗？还是如同神秘传说所云：它们本是人家花园中的一道靓景，也曾经历风月繁华，亭台楼阁，花木扶疏，歌儿舞女流连，韵士骚人啸咏，只是因为繁华散尽，方始湮没无闻，甚至颓垣废井、荒径旧址，也都荡然无存，只有被遗弃的湖石颓然卧于湖中，不知经历了几百年。

以下两段对比的铺陈渲染，写尽历史的沧桑，命运的沉浮，人生的荣华与萧索。"当夫"以下写石之被冷落，一派凄清秋色，石湮没于冲波激浪之中，鱼虾嬉游以为窟穴，秋风萧萧，芦花瑟瑟，寒宵清寂，雁唳长空，烟波浩渺，白露凝霜，此石便与湖水共此冷落与悲凉，绵绵未有穷期。"今乃"以下写石之得时，罗之于庭，垒之为山，茂树浓荫，苍苔碧藓，红英璀璨，素蕊芬芳，细草春碧，明月秋朗，翠微缭绕，飞花点缀，高台送云，轩阁生风。此段语多骈俪，色彩明艳，写出妙龄少女的绮思丽想，这就是她所期待、所渴望的旖旎人生。即使在她的生命即将凋谢之际，仍然执著地坚信："石固亦有时也哉！"

金山①夜戏 张 岱②

崇祯二年中秋后一日,余道镇江往兖。日晡,至北固,舣舟江口。月光倒囊入水,江涛吞吐,露气吸之,噀③天为白。余大惊喜,移舟过金山寺,已二鼓矣。经龙王堂,入大殿,皆漆静。林下漏月光,疏疏如残雪。余呼小奚携戏具,盛张灯火大殿中,唱韩蕲王④金山及长江大战诸剧。锣鼓喧阗,一寺人皆起看。有老僧以手背搬眼翳,翕然张口,呵欠与笑嚏俱至。徐定睛,视为何许人,以何事何时至,皆不敢问。剧完,将曙,解缆过江。山僧至山脚,目送久之,不知是人、是怪、是鬼。

《陶庵梦忆》

【注释】

①金山:在江苏镇江市西北。

②张岱(1597~1679):字宗子,又字石公,号陶庵,又号蝶庵,明末山阴(今浙江绍兴)人。出身官宦世家。明亡,隐迹山中著书。他是明末小品的集大成者,文笔活泼恣肆,清新流丽,诙谐风趣。著作存有《陶庵梦忆》、《西湖梦寻》、《琅嬛文集》、《石匮书后集》等。

③噀(xùn):喷。

④韩蕲王:即韩世忠,南宋抗金名将,守镇江,曾以水师八千抗击金兵十万。孝宗朝,追封蕲王。

【赏读】

　　张岱之文，卓荦仙品，其戛戛独造的美学标格，常常令人目眩，既冷隽，亦狂恣，冰雪晶映，谐谑风生，道尽人生得意，倏忽过眼皆空。

　　此篇追忆往昔的少年豪情，金山夜戏——一次狂放不羁的浪游。张岱出身官宦世家，早年过着锦衣玉食的优游岁月。自称："少为纨绔子弟，极爱繁华，好精舍，好美婢，好娈童，好鲜衣，好美食，好骏马，好华灯，好烟火，好梨园……"（《自为墓志铭》）此番北行往兖州探父，带着家中戏班，道经镇江。作者从一个极凄清寂寥的境界写出如火如荼的热闹喧阗。时值中秋后的月圆之夜，"月光倒囊入水，江涛吞吐，露气吸之，噀天为白"，流光泻银，风露浩然，用一"噀"字，凸现了光的强度，水天一色，寰宇皆白。如此清凉世界，使作者大惊喜，移舟过金山寺，"林下漏月光，疏疏如残雪"，可以想见寺中古木参天，蓊郁浓黑，只洒下星星点点如残雪般的月痕。沉睡中的金山寺，何其静谧！而爱玩、爱享乐的作者竟然兴来倒海翻江，聊发少年狂。他命小仆搬来戏台道具，将大殿打点得灯火通明，就此大吹大擂，演出韩蕲王大战金山等应景戏文，原来此处便是当年梁红玉为韩世忠擂鼓战金山、大破金兀术的所在，锣鼓喧天，大声鞺鞳，惊得一寺人皆起看。金山寺沸腾了！最妙的是老僧的惊乍之状：睡眼惺忪，张口结舌，呵欠喷嚏俱至，待到惊魂稍定，方才细细打量：此是何方神圣？以何事来，以何时至？众人都怯怯不敢问。剧完，将曙，月华渐淡，晨曦一抹，解缆登舟，众山僧还呆立江边，久久目送，不知来者是人、是怪、是鬼。文章由静而喧，又由喧而寂，这来去匆匆的一场大热闹，亦如风鬐电逝。孤帆远去，余韵悠悠，似真似幻，如梦如魇，留下一片荣华落尽的空惘。

不二斋 张 岱

不二斋,高梧三丈,翠樾①千重,墙西稍空,腊梅补之,但有绿天,暑气不到。后窗墙高于槛,方竹②数竿,潇潇洒洒,郑子昭"满耳秋声"一幅。天光下射,望空视之,晶沁③如玻璃、云母,坐者恒在清凉世界。图书四壁,充栋连床;鼎彝尊罍④,不移而具。余于左设石床竹几,帷之纱幕,以障蚊虻;绿暗侵纱,照面成碧。夏日,建兰、茉莉,芗⑤泽浸人,沁入衣裾。重阳前后,移菊北窗下,菊盆五层,高下列之,颜色空明,天光晶映,如沉秋水。冬则梧叶落,腊梅开,暖日晒窗,红炉毾㲪。以昆山石种水仙,列阶趾。春时,四壁下皆山兰,槛前芍药半亩,多有异本。余解衣盘礴⑥,寒暑未尝轻出,思之如在隔世。

《陶庵梦忆》

【注释】

①樾:树荫。

②方竹:竹之异品,外形微方,高三至八米,质坚,可供观赏,古人多用以制作手杖。

③晶沁:亮光透入。

④鼎彝尊罍:泛指古玩。

⑤芗:同"香"。

⑥解衣盘礴:脱衣箕坐,指行为随便,不受拘束。

【赏读】

　　张岱此篇是追忆他的读书精舍——不二斋。经历了国破家亡的沧桑巨变,荣华煨烬,故里丘墟,张岱写作《陶庵梦忆》之时,"避迹山居,所存者破床碎几,折鼎病琴,与残书数帙,缺砚一方而已。布衣蔬食,常至断炊"(《自为墓志铭》)。其情境与曹雪芹于蓬牖茅椽、绳床瓦灶间撰写《红楼梦》正相仿佛。

　　不二斋就是他生于斯、长于斯、歌哭于斯的故居,梦中依然沁香浥露,明媚可人,字里行间,缕缕温馨,亦缕缕血痕。

　　张岱出身书香世家,精于赏鉴,他的书斋,有品,有韵,清幽深闳,堪称琅嬛福地。高高的梧桐树,枝繁叶茂,碧荫千重,亭亭如盖。浓荫在墙西稍有空隙,就补种了腊梅,如此不二斋就在浓绿垂天的覆盖之下。后窗短墙之外,方竹数竿,清风泠泠,翛然尘表。斋内高悬郑子昭"满耳秋声"横披一幅,顿觉凉意习习。天光从冷翠风梢中下射,玲珑如玻璃、云母。不二斋的基色便是那一泓秋水般的绿色,清清凉凉,沁人心脾。室内缥缃盈架,鼎彝尊罍,古香古色,陈列琳琅满目。石床竹几,帷以纱橱,暗绿透过轻纱,人面皆染碧色。以下叙四时花卉。夏日建兰、茉莉盛开,馨香盈满襟袖;重阳秋菊层列如山,在如沉秋水的明净中,夭矫淡冶;冬日梧桐叶落,腊梅枝影横窗,室内红炉细毯温煦如春,昆山石中亭亭水仙幽香扑鼻;春季山兰缭壁,槛前芍药半亩,奇花异本争妍斗艳。主人逍遥自得其中,这里不仅是骋心翰墨之场,也是温柔香泽之乡,在这里他度过了自己的黛绿华年。往事历历在目,如此真切分明。"思之如在隔世",一笔扫尽上文,煨烬中的明丽倏忽熄灭,那种镂心刻骨之痛,一如《陶庵梦忆序》中所云:"繁华靡丽,过眼皆空,五十年来,总成一梦。"

白洋①潮 张 岱

  故事②,三江③看潮,实无潮看。午后喧传曰:"今年暗涨潮。"岁岁如之。庚辰④八月,吊朱恒岳⑤少师。至白洋,陈章侯⑥、祁世培⑦同席。海塘上呼看潮,余遄⑧往,章侯、世培踵至。立塘上,见潮头一线,从海宁⑨而来,直奔塘上。稍近,则隐隐露白,如驱千百群小鹅,擘翼⑩惊飞。渐近喷沫,冰花蹴起⑪,如百万雪狮蔽江而下,始雷鞭之,万首镞镞⑫,无敢后先。再近,则飓风逼之,势欲拍岸而上。看者辟易⑬,走避塘下。潮到塘,尽力一礴⑭,水击射,溅起数丈,著面皆湿。旋卷而右,龟山⑮一挡,轰怒非常,炮碎龙湫⑯,半空雪舞。看之惊眩,坐半日,颜始定。先辈言:浙江潮头自龛、赭两山⑰漱激⑱而起,白洋在两山外,潮头更大,何耶?

《陶庵梦忆》

【注释】

①白洋:镇名,在浙江绍兴城西北三十里。

②故事:旧例,旧俗。

③三江:即三江口,在钱塘江南岸海滨。

④庚辰:明崇祯十三年(1640)。

⑤朱恒岳:即朱燮元,字懋和,号恒岳,山阴(今绍兴)人。万历二十年(1592)进士。官至少师。

⑥陈章侯:即陈洪绶,字章侯,号老莲,晚号悔迟,浙江诸暨

人。明清之际著名书画家。

⑦祁世培：祁彪佳，字弘吉，号世培，浙江山阴人。天启三年（1623）进士。官至苏松府巡按。清兵陷江南，绝食投池而殉。陈、祁二人均是张岱的好友。

⑧遄：疾速。

⑨海宁：县名，南临杭州湾。

⑩擘（bò）翼：张开翅膀。

⑪蹴起：蹦跳。

⑫镞镞：同"簇簇"，簇拥貌。

⑬辟易：惊退。

⑭礴：撞击。

⑮龟山：即白洋山，在绍兴西北五十里，滨海。

⑯龙湫：雁荡山大瀑布。

⑰龛（kān）、赭（zhě）两山：龛山在今杭州市萧山区东南，赭山在海宁市西南，二山对峙，扼钱塘江入海口。

⑱漱激：冲刷激荡。

【赏读】

此篇尽显宗子之文的生辣、霸气，笔挟霜刀，虎虎生风。文章纯以气胜，几令读者心目俱眩。情之所至，沛然不可以御，文思汹涌，喷薄而出，一如钱塘江潮，雷奔海立。钱塘江潮令人辟易，宗子之文亦令人辟易。无怪乎人们说：宗子之文，最可读，最不可学。何则？无宗子之胸中丘壑，学也枉然。

此文一气奔注，如挟狂风骤雨而至，节奏极快，令人目不暇给。或许可以用上那句陈词套语："说时迟，那时快。"潮头一线，如从天降；既而隐隐露白，如驱千百群小白鹅，扑啦啦奋翅惊飞；"渐近喷沫，冰花蹴起，如百万雪狮蔽江而下"，这不仅仅是比喻新奇、生动,更为重要的是只有宗子才赋予了钱塘江潮以性灵,它活起来了!如百万雪狮奔腾咆哮在读者的心上。"始雷鞭之",状其怒;"飓风逼之",喻其狂,字字惊心,招招狠辣,凸现了生命的狂野和不可羁勒。潮到塘头,拼力一击,浪花飞溅,着面皆湿,读来似有沁沁凉意。待到龟山横截,砰然轰然,"炮碎龙湫,半空雪舞",人们就只有目瞪口呆、亡魂丧胆的份儿了。读者心怦怦然,久久不能平复,既惊诧于白洋潮之壮美,也震怖于大自然的威灵。

天镜园　张　岱

　　天镜园浴凫堂,高槐深竹,樾暗千层,坐对兰荡,一泓漾之,水木明瑟①,鱼鸟藻荇,类若乘空。余读书其中,扑面临头,受用一绿,幽窗开卷,字俱碧鲜。每岁春老,破塘笋必道此。轻舠②飞出,牙人③择顶大笋一株掷水面,呼园中人曰:"捞笋!"鼓枻④飞去。园丁划小舟拾之,形如象牙,白如雪,嫩如花藕,甜如蔗霜。煮食之,无可名言,但有惭愧。

《陶庵梦忆》

【注释】

①明瑟:莹净。

②舠:小船。

③牙人:旧时买卖双方的中介。

④鼓枻:荡桨。

【赏读】

　　张岱的祖父张汝霖晚年曾经独居天镜园,拥书万卷。祁彪佳推许天镜园为越中园林之冠,"远山入座,奇石当门,为堂为亭,为台为沼,每转一境界,辄自有丘壑,斗胜簇奇,游人往往迷所入"(《越中园亭记》)。翠轩临水,祖父在日,园极华缛。这里就是宗子的故园。《西湖梦寻序》有云:"今余僦居他氏已二十三载,梦中犹在故居。旧役小傒,今已白头,梦中仍是总角。"说得何其沉痛!

即便身在颓垣败壁,梦中故园,永远是青葱蓓丽,自己也依然是春风得意的翩翩少年。回眸往事前尘,天镜园不啻蓬莱阆苑,梦忆的笔调,带着那么多的留恋,那么多的温馨。

浴凫堂畔,高槐翳翳,篁竹森森,清荫浓重,习习生凉。坐对一泓湖水,碧波荡漾,清莹澄澈,水木涵空,鸟飞鱼翔,藻荇交横。宗子读书其间,秀色扑人,恣情享受着一片浓浓绿意,幽窗开卷,字俱碧鲜。寥寥几笔,写出沁翠欲滴的欢愉。人生至贵至宝的东西:青春、自由、绮景,均与我同在。这是永远令人追恋的神仙日子。以下撷拾往昔故事,如同一幕生活情景剧。每当春深,收笋的船必然道经天镜园,小舟飞出,牙人拣一株顶大的笋抛掷水面,呼园中人:"捞笋!"然后便荡桨飞去。这是对天镜园主人的馈赠,也是嬉戏,主客都是玩个开心。此笋白如象牙,嫩如花藕,甜如蔗霜。食之,美不可言。文末道以"惭愧"。宗子在《陶庵梦忆》中不止一次地用了"惭愧"二字。在《蟹会》中忆及当年高朋盛会,聚食紫螯巨蟹,"膏腻堆积如玉脂珀屑",每人六只,恐冷腥,轮番煮了一只一只地吃,真不愧是美食家!配以八珍、腊鸭、醉蚶之类,"由今思之,真如天厨仙供,酒醉饭饱,惭愧惭愧!"当饥肠辘辘之日,忆及当年饫甘餍肥之时,真是百味杂陈。享受过了,也永远地失去了——这就是宗子的人生。是追慕,还是忏悔?就这样细细地品味着那寻绎不尽的荣华与萧索。

湖心亭①看雪 张 岱

崇祯五年②十二月,余住西湖。大雪三日,湖中人鸟声俱绝。是日,更定③矣,余拏④一小舟,拥毳衣⑤炉火,独往湖心亭看雪。雾凇沆砀⑥,天与云、与山、与水,上下一白。湖上影子,惟长堤一痕,湖心亭一点,与余舟一芥,舟中人两三粒而已。到亭上,有两人铺毡对坐,一童子烧酒,炉正沸。见余大喜,曰:"湖中焉得更有此人!"拉余同饮。余强饮三大白⑦而别。问其姓氏,是金陵人客此。及下船,舟子喃喃曰:"莫说相公痴,更有痴似相公者。"

《陶庵梦忆》

【注释】

①湖心亭:旧为湖心寺,明弘治间被毁。嘉靖三十一年(1552),太守孙孟寻遗迹,建亭其上,湖山胜概,一览无遗。万历中两次重修,规模壮丽。

②崇祯五年:公元1632年。

③更定:初更时分。

④拏(ná):牵引。拏舟,即撑船。

⑤毳(cuì)衣:毛皮衣。毳,鸟兽的细毛。

⑥雾凇沆(hàng)砀(dàng):雾,指从天空下散至地面的云气;凇,指自湖面上涌而达于天空的水汽。两者都是用来比喻大雪的弥漫无边。沆砀,义同晃漾,晃荡,形容白气迷迷濛濛的样子。

⑦大白：大酒杯。

【赏读】

《湖心亭看雪》是历代小品中之翘楚，以一百多字的短幅，卓绝千古。

文中标明湖心亭看雪的时日是"崇祯五年十二月"，而写作此文则已经是陵谷变迁、家国沦丧之后了。重过西湖，"凡昔日之弱柳夭桃、歌楼舞榭，如洪水淹没，百不存一矣"（《西湖梦寻序》）。湖畔名园——包括他家的寄园，仅存瓦砾。往昔的风月繁华荡然无存，因此，执笔为文，不能不带有浓重的劫后遗民的感情投影，渗透其中的仍然是他刻骨铭心、挥之不去的亡国之痛。他以梦忆的方式，抒写"落了片白茫茫大地真干净"的人生感悟。尺幅小品《湖心亭看雪》与皇皇巨著《红楼梦》，其哲理指归原本是类似的。

"大雪三日，湖中人鸟声俱绝"，寒凝大地，人鸟绝踪。"余拏一小舟，拥毳衣炉火，独往湖心亭看雪"，特立独行的狂痴，又多了几分孑然漂泊的萧索。"雾凇沆砀，天与云、与山、与水，上下一白"，景物模糊、苍莽，三个"与"字，极富于层次感，写出了漠漠寰宇，从上而下，悉被大雪覆盖，无边无涯，混茫一白，它消泯了天空、流云、山峦、湖水，也消泯了西湖的艳冶红妆，人们就失落在这一片白茫茫的冰雪世界中。"湖上影子，惟长堤一痕，湖心亭一点，与余舟一芥，舟中人两三粒而已"，此为人们历来击节赞赏的名句，淡痕墨影，以渺小形寥廓，令人顿生"渺沧海之一粟"的悲怆。茫茫六合，皑皑白雪，何处才是自己可以皈依的精神家园？徒然令人空幻，也令人迷惘。

以下笔翻波澜，湖心亭中已有先他而至的两位豪客，一童子烧酒，炉正沸，场面颇为温馨，似为冰雪湖山增添一丝亮丽。萍水相逢，偶遇同调，本是快意之事，但是这也没有给他带来欢娱，排遣不了"悲凉之雾,遍被华林"的沉哀。显而易见,兴高采烈的是客,而非主。"见余大喜",大叫:"湖中焉得更有此人!"一派拊掌大笑的声口,"拉余同饮","强饮三大白",客的豪爽直率,并未化解他的淡淡的落寞,就此匆匆而别。尾声:"舟子喃喃曰:'莫说相公痴,更有痴似相公者。'"此为点睛之笔,宗子之痴——痴情于山水,亦痴情于故国。

不系园[1]　张 岱

甲戌[2]十月，携楚生[3]住不系园看红叶。至定香桥，客不期而至者八人：南京曾波臣[4]，东阳赵纯卿，金坛彭天锡[5]，诸暨陈章侯[6]，杭州杨与民、陆九、罗三，女伶陈素芝。余留饮。章侯携缣素为纯卿画古佛，波臣为纯卿写照，杨与民弹三弦子，罗三唱曲，陆九吹箫。与民复出寸许紫檀界尺，据小梧，用北调说《金瓶梅》一剧，使人绝倒。是夜，彭天锡与罗三、与民串本腔戏，妙绝；与楚生、素芝串调腔戏，又复妙绝。章侯唱村落小歌，余取琴和之，牙牙如语。纯卿笑曰："恨弟无一长，以侑兄辈酒。"余曰："唐裴将军旻[7]居丧，请吴道子[8]画天宫壁度亡母。道子曰：'将军为我舞剑一回，庶因猛厉以通幽冥。'旻脱缞衣[9]，缠结，上马驰骤，挥剑入云，高十数丈，若电光下射，执鞘承之，剑透室[10]而入，观者惊栗。道子奋袂如风，画壁立就。章侯为纯卿画佛，而纯卿舞剑，正今日事也。"纯卿跳身起，取其竹节鞭，重三十斤，作胡旋舞数缠，大噱而罢。

《陶庵梦忆》

【注释】

①不系园：杭州汪然明制作楼船，陈眉公题曰"不系园"，是天启、崇祯年间"骚人韵士高僧名姝啸咏骈集"之所。本篇一名《定香桥小记》，见《西湖梦寻》卷四。

②甲戌：明崇祯七年（1634）。

③楚生：即朱楚生，著名女优伶。

④曾波臣：曾鲸，字波臣，莆田人，流寓金陵。肖像画家。

⑤彭天锡：本为士人，精通戏曲艺术，以扮丑净最为当行本色。

⑥陈章侯：即陈洪绶。

⑦裴将军旻：唐人，曾以龙华军使守北平。善剑舞，与李白诗歌、张旭草书并称三绝。

⑧吴道子：唐吴道玄，字道子，阳翟人。穷丹青之妙，称画圣。开元时唐明皇召入内供奉。善画山水、佛像。

⑨缞衣：丧服，用麻布条披于胸前。

⑩室：刀剑的鞘。

【赏读】

　　本篇记叙一次名流雅集。从中依稀可见宗子当年——一位裘马轻狂、豪纵风流的公子。宗子不仅骋心书香翰墨，亦且沉浸曲苑歌坛，无艺不精，伶人在他面前献艺，如"过剑门"，焉敢草草！他亦可称得上是梨园领袖、浪子班头了。此番雅集，来者多为一时俊彦。朱楚生，调腔女伶，独步红氍毹上，宗子称她"色不甚美，虽绝世佳人无其风韵，楚楚谡谡，其孤意在眉，其深情在睫，其解意在烟视媚行"（《朱楚生》）。楚生一往情深，后终以情死。彭天锡，曲中巨擘，多扮丑净，演得入木三分，"实实腹中有剑，笑里有刀，鬼气杀机，阴森可畏"（《彭天锡串戏》）。陈洪绶，名噪江南的书画大家，宗子将他许为"字画知己"，其人"才足拨天，笔能泣鬼……目无古人"（《水浒牌》）。曾波臣，擅画肖像，形成"波臣画派"，"盘礴写照，如镜取影，妙得神情"（《无声诗史》）……济济一堂，各逞才艺，有画画儿的，弹弦的，唱曲的，吹箫的，说书的，串戏的，雅俗杂陈，谐谑风生，妙绝，嚎绝，令人神魂颠倒。宗子操琴，伴着村歌小调，洋洋盈耳，而最为令人拍案称奇的还是宗子的侃侃一席谈。纯卿恨无一技之长以助兴，宗子引前辈故事：唐代裴旻将军请吴道子画壁超度亡母，吴道子请将军为他舞剑以助万丈豪情。将军扎束停当，上马驰骤，挥剑入云，高十数丈，譬如电光下射；将军手执剑鞘承之，剑锋凌厉直插入鞘，穿透鞘底，观者惊惧战栗。而尤其令人惊诧的是"道子奋袂如风，画壁立就"，兔起鹘落，一挥而就，人们只能叹为观止。纯卿受此启示，一跃而起，取三十斤竹节鞭，作胡旋舞数缠，天旋地转，众人大噱而罢。往昔游戏三昧，耽情声色，歌筵绮宴，极尽文采风流；蘧然梦觉，秾华不再，不胜人琴俱亡之慨。

二十四桥风月 张　岱

广陵①二十四桥风月，邗沟②尚存其意。渡钞关③，横亘半里许，为巷者九条。巷故九，凡周旋折旋于巷之左右前后者什百之。巷口狭而肠曲，寸寸节节有精房密户，名妓、歪妓杂处之。名妓匿不见人，非向导莫得入。歪妓多可五六百人，每日傍晚，膏沐薰烧，出巷口，倚徙盘礴④于茶馆酒肆之前，谓之"站关"。茶馆酒肆岸上纱灯百盏，诸妓掩映闪灭于其间，疤䯲⑤者帘，雄趾⑥者阈⑦，灯前月下，人无正色，所谓"一白能遮百丑"者，粉之力也。

游子过客，往来如梭，摩睛相觑，有当意者，逼前牵之去；而是妓忽出身分，肃客⑧先行，自缓步尾之。至巷口，有侦伺者向巷门呼曰："某姐有客了！"内应声如雷，火燎即出。一一俱去，剩者不过二三十人。沉沉二漏，灯烛将烬，茶馆黑魆无人声。茶博士⑨不好请出，惟作呵欠，而诸妓醵钱⑩向茶博士买烛寸许，以待迟客。或发娇声，唱《擘破玉》等小词，或自相谑浪嬉笑，故作热闹，以乱时候，然笑言哑哑声中，渐带凄楚。夜分不得不去，悄然暗摸如鬼。见老鸨，受饿、受笞，俱不可知矣。

余族弟卓如，美须髯，有情痴，善笑，到钞关必狎妓，向余噱曰："弟今日之乐，不减王公。"余曰："何谓也?"曰："王公大人侍妾数百，到晚耽耽望幸，当御者亦不过一人。弟过钞关，美人数百人，目挑心招，视我如潘安，弟颐指气使，任意拣择，亦必得一当意者呼而侍我。王公大人岂遂过我哉！"复大噱，余亦大噱。

《陶庵梦忆》

【注释】

①广陵：即扬州。唐时扬州繁盛，城中有二十四桥。

②邗（hán）沟：水名，亦名邗江，江淮间的一条运河，自扬州市西北至淮安市北入淮河。

③钞关：明清两代收取关税之所。

④倚徙盘礴：流连徘徊。

⑤盭（lì）：古"戾"字，暴戾，凶狠。

⑥雄趾：大脚。

⑦阈（yù）：门槛。

⑧肃客：敬请客人。

⑨茶博士：茶馆伙计。

⑩醵（jù）钱：大家凑钱。

【赏读】

"二十四桥明月夜，玉人何处教吹箫？"自唐杜牧吟此清词丽句，扬州便定格于此，高情雅韵，令人神往。张岱的《二十四桥风月》，则是一篇颠覆之作，明月安在？玉人何有？唯见狭斜曲巷幢幢幽影而已。作者将目光投注于社会的最底层，为那些沉沦于孽海中的下等妓女写照，刻画入微，既写出了她们悲惨的境遇，也写出了她们扭曲的心灵。文章以诙谐之笔传凄恻之情，冷隽幽默中也饱含了怜恤和悲悯。

读罢此文，一幅晚明的都市风情画卷，便皎然揭诸眉睫之下。扬州的花街柳巷，种种荒伧媟嫚、光怪陆离之态，无所不有。只看那些街头拉客的"歪妓"，每日傍晚，便乔装打扮起来，油头粉面，描画妖娆，徙倚流连于茶馆酒肆，纱灯点点，远远近近，诸妓就掩映出没于烛光灯影之间，搔首弄姿，种种做作，脸上有疤痕的、面目凶悍的隐于帘内，脚大的藏于门槛之后。作者笔蓄秋霜，犀利、老辣，"灯前月下，人无正色，所谓'一白能遮百丑'者，粉之力也"，将此辈面色惨白的残花败柳形容曲尽。那些游子过客，色眼灼灼，穿梭往来，东瞟西觑，遇有当意的，便上前拉扯，而此妓却忽然惺惺作态，拿出身份，请客先行，姗姗随后。入巷口，侦伺者大声吆喝，声震屋瓦，应者如雷，灯笼火把，迎客如仪。就这样诸妓一一被带走，剩下的向隅者，不过二三十人。此时着实难为了这些姐儿们。沉沉二鼓，灯烛将烬，茶馆酒肆，黑魆魆的，人已散尽；茶博士呵欠连连，不好意思赶她们走。诸妓还凑钱向茶博士买点熸烛，痴心妄想等待迟来的恩客；或发娇声，唱起淫词小调，自相谑浪嬉笑，故作轻松，"然笑言哑哑声中，渐带凄楚"，真乃勾魂摄魄之笔，写尽她们心中的无限辛酸。"夜分不得不去，悄然暗摸如鬼。见老鸨，受饿、受笞，俱不可知矣。"强颜欢笑中的泪水，尽在不言中了。

西湖七月半[①] 张 岱

西湖七月半,一无可看,止可看看七月半之人。看七月半之人,以五类看之。其一,楼船箫鼓,峨冠[②]盛筵,灯火优傒[③],声光相乱,名为看月而实不见月者,看之;其一,亦船亦楼,名娃[④]闺秀,携及童娈[⑤],笑啼杂之,环坐露台,左右盼望,身在月下而实不看月者,看之;其一,亦船亦声歌,名妓闲僧,浅斟低唱,弱管轻丝,竹肉相发[⑥],亦在月下,亦看月而欲人看其看月者,看之;其一,不舟不车,不衫不帻[⑦],酒醉饭饱,呼群三五,跻入人丛,昭庆、断桥[⑧],嚣呼嘈杂,装假醉,唱无腔曲,月亦看,看月者亦看,不看月者亦看,而实无一看者,看之;其一,小船轻幌[⑨],净几暖炉,茶铛[⑩]旋煮,素瓷静递,好友佳人,邀月同坐,或匿影树下,或逃嚣里湖,看月而人不见其看月之态,亦不作意看月者,看之。

杭人游湖,巳出酉归[⑪],避月如仇。是夕好名,逐队争出,多犒门军酒钱,轿夫擎燎,列俟岸上。一入舟,速[⑫]舟子急放断桥,赶入胜会。以故二鼓以前,人声鼓吹,如沸如撼,如魇如呓[⑬],如聋如哑,大船小船,一齐凑岸,一无所见,止见篙击篙,舟触舟,肩摩肩,面看面而已。少刻兴尽,官府席散,皂隶喝道去。轿夫叫船上人,怖以关门,灯笼火把如列星,一一簇拥而去。岸上人亦逐队赶门,渐稀渐薄,顷刻散尽矣。

吾辈始舣舟[⑭]近岸,断桥石磴始凉,席其上,呼客纵饮。此时月如镜新磨,山复整妆,湖复颒面[⑮]。向之浅斟低唱者出,匿影树下者亦出。吾辈往通声气，拉与同坐。韵友来，名妓至，杯箸安，竹肉发。月色苍凉，东方将白，客方散去。吾辈纵舟酣睡于十里荷花之中，香气扑人⑯，清梦甚惬。

《陶庵梦忆》

【注释】

①七月半：农历七月十五日，中元节，又称鬼节。此日西湖各大寺院都举行盂兰盆会，超度亡灵，杭州风俗倾城夜游赏湖。

②峨冠：高帽，古代士大夫都是峨冠博带。

③优傒：优伶和傒僮，都指艺人。

④娃：美女。

⑤童娈：即娈童，俊美的男童。

⑥竹肉相发：竹，管乐器，箫笛之类；肉，歌喉。箫笛声伴和着歌唱声。

⑦帻：古代男子包头发的头巾。

⑧昭庆、断桥：昭庆，昭庆寺，在西湖东北岸；断桥，西湖白堤第一座桥。二者都是西湖名胜。

⑨轻幌：细薄的帷幔。

⑩茶铛（chēng）：煮茶的小锅。

⑪巳出酉归：巳，上午九点至十一点；酉，下午五点至七点。

⑫速：催促。

⑬如魇如呓：魇，做噩梦；呓，说梦话。

⑭舣舟：拢舟靠岸。

⑮颒（huì）面：洗脸。

⑯香气扑人：《陶庵梦忆》中作"香气拍人"，据《西湖梦寻》卷三《十锦塘》条目所录《西湖七月半》改作"香气扑人"。

【赏读】

　　张岱有浓重的西湖情结,"阔别西湖二十八载,然西湖无日不入吾梦中"(《西湖梦寻序》),情深一似家园眷属,梦中未可一日暂离。在他的心目中,西湖冰肌玉骨,超凡脱俗,不可亵玩。如同梦中情人,只宜于一片静谧中与她独对。明人汪珂玉《西子湖拾翠余谈》有云:"能真正领山水之绝者,尘世有几人哉!"这大概也就是宗子的心中所想。因此,这篇《西湖七月半》的主旨,或许可用东坡咏西湖诗中的名句来概括:"此意自佳君不会。""会"者,领悟。此即宗子胸中不吐不快的块垒,无怪乎他下笔为文,风发泉涌,姿态横生。

　　"西湖七月半,一无可看",劈头一声断喝,如同醍醐灌顶的清凉剂。这是典型的宗子笔法,霸气十足,健笔一支,纵横捭阖,当者披靡。"止可看看七月半之人",翻空出奇,笔势夭矫,一笔折入正文,他要写的便是色彩斑斓的众生相。人分五类:其一,"楼船箫鼓,峨冠盛筵",此类玩的是官派,灯火辉煌,鼓乐喧天,顾盼自豪于湖上,"实不见月";其二,富贵之家,有歌妓、娈童相伴,环坐露台,左右张望,颇有招摇之意,"实不看月";其三,略谙风雅,伴游的是名妓闲僧,浅斟低唱,丝竹清扬,"亦看月而欲人看其看月",似犹未能免俗;其四,游行市井的细民,间或泼皮无赖,衣衫不整,大呼小叫,乱挤乱撞,"装假醉,唱无腔曲",实风月之门外汉,色色皆看,"而实无一看";其五,高人雅士,远离喧嚣,小舟轻漾,清幽雅洁的纱帘净几,茶香细细的红炉白瓯,"好友佳人,邀月同坐",这才是作者的意之所属。

　　宗子以调侃、嘲谑的笔调刻画杭人游湖,惟妙惟肖,妙语连珠,参透三昧,堪称一鞭一条痕,一掴一掌血。蜂拥逐队而来,只为"好名",其实不干风月;来时急如星火,逐如狂潮;至则人声鼎沸,万头攒动,"一无所见,止见篙击篙,舟触舟,肩摩肩,面看面而已"。读了如此妙文,人们不禁莞尔一笑,时至今日,在旅游胜地,不是也司空见惯此情此景吗?

  尾声余韵悠长。笙歌散尽游人去,一切喧嚣都已消逝,西湖才恢复了她的静谧之美,皎皎圆月,如新磨之镜,一片清辉,纤尘不染,湖山濯濯于月色之中,如同美人新妆,分外丰姿绰约,幽妍藉冶。彻夜盘桓,不舍离去。"吾辈纵舟酣睡于十里荷花之中,香气扑人,清梦甚惬。"其一种空灵晶映之气,沁人心脾,正如祁豸佳《西湖梦寻序》中所云:"为西湖传神写照,政在阿堵矣。"

庞公池[①] 张 岱

庞公池岁不得船,况夜船,况看月而船。自余读书山艇子[②],辄留小舟于池中,月夜,夜夜出,缘城至北海坂,往返可五里,盘旋其中。山后人家,闭门高卧,不见灯火,悄悄冥冥,意颇凄恻。余设凉簟,卧舟中看月,小傒[③]船头唱曲,醉梦相杂,声声渐远,月亦渐淡,嗒然[④]睡去。歌终忽寤,含糊赞之,寻复鼾齁[⑤]。小傒亦呵欠歪斜,互相枕藉。舟子回船到岸,篙啄丁丁[⑥],促起就寝。此时胸中浩浩落落,并无芥蒂[⑦],一枕黑甜,高舂[⑧]始起,不晓世间何物谓之忧愁。

《陶庵梦忆》

【注释】

①庞公池:在绍兴城内龙山之旁的张氏园林。

②山艇子:在绍兴龙山张氏园林,石方广三丈而凹,构楼长如艇子,故名。

③小傒:小仆,或即张氏家蓄戏班中的傒僮。

④嗒然:物我两忘的状态,形容昏昏欲睡。

⑤鼾齁:熟睡打鼾。

⑥丁(zhēng)丁:象声词,篙击船板发出的声响。

⑦芥蒂:细小的梗塞物,比喻积在胸中的怨恨、不满。

⑧高舂:日影西斜近黄昏时。

【赏读】

　　宗子爱月,此篇即写看月,而且是如此浪漫地看月。空灵晶沁,一片神行。正如《陶庵梦忆序》所云:"嘻笑琐屑之事,然略经点染,便成至文。"此篇属于朝花夕拾之作。在饱尝国破家亡流离转徙之苦、垂垂老矣之际,回眸遥远的过去,少壮秾华,自己也曾经有过"少年不识愁滋味"的优游岁月。鸡鸣枕上,夜气方回,重温珊瑚旧梦,浮想联翩。

　　庞公池本无船,为了看月,专备一小舟于池中,已是痴情成癖。每逢月明,夜夜泛舟出游。由池水入溪流,穿越城镇至北海坂,往返可五里,流连盘桓其中。孤月在天,风露凄然,岸傍人家早已闭门高卧,没有灯光摇曳,没有人声喧哗,只有月光如水,一派冷烟清寂。宗子铺设凉席,卧舟中看月,桂魄入怀,流光瀲灩,肝胆俱冰雪,伴有小傒船头唱曲,韶光就在月色朦胧中悄悄流逝。此时恣情享受人生的醇美,醉梦相杂,声声渐远,月亦渐淡,惺忪之中,睡复醒,醒复睡,喃喃呓语,直到舣舟到岸,篙啄丁丁,方才懒慵慵地起而就寝。"此时胸中浩浩落落,并无芥蒂,一枕黑甜,高春始起,不晓世间何物谓之忧愁。"这是如同稍纵即逝的彩虹一般的青春记忆,或许宗子所追恋、所珍惜的只是那一颗晶莹剔透的童心。他的素怀洒落,还不同于很多文人墨客超然物外的旷达——那种旷达,所谓齐万物而一死生,是经历了多少荣辱沉浮的内心挣扎才获取的平静——而宗子则单纯得多,嚼冰咀雪,只是童心未泯。

闰中秋 张 岱

崇祯七年①闰中秋，仿虎丘故事，会各友于蕺山②亭。每友携斗酒、五簋③、十蔬果、红毡一床，席地鳞次④坐。缘山七十余床，衰童塌妓⑤，无席无之。在席七百余人，能歌者百余人，同声唱"澄湖万顷"⑥，声如潮涌，山为雷动。诸酒徒轰饮，酒行如泉。夜深客饥，借戒珠寺斋僧大锅煮饭饭客，长年⑦以大桶担饭不继。命小傒⑧矴竹、楚烟⑨于山亭演剧十余出，妙入情理，拥观者千人，无蚊虻声，四鼓方散。月光泼地如水，人在月中，濯濯如新出浴。夜半，白云冉冉起脚下，前山俱失，香炉、鹅鼻、天柱诸峰，仅露髻尖而已，米家山⑩雪景仿佛见之。

《陶庵梦忆》

【注释】

①崇祯七年：公元 1634 年。

②蕺山：在浙江绍兴市东北，有戒珠寺，故又名戒珠山。

③簋（guǐ）：古代祭祀宴享时盛黍稷的器皿，此处泛指盛菜肴的器皿。

④鳞次：像鱼鳞那样依次排列。

⑤衰童塌妓：年长的娈童，色衰的妓女。

⑥"澄湖万顷"：明梁辰鱼《浣纱记》第三十出《念奴娇序》曲词的首句。

⑦长年：即长工。

⑧小傒：傒僮，指张氏家蓄声伎。

⑨砆竹、楚烟：顾砆竹、应楚烟，他们本是张岱之弟平子的茂苑班的成员，平子去世之后，归属张岱的戏班。

⑩米家山：宋代米芾善以水墨点染写山川泉石，不求工细，云烟灭没，笔意纵横；其子友仁继承家学，世因称其父子所画山水为"米家山"。

【赏读】

此篇记叙闰中秋夜于蕺山亭的一次盛宴狂欢。笔走龙蛇，豪气干云，不仅写出了岁时节俗的种种趣闻韵事，而且写出了世俗生活的光彩耀目，生命张力的飘举飞扬。往昔的繁华缛丽沉淀于记忆深处，虽经岁月长河的冲洗，依然热烈鲜活。重拾旧欢残梦，"偶拈一则，如游旧径，如遇故人，城郭人民，翻用自喜"（《陶庵梦忆序》），笔端不胜今昔之感。

主人别开生面地举行一场盛大野餐，应邀而来的宾客至少有七百余人，各携美酒、佳肴、蔬果，还有红毡一床，就在蕺山亭畔，鳞次栉比地铺毡席地而坐，沿山七十余床，场面至为壮观，真个是靓妆藻野，袨服缛川。能歌者百余人，同声唱"澄湖万顷"，狂恣宣泄，声震山谷。众饕餮客狂啖豪饮，灌酒如泉注；斋僧大锅造饭，长工流水般送饭不迭。主人命家蓄声伎在蕺山亭演戏娱宾，清歌曼妙，响遏行云，连演十余出，围观者千余人，四鼓方散。

狂欢就在烈火烹油、鲜花着锦的巅峰戛然而止。以下写蕺山月色。场景转换，喧阗归于静谧，狂热化为清凉。这是人们历来啧啧称羡的一段妙文。"月光泼地如水"，用词尖新，更加凸显光的强度、质感；人们沐浴在一片皎皎清辉之中，表里澄澈，一派冰魂玉骨之美。镜头推向远方，夜深时分，白云冉冉升起，隐没了群山嵯峨，香炉诸峰仅露髻尖而已，淡痕一抹，云山缥缈，恍如仙境，疑似米家山笔意横恣的水墨雪景飘落睫前。他写的是故国明月,也是当年明月,实在太美了,美得令人酸楚,爱之深,亦恸之长。

此文大俗大雅,大喜大悲,在艺术上炉火纯青,臻于化境,是为神品。

明圣二湖[①] 张 岱

　　自马臻[②]开鉴湖[③],而由汉及唐,得名最早。后至北宋,西湖起而夺之,人皆奔走西湖,而鉴湖之澹远,自不及西湖之冶艳矣。至于湘湖[④]则僻处萧然,舟车罕至,故韵士高人无有齿及之者。余弟毅孺常比西湖为美人,湘湖为隐士,鉴湖为神仙。余不谓然。余以湘湖为处子,眠娗[⑤]羞涩,犹及见其未嫁之时;而鉴湖为名门闺淑,可钦而不可狎;若西湖则为曲中[⑥]名妓,声色俱丽,然倚门献笑,人人得而媟亵[⑦]之矣。人人得而媟亵,故人人得而艳羡;人人得而艳羡,故人人得而轻慢。在春夏则热闹之至,秋冬则冷落矣;在花朝则喧哄之至,月夕则星散矣;在晴明则萍聚之至,雨雪则寂寥矣。故余尝谓:"善读书,无过董遇三馀[⑧];而善游湖者,亦无过董遇三馀。董遇曰:'冬者,岁之馀也;夜者,日之馀也;雨者,月之馀也。'雪巘古梅,何逊[⑨]烟堤高柳;夜月空明,何逊朝花绰约;雨色涳濛,何逊晴光潋滟。深情领略,是在解人。"即湖上四贤[⑩],余亦谓:"乐天之旷达,固不若和靖之静深;邺侯之荒诞,自不若东坡之灵敏也。"其余如贾似道[⑪]之豪奢,孙东瀛[⑫]之华赡,虽在西湖数十年,用钱数十万,其于西湖之性情、西湖之风味,实有未曾梦见者在也。世间措大[⑬],何得易言游湖。

《西湖梦寻》

【注释】

　　①明圣二湖:西湖古称明圣湖,传说汉时金牛现于湖中,人以

为"明圣之瑞",遂称明圣湖,又称金牛湖。二湖,指西湖的里湖和外湖。

②马臻:东汉人,永和年间为会稽太守,开凿镜湖。

③鉴湖:即镜湖,在绍兴城南。

④湘湖:在今浙江杭州萧山区西。

⑤眠娗(tiǎn):即"腼腆"。

⑥曲中:妓坊。

⑦媟亵:轻薄,狎亵。

⑧董遇三馀:董遇,东汉末年人,字季直,出身贫困,勤奋好学,终成三国时期的著名学者,做过汉献帝的侍讲官,魏明帝时官至大司农。三馀,董遇尝谓读书须利用"三馀"(意谓抓紧三种空闲时间):"冬者岁之馀,夜者日之馀,阴雨者时之馀也。"

⑨何逊:哪会比不上。逊,逊色。

⑩湖上四贤:指李泌、白居易、苏轼、林逋四人。李泌,字长源,唐代宗时任杭州刺史。后位至宰相,封邺侯。好神仙不死之术,故下文称其"荒诞"。白居易,字乐天,唐穆宗时任杭州刺史。苏轼,宋神宗熙宁年间任杭州通判,宋哲宗元祐年间任杭州太守。林逋,宋钱塘人,字君复,隐居西湖孤山,梅妻鹤子,卒谥和靖先生。

⑪贾似道:南宋末年误国奸相,居西湖葛岭。

⑫孙东瀛:孙隆,号东瀛,明万历年间司礼监太监。曾以巨资修建西湖名胜。

⑬措大:指穷读书人。

【赏读】

此篇是《西湖梦寻》的首篇——"西湖总记",有统摄全书之意。

开篇即设比喻,皮里阳秋,亦庄亦谐:湘湖如处子,豆蔻梢头,小姑未嫁；鉴湖如名门淑女，养在深闺人未识；西湖则如曲中名妓，倚门献笑，人人得而媟亵之。此言冷隽生辣，惊世骇俗，岂不唐突西子？——然而作者实有深意存焉。作为西湖总记，开宗明义，作者骨鲠在喉，不吐不快的是："世间措大，何得易言游湖！"俗人蜂拥逐队而来，不过是赶热闹，逐时髦，徒知色相，赏其脂粉绮罗，于"西湖之性情、西湖之风味"，实乃一窍不通。此等游湖，无异于追欢买笑的狎妓，将西湖当做了花街柳巷。

而宗子之于西湖，则是"一往有深情"（《西湖诗》）。因此文章主旨便是篇中的八个字："深情领略，是在解人。"而古往今来，解人有几？"问谁能领略，此际有髯苏"（《西湖诗》），能赏识西湖韵致的，无过东坡，然而，东坡毕竟官身，入夜就得进城。而宗子则以湖船作寓，夜夜见湖上之月；栖居灵隐，夜夜对山间之月，"深山清寂，皓月空明，枕石漱流，卧醒花影"（《冷泉亭》），谙尽西湖冰姿玉骨的空灵之美。祁豸佳曾经断言："西湖之妙，妙在空灵晶映。"（《西湖梦寻序》）原来西湖遭人冷落之际——秋冬萧索、月夕清幽、雨雪寂寥——才是她最真最美之时，高标逸韵，超轶凡尘。宗子引董遇"三馀"之说以为棒喝：雪满孤山，古梅傲干虬枝，粉晕蕊白，哪会比不上春光骀荡，烟笼堤柳？夜月空明，流光接天，静影沉璧，哪会比不上朝花绰约，夭韶秾冶？雨色空濛，烟云灭没，冷翠无声，哪会比不上晴光潋滟，红醉绿酣？晚明汪珂玉《西子湖拾翠余谈》有一段评说西湖胜景的妙语："西湖之胜，晴湖不如雨湖，雨湖不如月湖，月湖不如雪湖。"与宗子之说正可印证。

花信楼记 钱谦益①

　　于墓道之东偏，择爽垲②之地，构耦耕堂③而徙焉，招孟阳也。堂之前隙地，与秋水阁④相直，庀⑤山居之余材，为楼五间。后山如屏，前湖如镜，堤池折旋，景物攒簇，名之曰花信，而刘状元胤平书其额。拂水游观之盛，莫如花时。祝釐⑥之翁媪，踏青之女士，连袂接衽，摩肩促步，循月堤，穿水阁，笑呼喧阗，游尘合沓，呵之不能止，避之不胜趋也。作斯楼也，而美其名，几以饱其观听，诱而夺之。

　　楼既成，堤之东西，阁道相望，不能中分游者，而来者滋益众，客或綦⑦余，诱而夺之之法，不已穷乎！予曰："予之名楼也以花信，而游人之追奔走集者，为花来也。当此之时，风柔日丽，春山如妆，春湖如镜，弱柳缫烟，夭桃晕雨，相与握兰赠药，思吟怨歌，靓观微步，徬徨徙倚⑧，谁得而夺之？迨乎向春之末，迎夏之阳，鹁鹉⑨喈喈，群女出桑，游者息，观者止，红绽绿肥，草长麦秀。于斯时也，谁诱之而谁夺之耶？吾与子倚飞阁，临长堤，身游于娇花宠柳、余香殢粉⑩之中，欣欣然如有得也。已而时序迁改，繁华代谢，譬之雨止云收，酒阑人散，未尝不溯然⑪如有所失也。造物者之于吾与子也，其诱且夺之则久矣，而子犹未之寤⑫欤？"客曰："'藏舟于山，夜半有力者负之而趋，昧者不知也。'⑬"姑记其语于壁，花时登斯楼也，更与子饮酒。

《牧斋初学集》

【注释】

①钱谦益（1582～1664）：字受之，号牧斋，又号蒙叟，江苏常熟人。明万历进士，官礼部侍郎，因事免职。南明福王（弘光帝）朝召为礼部尚书。南京破，降清，授礼部右侍郎。他极力排斥前后七子诗歌的模拟因袭和钟惺、谭元春诗歌的纤仄诡怪，转移了当时诗歌的风气。文章纵横捭阖；诗宗杜甫、中晚唐及宋代诸大家，以典丽见长。有《初学集》、《有学集》、《投笔集》等。

②爽垲（kǎi）：明亮干爽。

③耦耕堂：江苏常熟有虞山，山西南有拂水岩，钱谦益建耦耕堂，取《论语》"长沮、桀溺耦而耕"之意，常同友人程嘉燧等在此隐居读书。

④秋水阁：耦耕堂前面的楼阁，取《庄子·秋水》"因其所然而然之，则万物莫不然，因其所非而非之，则万物莫不非"之义，位于虞山西麓与西湖之间的平田上，前无遮拦，"背负云气，胸荡烟水，阴阳晦明，开敛变怪，皆不得遁去毫末"（《秋水阁记》），在花信楼建成之前，这里是最佳赏景之处。

⑤庀（pǐ）：构造。

⑥祝釐：祭祀而祈福。

⑦綦（jì）：启发，教诲。

⑧徙倚：徘徊。

⑨鹒鹒：即黄鹂鸟，叫声清脆婉转动听。

⑩殢（tì）粉：滞留，停留。殢，同"滞"。

⑪洫（xù）然：心里失落的样子。

⑫寤：醒悟。

⑬语出《庄子·大宗师》，意谓事物不断变化，难以固守。后用来比喻事物不能永存。

【赏读】

　　江苏虞山西面有一个叫拂水岩的风景名胜，背山面湖，瀑流飞泻，花树攒簇，湖光山色，美不胜收。钱谦益被免官归家后，在这里选择了一块干爽、阳光充足的地方，建造耦耕堂，取《论语》中"耦而耕"（两人并力耕耘）之意，目的是邀请好友程嘉燧来一起读书、隐居。堂成之后，在与秋水阁相对的一块空地上，又用建堂余下的木材，修建一座观赏风景的楼阁，命名为"花信楼"，花信者，花期也，即春天送来花开的消息，也就是为了在春暖花开时登楼赏花。

　　花信楼共五间，背靠虞山，山如屏风，面朝春湖，湖平如镜，楼前池塘堤岸曲折环绕，嘉花美树攒簇四周，境界开阔，景色优美，确实是闲暇时休憩游赏的最佳场所。拂水岩游览鼎盛的时候，正值每年春暖花开的季节，进香祈福的老人，踏青赏花的仕女，熙熙攘攘，摩肩接踵，穿梭于水阁月堤之间，叫呼喧闹，呵禁不止，建花信楼饱览美景的愿望，完全被这些俗客夺走了，真是大煞风景！

　　花信楼建成后，特意在月堤东西建阁道通连，目的是引导游人不要到楼前来干扰我们赏花的雅兴，但是来游览的人越来越多，朋友教我诱开游客的方法完全失效。我对他说："这些人都是奔花期而来，正当风和日丽，春山换上新装，春湖泛着绿波，杨柳堆烟，桃花如霞的时候，人们在柳边花下谈情说爱，吟唱情歌，舒心散怀，谁也无法阻拦他们的脚步。但是到了春末，夏阳初照，黄莺卖弄婉转的歌喉，姑娘们成群结队采桑养蚕，那时绿叶丰满，红花绽放，草长莺飞，麦浪泛波，无需诱导，游人自然消失。我们穿行于宠柳娇花丛中，欢欣如有所得，尚能欣赏残花剩蕊的余香，因为时序更替，繁华代谢，犹如酒阑人散后的悲凉，造物者既恩赐美好的春景，又悄然夺回，总不让美好的事物长驻人间，难道不是生活的真理吗?"客人以庄子"藏舟于山"的典故回答,说明事物不断变化,难于固守,不能永存。既然造物者对于人类都是诱而夺之,我们当然不必计较游客的喧嚷了,面对生活的不如意多一份宽容不是更好吗?钱谦益曾作《酒楼花信》诗:"花厌高楼酒泛卮,登楼共赋艳阳诗。人间容易催花信,天上分明挂酒旗。中酒心情寒食候,看花伴侣好春时。夭桃正倚新杨柳,横笛朱栏莫放吹。"正写出心中对待景物的那份淡荡怡乐情怀。

钱谦益的亭台楼阁记,叙述平实、沉稳,风格近于密丽,不仅着眼于亭台楼阁景物本身,而且更注重对生活哲理的一种感悟,充满理趣,较典型地表现出明清文人厚重的文化底蕴和风流坦荡的雅怀。

玉蕊轩记 钱谦益

河东君①评花,最爱山礬②。以为梅花苦寒,兰花伤艳,山礬清而不寒,香而不艳,有淑姬静女之风,腊梅、茉莉,皆不中作侍婢。予深赏其言。今年得两株于废圃老墙之下,刜奥草③,除瓦砾,披而出之,皆百岁物也。老干攫拿,樛枝扶疏④,如衣从风,如袖拂地。又如人桔槔⑤乍脱,相扶而立,相视而笑。君顾而乐之,为屋三楹,启北牖以承之,而请名于予。予名之曰玉蕊,而为之记曰:"花之更名山礬,始于黄鲁直。以瑒花为唐昌之玉蕊者⑥,段谦叔、曾端伯、洪景卢也。其辨证而以为非者,周子充⑦也。夫瑒花之即玉蕊耶?非耶?诚无可援据。以唐人之诗观之,则刘梦得之雪蕊琼丝⑧,王仲初之珑松玉刻⑨,非此花诚不足以当之。有其实而欲夺其名乎?物珍于希,忽于近。在江南则为山礬,为米囊,野人牧竖,夷为樵苏。在长安则为玉蕊,神女为之下九天,停飙轮⑩,攀折而后去,固其所也。以为玉蕊不生凡地,惟唐昌及集贤翰林有之,则陋。又以为玉蕊之种,江南惟招隐⑪有之,然则子充非重玉蕊也,重李文饶⑫之玉蕊耳。玉树青葱,长卿⑬之赋也;琼树璧月,江总⑭之辞也。子充又何以云乎?抑将访其种于宫中,穷其根于天上乎?吾故断取玉蕊以牓⑮斯轩。春时花放,攀枝弄雪,游咏其中,当互为诗以记之。订山礬之名为玉蕊,而无复比瑒更礬之讥也,则自予与君始。崇祯十五年⑯十二月二十九日,牧翁记。"

《牧斋初学集》

【注释】

①河东君：即柳如是，号河东君。原为秦淮名妓，后嫁给钱谦益。是明清之际著名才女，擅近体七言，分题步韵，书法得虞世南、褚遂良笔法。

②山礬（fán）：别名尾叶山礬，又名七里香。《本草纲目》载："山礬生江、淮、湖、蜀山野中，树大者高丈许。叶似栀子，略有齿，凌冬不凋。三月开花，繁白如雪，六出黄蕊，甚芬香。"

③刜（fú）：铲除。奥草：深草丛。

④老干攫拿：苍老的树干蜷曲作攫取状，形容遒劲有力。欂枝扶疏：弯曲的树枝疏密有致。

⑤梏拲（gǒng）：手铐。梏，手铐；拲，两手共械。

⑥瑒花：即玉蕊花。洪迈《容斋随笔》："长安唐昌观玉蕊，乃今瑒花，又名米囊，黄鲁直易名为山礬者。"唐昌：即唐昌观，唐代寺观，在长安安业坊南，以唐玄宗女唐昌公主而名。观中玉蕊花相传为公主手植。

⑦周子充：即周必大，南宋丞相，撰有《玉蕊辩证》一卷。曰："唐人甚重玉蕊……花苞初甚微，经月渐大，暮春方八出，须如冰丝，上缀金粟。花心复有碧筒，状类胆瓶，其中别抽一英，出众须上，散为十余蕊，犹刻玉然。花名玉蕊，乃在于此。"

⑧刘梦得：唐代诗人刘禹锡，字梦得，有《和严给事闻唐昌观玉蕊花下游仙二绝》。雪蕊琼丝：指刘禹锡诗句"雪蕊琼丝满院春"。

⑨王仲初：即唐代诗人王建，有《唐昌观玉蕊花》诗。珑松玉刻：见王建诗句"一树珑松玉刻成"。

⑩飙轮：仙女乘坐的云车的风轮，此指云车。

⑪招隐：即招隐馆，在钟山。南朝宋文帝为隐士雷次宗所建。

⑫李文饶：即唐李德裕，武宗时为相，宣宗时贬官岭南。其别墅以栽草木繁华著称。

⑬长卿：即汉司马相如，字长卿。

⑭江总：南朝陈文学家，善写艳诗，号为狎客。

⑮牓：同"榜"，题写匾额。

⑯崇祯十五年：即公元1642年。

【赏读】

崇祯十四年（1641），已经六十岁久历宦海风波的钱谦益终于绝意仕途，回归乡里，走向了烟花风月场，以慰藉那颗疲惫的心灵。幸运的是他遇到了秦淮名妓柳如是，两人很快坠入爱河并结为夫妇。钱、柳结合是明末风云变幻背景下的一件轰动性大事，那么钱谦益在人生的风烛残年为什么钟情于一个烟花女子呢？首先是因柳如是貌美。钱谦益《催妆词·二》说："鹊驾鸾车报早秋，盈盈一水有谁留？妆成莫待双蛾画，新月新眉总似钩。"柳如是不仅美丽多姿，而且诗书字画兼善，《催妆词·其四》又说："宝架牙签压画轮，笔床砚匣动随身。玉台自有催妆句，花烛筵前与细论。"可见钱、柳是心心相印琴瑟和谐。柳如是对这位文采旖旎、温柔体贴，又曾经是鼎鼎大名的东林党人的风流才子，自然是倾心相许。其诗《依韵奉和中秋日携内出游次冬日泛舟韵二首·其一》："秋水春衫惨暮愁，船窗笑语近红楼。多情落日依兰棹，无藉轻云傍彩舟。月幌歌阑寻麈尾，风床书乱觅搔头。五湖烟水长如此，愿逐鸱夷泛急流。"将钱谦益比做功成身退的范蠡，而把自己比做西施，可以看出她与钱谦益生死相许的心愿。钱谦益的《合欢诗四首·其四》："朱鸟光连河汉深，鹊桥先为架秋阴。银釭照壁还双影，绛蜡交花总一心。地久天长频致语，鸾歌凤舞并知音。人间若问章台事，钿合分明抵万金。"毫不计较柳如是的章台身份，而视她为鸾歌凤舞的知音。

钱谦益专门为柳如是建造玉蕊轩并作《玉蕊轩记》，颇能看出他们的生活情趣，也体现出柳如是高雅而热烈的内心世界。文章开头即引用柳如是对一些名花的评价，说梅花开在冰天雪地的寒冷世界，未免太冷艳；而兰花虽然优雅芬芳，却开在百花绽放的春天，未免太娇艳；只有那不起眼的山矾，清丽优雅又不寒气逼人，颇有淑女贞静的气质；那些腊梅、茉莉花只配给山矾做侍婢而已。钱谦益深赏其言，竟在一所荒废的老园子里，找到了两株百年的山矾，一番割草除砾之后，露出山矾遒劲蜷曲的苍枝劲条，纷披扶疏的枝枝叶叶，如衣从风，如袖拂地，又如两人拱手作揖，显出相亲相恋的情状。两人相视而笑，足见他们夫妇的恩爱情深。于是钱谦益在山矾的南面建造三间楼阁，推开北面的窗户，两株山矾尽收眼底，美人与名花相对，"名花倾国两相欢"，平添多少情趣！

读到这里，还只是看到钱谦益夫妇一段缱绻情深的故事，真正的记文还未开始。接下来作的一番考证，显示钱氏学养之深厚。山矾本名玉蕊花或者瑒花，到宋代黄庭坚才改称山矾，而段谦叔等人则认为当为唐昌观的玉蕊花。为此周必大还特意撰写《玉蕊辩证》，钱谦益随即引用唐人刘禹锡诗句"雪蕊琼丝满院春"和王建诗句"一树珑松玉刻成"来印证，并说"非此花诚不足以当之"。这种花在江南山野很常见，樵夫牧童砍伐其枝条作为柴薪，无人赏其芳馨，称之为"米囊"、"山矾"。而一入长安贵人家，尤其得到唐昌公主的青睐后，就摇身变为玉蕊，并引来九天神女下凡来停车采摘而去。有人因此认为像玉蕊这样的名花不会生长在平凡的地方，其实江南招隐寺就有这种玉蕊花，司马相如、江总等人辞赋中用"玉树青葱"、"琼树璧月"来赞美此花的纯洁无瑕与娇美高贵。

钱谦益取"玉蕊"作为亭轩的名字，显然含有深意，即像柳如是这样的身陷泥淖却品性贞洁的女子，在青楼倚歌卖笑时，遭人轻薄，就像江南的山矾不为所重，而一旦脱离污浊，洁净芳香地坐在窗明几净的书斋之中，与琴棋书画为伴，那当然应该是玉蕊名花了。于是相约：等来年春天，山礬盛开皎洁晶莹如雪之时，一定畅游吟咏花下，赋诗抒怀。以一个风流温馨的美好期待结束了这篇颇为独特的小记。

钱谦益才情雄赡，笔势恢张，加上学富五车，在明末被称为大手笔。其散文写景旖旎秾丽，笔底境开；议论则旁征博引，沉稳铿宏。这篇小记纯以考辨名物来表达对柳如是人品雅洁的赞赏，缠绵雅致，情韵灵动。

游黄山记之三   钱谦益

　　由祥符寺度石桥而北，逾慈光寺，行数里，径朱砂庵而上，其东曰紫石峰，三十六峰之第四峰，与青鸾、天都皆峚山也。过此取道钵盂、老人两峰之间，峰趾相并，两崖合沓①，弥望削成，不见罅缝。扪壁而往，呀然②洞开，轩豁呈露，如辟门阖③。登山者盖发轫④于此。里许，憩观音崖，崖欹立如侧盖⑤。径老人峰，立石如老人伛偻。县崖多奇松，裂石迸出，纠枝覆盖，白云蓬蓬冒松起。僧曰："云将铺海，盍⑥少待诸？"遂憩于面峰之亭。

　　登山极望，山河大地皆海也。天将雨，则云簇而聚于山；将晴，则云解而归于山。山河大地，其聚其归，皆所谓铺海也。云初起，如冒絮，盘旋于老人腰膂间⑦，俄而灭顶及足，却迎凌乱，迫遽⑧回合，弥漫匼匝⑨。海亦云也，云亦海也，穿漏荡摩⑩，如百千楼阁，如奔马，如风樯，奔踊却会，不可名状。荡胸扑面，身在层云中，亦一老人峰也。久之，云气解驳，如浪文水势，络绎四散；又如归师班马，倏忽崩溃，窅然不可复迹矣。回望老人峰，伛偻如故，若迟⑪而肃客者。

　　缘天都趾而西，至文殊院宿焉。黄山自观音崖而上，老木措⑫径，寿藤冒石，青竹绿莎，蒙络摇缀，日景乍穿，飞泉忽洒，阴沉窅窔⑬，非复人世。山未及上曰翠微，其此之谓乎？升老人峰，天宇恢廓，云物在下，三十六峰，参错涌现，恍恍然又度一世矣。吾至此,而后乃知黄山也。

《牧斋初学集》

【注释】

①合沓:重重叠叠连接在一起。

②呀然:口张开的样子,这里形容洞开的样子。

③门闑:即门户用木做的叫闑,用竹苇做的叫扉。

④发轫:出发,启程。

⑤欹立:倾斜而立。侧盖:倾斜的车盖。

⑥盍:何不。

⑦腰膂间:老人峰的半山腰。

⑧迫遽:逼近迅速。

⑨匼匝:周围环绕。

⑩穿漏荡摩:翻腾变化。

⑪迟:等待。

⑫搘(zhī):同"支",支撑之意。

⑬窅窱(yǎo tiǎo):幽深昏暗。

【赏读】

"五岳归来不看山,黄山归来不看岳。"足见黄山美甲天下的独特神韵。历代文人墨客吟咏描摹黄山的作品可以说汗牛充栋。崇祯十四年(1641),解甲归田的钱谦益在友人的劝说下,欣然畅游黄山,作诗二十首,归家后,寒窗寂寥,又补作游黄山记九篇。这里选录其三描写黄山云海的名篇。

黄山以奇松、怪石、云海、温泉四绝闻名天下,清代魏源赞曰:"峰奇石奇松更奇,云飞水飞山亦飞。"颇见黄山神奇飞动之美。请看钱谦益的一些描写黄山的诗句:"天都诸峰遥相从,连绵峄属无罅缝。山腰白云出衣带,云生叠叠山重重。峰内有峰类皴染,须臾翕合仍混同。层云聚族雨决溜,溪山天水齐溟濛。是时水势犹未雄,江河欲决翻垒壅。良久雨足水积厚,瀑布倒写天都峰。"(《天都瀑布歌》)雄奇奔放,笔力健举,才情富赡。与诗歌的想落天外不同,这篇散文则平实简明,仿佛能让人触摸到黄山真实的肌肤。开头在交代游踪路线之后,对天都峰的双峰并趾不见隙罅和豁然洞开如辟巨门的雄奇景象,观音崖的陡峭欹立如盖和老人峰的伛偻情状,及其怪石、奇松纠相错结,白云从石罅松针间蓬蓬冒起等奇特景观进行简略的描写,然后集中笔墨描写"云将铺海"的壮丽奇景。

黄山独特的云海景观乃因东向大海北依长江的地理气候而形成。特别在天都峰附近,每到中午时分,明明刚才还是艳阳高照,但是转眼间就会浓云密布,大雨如注。当年,钱谦益就是碰到了黄山千年不变的云海景观:登上山顶眺望,山河大地都变成了云海,天将下雨时,四面八方的云彩迅速归聚山峰;而雨过天晴,那些云彩又四散开来消失在山谷之间。云聚云归就是所谓的"铺海"。白云初起时,像一片片的棉絮,盘旋于老人峰的山腰间,转瞬之间就涌上山顶,将一切都淹没在浓密的云层里。这些云就飞荡在眼前,迅疾翻飞,奔腾回合,弥漫盘旋,形状千变万化,时而像千百楼阁,时而像风帆远航,时而像万马奔腾,真是莫可名状。人站立峰巅,张臂伸向天空,云雾就在胸前飘荡,仿佛自己也变成了一座老人峰!过了很久,浓密的云团忽然分裂成碎片,像溃堤的河水,泛着浪花,络绎四散;又像撤退的骑兵,顷刻之间那奔驰的马群就消失得无影无踪。这时再回望老人峰,还是伛偻如故,仿佛庄严肃穆地向游客们作揖。

最后交代沿天都峰西行宿文殊院的情景,一路"青竹绿莎,蒙络摇缀,日景乍穿,飞泉忽洒",感觉是在仙境。等到登上老人峰,看到天宇雄浑辽阔,高出云表,三十六峰参差错落围聚四周,真感觉是到了天上。原来黄山的胸襟如此雄奇博大!一缕荡漾迤逦的情丝泛向渺远幽微的天际。

三贤祠记 龚鼎孳①

  逸少、鸿渐、子瞻②三先生皆流寓蕲上。右军墨沼旧传在凤栖山③麓，今寻其故处，已秋草离离，不可复识，而清泉影里，烟止钟生，犹想见临池盘薄④之致，所谓伊人，呼之或出。季疵⑤流连兰水⑥，骤为许可，今鼎足乎四天⑦之下，一瓢碧雨，泠泠焉，与山痕石魄，傲睨⑧高致，赖此，海内巨眼作千年座主，不恨赏音寂寞也。松间沙路，桥外绿杨，有髯来思，从乱闪葱茏中点染一巉笻屐⑨，遂为后人开画图生面，声声杜宇，柳花如雪，此老响像犹未往耶？嗟乎！吾生也晚，不获与三先生把臂同游，嚼碧渚之寒香，洒春池之妙墨，棹一叶扁舟于流光深处，扫幽台而弄花影，山川寥落，盖又数百年于今矣脱⑩也。三先生为客，予作主人，扪薜探云⑪，呼泉勺月，意思萧散，必有物外相关者⑫，而惜乎不得见也，悲哉！

  祠不知始于何年，屋仅三楹，湫隘不能旋马，日久荒芜，渐同市圃⑬。予有意新之，而烽燧⑭在郊，忽忽不果。比修祀事，瞻拜其下，良用怃然⑮，聊记此，以俟后之君子。时辛巳⑯春仲三日。

《定山堂集》

【注释】

  ①龚鼎孳（1615~1673）：字孝升，号芝麓，合肥人。崇祯元年（1628）进士，官蕲水令，擢兵科给事中。李自成攻克北京，龚

归附李自成,授直指使。清兵入关,又投降清廷,授吏科给事中,累迁太常寺少卿。康熙间,官至礼部尚书,以疾致仕。他为人放旷,博闻强识,诗词文俱工,与钱谦益、吴伟业并称江左三大家。有《定山堂集》、《香严词》等。

②逸少:即王羲之,字逸少。鸿渐:即陆羽,字鸿渐。子瞻:即苏轼,字子瞻。

③凤栖山:在湖北汉阳县治,相传有凤凰栖此。按,在今湖北蕲春县郭门外二里许,有王羲之洗笔泉,水极甘甜,下临兰溪,溪水西流。

④盘薄:艺术家在进行绘画、书法等创作活动时,进入创作灵感的状态,酣畅淋漓的样子。

⑤季疵:唐代茶圣陆羽,字鸿渐,又字季疵,一生嗜于茶事,撰《茶经》一书。

⑥兰水:即兰溪,为浠水的支流。

⑦四天:即四禅天。佛教有三界诸天之说,三界指欲界、色界、无色界。色界诸天又分为四禅:初禅为大梵天之类;二禅为光音天之类;三禅为遍净天之类;四禅为色究竟天之类。色究竟天为色界的极处。见《法苑珠林·诸天部》。

⑧傲睨:鄙夷世俗的超然态度。

⑨筇屐:登山的竹杖和木屐。

⑩脱:往。

⑪扪薜探云:披草攀登探寻遗迹。

⑫物外相关者:超脱于物外的闲情逸致。

⑬圊(qīng):厕所。

⑭烽燧:战事。

⑮怃然:感慨伤怀的样子。

⑯辛巳:即崇祯十四年(1641)。

【赏读】

崇祯十四年（1641）春天，年仅二十七岁的龚鼎孳在湖北蕲春任县令。此地有一所著名的祠庙——三贤祠，享受祭祀的是历史上三位曾经流寓蕲上的名人，他们是：书圣王羲之、茶圣陆羽、文圣苏东坡。

王羲之年轻时曾任江州刺史，尝随殷浩北伐，或许曾经过汉水？退隐之后又曾与道士许迈千里采药遍游中东部名山，肯定也游览过汉水地区的名山大川，但具体流寓蕲上时间难以详考。因为传说凤栖山麓有王羲之墨沼，作者于是欣然探寻，可谁知古迹荒凉，秋草丛生，只见一泓清泉在涵融着天容山色，一缕淡蓝色的炊烟袅袅升起于林间，寺庙传来悠远而寂寞的钟声，此情此境，王羲之当年解衣盘薄兴酣淋漓挥毫泼墨的情状仿佛呼之欲出。茶圣陆羽一生坎坷凄凉，当年曾漂泊四方，他流连兰溪，植树试茶，在禅家无色无欲的纯净天宇下，他以一瓢碧绿馨香的清茶，超脱红尘，傲睨烟霞，使茶韵成为慰藉寂寞清境的良友，因此海内风流雅怀的士子无不对他顶礼膜拜。遭遇乌台诗案的苏轼贬官黄州，曾在这里吟哦"山下兰芽短浸溪，松间沙路净无泥，潇潇暮雨子规啼。谁道人生无再少？君看流水尚能西，休将白发唱黄鸡"。松间的沙路上，桥外的绿杨边，仿佛美髯公苏轼正拄着筇竹杖向我走来，一路留下声声木屐的轻响。哦，原来是后人图画中描述的形象呈现在眼前。如今柳花似雪，杜鹃声声，难道苏公的音容笑貌还没有离开这里吗？读到此处，我们不能不为龚鼎孳无处生有的想象力所征服。接着一声长叹，惋惜自己不能与三先生把臂同游，不能跟他们一起品尝清茗的寒香和泼洒春池的妙墨，真想驾一叶扁舟追溯到时光的深处，打扫幽台来与三贤共赏花影。可是山川寥落，转眼之间数百年时光已经飞逝。笔锋又陡然一转，由无生有然后又擦迹无痕，说如今我为主人，三先生为客人，想象当年三先生在这里披草穿云，呼泉勺月，意思萧散，一定有超脱于物外的闲情逸致，可惜难以见到了。

从思古的悠然想象中，再次回到现实的荒凉中来，眼前仅存三间破败的庙宇，狭隘而杂草顽生。为了那三位馨香不散的英灵，作者想重修庙宇，可惜城外战火纷飞，动荡不宁。只好瞻拜三贤，以俟后之君子完成心愿，自己则只好黯然伤怀，默默离去。迷离虚幻的境界终于彻底消散，而情思意趣却缭绕无尽。

龚鼎孳是清初诗文三大家之一，尽管他的总体成就与钱谦益、吴伟业相比，稍逊一筹，但是这篇小品游记却体现出他不平凡的才思才情。全篇几乎全由想象构成，无中生有的妙笔，别具诗情画意。结尾处点名农民起义军正在酣战，则透露出明末动荡飘摇的时代氛围，从而使前文想象的优雅纯净境界，蒙上一层时代的阴云，强烈的对比中顿生无穷的感慨。

游城南小记 龚鼎孳

今日出郭五里许，谒一贵人，风清日佳，轻刀容与①，春鸥对对，戏弄晴沙，泛空明岩下，辄想古人醮笔②探幽时。风流去，人未远，此巉岩一片骨，千百年后犹供人娑摩爱玩，吾以贺石丈③之遭，洒泪沈碑④，昔贤名根深重，往往如此。西爽一带，人家参差，水际曲栏小阁，画出江南，渔子溪姑从石上捣衣，三三两两，差饶⑤村韵。恨桃花寂寂，不见苧萝山下一缣丝⑥，豁游人春眼。舍舟行岸上，看沙堤健儿骤马，朱缨宝袜，腾踏殊常，知幽燕少年风气尚在。男儿生不能逃名遗世，亦须向边风塞月、长弓大槊间作少许伎俩，毋为空老儿女手也。已过熊司马万象园，竹木交荫，浓绿如滴，檀栾⑦洞里，别有花源，安得不为此君留恋？园后古梅两本，残英在枝，余芳袅袅，牵人衣袂。此老一生四海为家，犹不乏平原绿野之致。今花竹依然无恙，而主人已殂。别馆闲枰⑧，徒助他人玉管金樽之乐。俯仰衰盛，顾不悲哉！吾得卸却青衫⑨于兵火不到处，选一幽涯，日理钓竿，而洗我七八年红尘之梦也。才离松径，驺人呵殿⑩，望县门，吾头又岑岑痛矣。辛巳仲春之五日。

《定山堂集》

【注释】

①轻刀：轻舟。容与：悠闲自在的样子。
②醮笔：尽笔，尽兴。
③石丈：北宋书画家米芾好石，尝见一石甚奇，即命袍笏拜之，

呼为石丈。

④洒泪：羊祜镇守襄阳十年有政绩，深得民心，他喜爱山水，常登岘山。他死后当地百姓为他建碑立庙，杜预称此碑为"堕泪碑"。沈碑：晋杜预好为后世名，刻两碑记功，一块立于岘山上，一块沉入岘山下的河中，后以沈碑代指纪功碑。

⑤差饶：富有。

⑥苎萝山下一缣丝：指西施浣纱事。苎萝山，在浙江诸暨南，传为西施出生地。

⑦檀栾：秀美貌，指代竹子。

⑧枰：棋盘。

⑨卸却青衫：脱掉官服，退隐山林。

⑩驺人：开道引马的骑卒。呵殿：前呼后拥。

【赏读】

　　这篇游记小品也作于崇祯十四年（1641），依然表现出龚鼎孳擅长想象风景的特点，同时也表现出在那个即将改朝换代的特殊时期，他挣扎在仕与隐矛盾中的复杂心态。

　　本文以出城郭拜谒一贵人为主线，描写沿路的所见所感，主要内容还是由风景生出对历史的想象，以表现自己的内心世界。他是乘船前往，故开始就描写天气晴朗、清风柔和的景象，一叶轻舟荡漾在软绸缎一样的水面上，心情悠闲而舒爽。春天的鸥鹭成双成对，在暖融融的沙滩上嬉戏，令人想起老杜的诗："迟日江山丽，春风花草香。泥融飞燕子，沙暖睡鸳鸯。"风流已去，而人还未走远，古人名根深重，渴望立功、立德、立言遗传后世以求不朽，米芾拜谒奇石，羊公之堕泪碑，杜预沉碑记功，都是典型的表现。言外之意是：不求名利，做一个享受自然清风暖日的人该是何等惬意的选择！

船继续前行,来到西爽一带,这里农家房屋参差错落,水边都建构曲栏小阁,颇具江南风味,村姑渔妇三三两两在溪边捣衣,多么富有乡村韵味。桃花寂寂,可惜不见当年浣纱的西子出现在眼前,不免美中不足。舍船登岸,又看到骑马的健儿正在奔驰,朱缨宝袜,襟飘带舞,有一股幽燕少年的游侠气概。由此作者又联想到,七尺男儿如果不能像古代高士那样遗世独立,那就应该驰骋沙场建功立业,绝对不能空老于儿女情长。从这里可以看出作者徘徊在退隐山林与驰骋疆场之间的矛盾心态。

转眼之间,已经经过了熊司马的万象园,那竹木交荫、浓绿如滴的竹林深处,肯定别有桃源胜境。难怪此君流连不去,园后两株古梅,点点残英还散发出袅袅余香,似乎欲牵衣待话。熊司马一生四海漂泊,却深怀平原绿野的园林雅致。如今物在人亡,生前精心结构的宽楼大厦,都变成他人金樽享乐的工具。逝者如斯,盛衰无常,岂不悲哉!因此作者幻想弃官逃入一无人的水边,整日垂钓以消磨时光,做一个"青箬笠,绿蓑衣,斜风细雨不须归"的渔翁。正在这样幻想的时候,忽然见到一队骑马的仆役,前呼后拥地喝道开路,原来到了县衙门口,这当头棒喝使作者不由得头皮隐隐作痛。看来,今生今世无处可逃,本想逍遥江湖,可惜贪恋那些许蝇头微利,被名缰利锁钩住喉咙,再怎么挣扎也无济于事。从中可以看到龚鼎孳当时复杂缠络的内心痛苦状态。

遗憾的是,李自成军攻占北京后,他没有归隐而是投降了大顺政权,当大顺政权被清政府取代,他仍没有逃隐江湖,而是又做了新朝的高官,隐居对他来说只不过是永远难以实现的愿望,因为"名根深重"已入骨髓,自己极不情愿地选择了被自己所否定的人生模式。

中秋饮爱竹轩小记 龚鼎孳

桐叶下阶，幽蛩泣露。瓶中金粟①累累，作寒香向人。与弟辈快举数觥②，歌"此夕若无月，一年虚度秋"之句。已乃清光如水，倒浸空斋，携具过爱竹轩，坐石坪上，酌一樽，邀素娥③使下。草树蒙茸，淡烟微合，犬声间作，人影参差，莲漏④沉沉，瑶光未没。当斯时也，念良辰之不再，感聚首之难期。何岁无秋，此夜极他乡之乐；何夜不月，明年怅荆楚之游。顾念旧山⑤阔焉，千里凉飚⑥方劲，孤云黯然，得无有结愁思于倚闾、悲高楼之荡妇者哉？停杯慷慨，旋复自失⑦也。

《定山堂集》

【注释】

①金粟：指桂花，其花蕊如金粟点缀。

②快举数觥：畅饮数杯。

③素娥：嫦娥的代称，指月亮。

④莲漏：寺院的报时声。

⑤旧山：故乡的山。

⑥凉飚：秋风。

⑦自失：心里感到失落惆怅。

【赏读】

王维的诗句"独在异乡为异客，每逢佳节倍思亲"表现的是大唐盛世里年轻诗人远离家乡游宦异地时甜蜜的思乡情怀；李白《春夜宴桃李园诗序》描写在清风朗月的桃花园里与群弟饮酒赋诗的尽兴欢乐情景，表现的是对人生、对青春的珍惜与留恋；龚鼎孳的《中秋饮爱竹轩小记》则表现出动荡飘摇的明末时期，作者异乡漂泊惆怅失落的悲凉心境。这就是通常所说的时代背景总会以各种方式融入诗文。因此读一篇文学作品，除了见出作者的性情之外，还能看到时代的影子，因为作者无法超越他的时代。

正是中秋，阶前梧桐先得秋信，摇曳于西风中沙沙作响；台阶下石缝中墙根里，蟋蟀唱起了秋歌，颗颗晶莹的白露仿佛哭泣的泪珠；桂子已经盛开，满树金黄的小花，香气扑鼻，袭人衣裾。此情此境，不畅饮何以解怀？因此招来兄弟辈快饮数杯，高唱"此夕若无月，一年虚度秋"的诗句，期待那一轮团圆的明月早点升上苍穹。

又是中秋，月光总是那样诱人：清光如水，浸满了空荡荡的书斋，于是带上酒具来到爱竹轩，坐在石坪上，"举杯邀明月"，明月闪烁的笑靥晃漾于杯中，一时间桂香酒香交织，月韵情韵叠加，好不舒畅！环视四周，草树朦胧，人影参差，淡烟微合；仔细谛听，远处村落传来一两声犬吠，而近处禅院报更的钟声则声声入耳，此时，月亮还漫游于天际，千山铺银色，万川映清辉。如此良夜，怎不叫人感慨兴怀！良辰不再，欢聚难期啊！哪一年都会有中秋，而今夜在异地他乡极尽欢乐；哪一夜都会有明月，明年不知能否还有这样的荆楚之游。思绪于是飞越千山万水，回到故乡的怀抱，阔别故乡已经数载了，温情的故乡可别来无恙？千里凉风正在劲吹，天际孤云黯然飘荡，那红楼的思妇又该依窗遥念天涯漂泊的游子了吧？夜尽兴阑，顿感无端失落与惆怅。

龚鼎孳生当改朝换代的明清之际，即使在清风朗月的中秋之夜，即使在酣饮沉醉的酒席之间，也总是难以享受完全的快乐，他的文中总有一股伤感抑郁的悲凉情绪在缠绕,这种格调的形成与他的思想与胸襟相关,更与他所处的时代紧密相连。作为一个才情丰赡的文人,他的散文在描写景物方面很有技巧,清丽芊绵,色彩丰富,意境幽远,尤其擅长想象风景,他总会由眼前景想到遥远的天际或悠远的古代,使情景交融,真幻交接,别具韵味。

游九华山记 施闰章①

　　昔刘梦得尝爱终南、太华、女几、荆山②，以为此外无奇秀。及见九华，始自悔其失言。是说也，尝窃疑之。而李太白以山有莲花峰，改九子为九华③。予舟过江上，望数峰空翠可数，约略如八九仙子云。

　　其山外峻中夷④。由青阳西南行，则峰攒岫复⑤，瑰奇百出；而入其中，则旷以隐。由山麓褰裳⑥，则寒泉数十百道，喷激沙石，碎玉哀弦⑦，而入其中则奥以静⑧。盖岩壑盘旋，白云蓊郁，道士所族处者，是为化城⑨。一峰屹然，四山云合，若群龙之攫明珠者，是为金地藏塔⑩。循檐送目，虚白之气远接江海，而四方数千里来礼塔者，踵接角崩⑪，叫号动山谷，若疾痛之呼父母，蹈汤火之求救援。道士争缘为市⑫，几以山为垄断矣，岂复知有云壑乎！

　　于是择其可游者曰东岩⑬，其上有堆云洞、狮子石，僧屋数间，刻王文成⑭手书。文成聚徒讲学，游憩于斯，有东岩燕坐诗⑮。今求其讲堂，无复知者。

　　天柱峰最高，俯视化城如一盂。绝壁矗立，乱山无数。所谓九十九峰者，迷离莫辨，如海潮涌起，作层波巨浪，青则结绿⑯，紫则珊瑚，夕阳倒蒸⑰，意眩夺目。盖至此而九华之胜乃具。惜余非闲人，不得坐卧十日，招太白、梦得于云雾间相共语耳！

游以甲午岁⑱十月,从之者查子素光、徐子道林⑲。

《学馀堂文集》

【注释】

①施闰章(1618～1683):字尚白,号愚山,又号蠖斋,宣城(今属安徽)人。顺治进士,康熙时举博学鸿词,官至侍读。他长于五言诗,与山东宋琬齐名,有"南施北宋"之称。论诗尊唐抑宋,主张言之有物,其诗有较强的现实性。散文具有醇雅的特点。有《学馀堂文集》等。

②刘梦得:即唐代诗人刘禹锡,字梦得。终南:一名太乙,在陕西西安南四十公里处。太华:华山,在陕西华阴南,又称西岳。女几:俗称石鸡山,在河南宜阳西。荆山:在湖北南漳西,古称"九州之险"。

③改九子为九华:李白《改九子山为九华山联句并序》曰:"青阳县南有九子山,山高数千丈,上有九峰如莲花。……予乃削其旧号,加以九华之目。"诗曰:"妙有分二气,灵山开九华。……青荧玉树色,缥缈羽人家。"

④外峻中夷:山外望之很险峻,进入山中则很平坦。

⑤峰攒岫复:峰峦聚集繁复。

⑥褰裳:涉水时提起衣服。

⑦碎玉:激起的浪花像碎玉。哀弦:水石相激发出的声音像婉转的琴声。

⑧奥以静:幽深而寂静。

⑨化城:道观名,在九华山的中心地带。它面对芙蓉峰,东临东岩,西为神光岭,北倚白云山,四山环绕如城。

⑩金地藏塔:俗称"肉身塔",在化城观西神光岭上。新罗国

王子金乔觉（地藏）坐化后，佛教徒相信他是菩萨化身，建塔安放。明万历年间命名为"护国肉身宝塔"。

⑪角崩：以额头撞地，即叩头。

⑫争缘为市：争相化缘，向游客卖出进香的物品。

⑬东岩：又名百岁岩、舍生岩、晏坐岩，为金地藏晏坐处。

⑭王文成：即王守仁，世称阳明先生，谥"文成"。明代哲学家、教育家。

⑮东岩燕坐诗：王守仁在东岩讲学时所作的《岩头闲坐偶成》诗。

⑯结绿：美玉名。

⑰倒蒸：夕阳反照九华山峰，浑红皴染，如蒸气升腾。

⑱甲午岁：康熙五十三年（1714），即1714年。

⑲查子素光、徐子道林：施闰章游九华时的随从，其生平不详。

【赏读】

号称"佛国仙城"的九华山，与山西五台山、四川峨眉山及浙江普陀山并称中国佛教四大名山。五台山虽寂静清峻，却携带北方独特的雄桀之气，偏向阳刚之美；峨眉山虽清秀雄奇，但可惜嵌于巴山深处，出入不便；普陀山清幽秀丽，则因寄居海岛，非假舟楫无以到达。唯有这九华山不仅巍峨雄峻，而且带有江南特有的秀润，还拥有便利的交通条件。因此每年到九华进香礼佛的游客川流不息地从四面八方涌来，进入可以安顿心灵、休憩灵魂的佛家胜境。

九华山原名九子山，因唐代大诗人李白而改称今名，曾留下"妙有分二气，灵山开九华"的诗句。中唐诗人刘禹锡来到九华山之后，奇秀的景色使他怅然若失，因为先前自己钟爱的终南山、太华山、女几山、荆山等名山均无法与其媲美。康熙五十三年（1714）十月，著名诗人施闰章，舟行过长江，遥望九华，青葱叠翠的山峰犹如八九个仙子静立于云中，于是产生强烈的游兴。

从青阳县城向西南进发，沿途所见重峦叠嶂，景色奇特瑰丽。尤其是那山脚的数百条溪涧的泉水，奔腾而下，冲击着沙石，溅起雪白的浪花，人们只能褰裳涉水过河，那水石相激的声音犹如婉转忧伤的曲子，凄然入耳。而进入山中，则感到出奇的宁静安详，群山环抱之中，有一座奇峰巍然耸立，它的四周群峰环绕，这就是金地藏塔所在的地方。沿着塔檐远眺，空旷的天幕中，云气远达江海。地藏圆寂处如今是和尚们聚居所在，叫化城。金地藏菩萨当年修行于九华山，他是一个意志坚毅且志向高远的人，他的誓言"众生度尽，方正菩提；地狱不空，誓不成佛"，至今还竖立在入山的石壁上。各地的佛教信徒不远万里而来，三步一跪拜，九步一叩首，呼佛号声震撼山谷，他们非常虔诚，而掌管救赎的和尚们则因为有利可图，争先恐后在与这些信徒们做买卖，几乎独占了整个九华山，浓重的世俗气息将九华山变成一座乌烟瘴气的商业山城。还有谁去真正欣赏那些灵秀美丽的山峰与沟壑呢？

于是，作者选择了人迹较少的东岩去游览，这里有堆云洞、狮子石和几间僧房，曾经是明代心学大师王阳明修行讲学的地方，他的东岩晏坐诗还刻在石壁上，可惜难以寻觅他当年聚徒讲学传道的踪迹了，因为人们既不关心，也就无人知道了，不胜慨然。

从天台拾级而上，登上了最高的天柱峰，从那里俯视，化城就像一个盂钵。陡峭的绝壁矗立着，而那九十九座山峰便迷离莫辨了。像海上的浪潮一样汹涌起伏，形成层波巨浪。远远看去，那些山峰有的像青色的美玉，有的如紫红的珊瑚。夕阳返照形成著名的"佛光"，让人目眩神迷。作者赞叹九华山的神奇秀丽，再次慨然惋惜：要是能够悠闲地待上十日，招来李太白、刘梦得交谈畅游九华的感受，那该多么惬意啊！

施闰章与宋琬并称"南施北宋"，都以诗歌著名，从这篇游记散文来看，他有一股超凡脱俗的气质，表现出他对宁静高雅的精神世界的向往。描写景物方面，精练传神，富有表现力，唯结构不甚讲究，稍显平实。总体上看，他的散文亦如其诗，具有清峻醇雅的特征。

游马驾山记 汪 琬①

马驾山②,在光福镇西,与铜井③并峙。山中人率树梅、艺茶、条桑为业,梅五之,茶三之,桑视茶而又减其一。号为光福幽丽奇绝处也。

予入山,与诸子循邓尉之阴④前行数十步,辄有平原,曲涧回流,倒影澄澈见底,心稍稍喜于时。游人舆者、骑者、屣而从者,不绝于道。既至山麓,则其境益奇。界以短畦,藩以丛竹,阴沉蔚荟⑤。裁通小径⑥,不能受舆骑,率皆舍而徒步矣。前后梅花多至百许树,芳气蓊勃⑦,落英阗阗⑧,入其中者,迷不知出。稍北折而上,望见山半累石数十,或偃或仰,小者可几,大者可席,盖《尔雅》所谓"礐⑨"也。于是遂往,列坐其地。俯窥旁瞩,蒙然曈⑩然,曳若长练,凝若积雪,绵谷跨岭,无一非梅者。加又有微云弄白,轻烟缭青,左澄湖以为镜,右崇嶂以为屏。水天灏溔⑪,苍翠错互,然则极邓尉、元墓⑫之观,孰有尚于兹山者邪?惜乎地深且远,莫有治庐其址⑬者,故不能信宿于此以穷其幽、尽其变,此则予之恨也。马驾山不载郡志,或又谓之朱华山云。

同游者,刘天序、潘悛、门人句容王介石及儿子筠。

《汪钝翁文钞》

【注释】

①汪琬(1624~1691):字苕文,号钝庵、钝翁,晚号尧峰,

又号玉遮山樵。长洲（今江苏吴县）人。顺治十二年（1655）进士，历官授户部主事，刑部郎中等，因病告归，结庐尧峰山，闭门著书。康熙十八年（1679）召试博学鸿儒科一等，授翰林编修，纂修《明史》。在史官六十日，又因病乞归，遂不出。论文要求明于辞义，合乎经旨。其诗受知于龚鼎孳，峻拔浏亮。其文灏瀚疏畅，叙事有法度，尚雅洁。古文与侯方域、魏禧并称三大家。著有《钝翁类稿》、《尧峰文钞》等。

②马驾山：在光福寺西碛山东，铜井山南，向未有名，山不甚高，四面皆树梅。清康熙间巡抚宋荦题"香雪海"三字于崖壁，其名遂著。

③铜井：即铜井山，又名铜坑山，在西碛山北。有铜坎十余穴，相传东晋、刘宋间凿坑取沙，煎之成铜，故名。

④邓尉之阴：邓尉山的北面。邓尉，即邓尉山，在光福镇南，相传东汉邓尉隐此，故名。邓尉山与其南之玄墓山相连，通称玄墓山或邓尉山，山上多植梅树。

⑤蔚荟：草木茂密。

⑥裁：通"才"。通小径：指在浓密的山木草丛中开辟的小路，路径很窄。

⑦芗气蓊勃：指梅花散发出的香味浓郁。芗，通"香"；蓊勃，盛大貌。

⑧落英阓阓（huì huán）：掉落的花瓣缤纷相连。

⑨砮（què）：《尔雅·释山》"山多大石"。

⑩皭：白色。

⑪灏溔（hào yāo）：大水貌。

⑫元墓：即玄墓山，亦称元墓山，相传东汉郁泰玄葬此，故名。

⑬治庐其址：在这里建造房屋。

【赏读】

  清初古文名家汪琬是一个喜爱探幽赏奇的人,名不见经传的马驾山因为他的一篇游记而遐迩闻名。马驾山坐落在吴县光福胜地的群山之中,背靠邓尉山,南与铜井山双峰并立,但并不十分巍峨雄峻。山民以"树梅、艺茶、条桑"为业,其中梅花占了半数。那里的梅花别具风采,成为幽丽奇绝的佳境。

  概括交代之后,就叙写入山探幽的经过,按游踪的顺序,一路曲折前行,移步换景沿邓尉山北麓前行数十步,一片平畴原野扑入眼帘,涧水弯曲如带,河水晶莹澄澈。环视四周,只见乘车骑马或步行的游人,络绎不绝,足见这里景色迷人。山脚下出现了境界更奇的景致:田间小路划分边界,丛密阴蔚的竹林仿佛一道篱笆,山路崎岖细微,只能下马步行,穿过竹林,则见前后都是盛开的梅花,香气馥郁,落英缤纷,人在其中,心荡神驰,几乎迷失方向。穿越梅林北上,望见半山腰丛生累累岩石,小者如几,大者如席,正好作为休憩的场所。大家列坐石上,放眼四望,展现在眼前的是前所未见的奇丽景象,漫山遍野的梅花,是一片灿然的纯白,曳若长练,凝若积雪,绵谷跨岭!又加上蓝天飘荡着微云,轻烟缭绕竹林携来一片苍翠,左边澄湖莹澈如镜,右边崇山峻岭好似天然的屏障,水天一色交相辉映,苍翠莹白错杂交织,哪里更有如此美妙的境界?欣赏完如此壮丽的景象,却发出一声叹息。因为此地偏僻,荒无人烟,无法在此住上几个晚上,穷尽它的幽寂之美,故而留下丝丝难以释怀的遗憾。更可惜的是,方志上竟然没有马驾山的名字,当地人或称作"朱华山"。后来,这个遗憾为作者好友江苏巡抚宋荦所弥补,他看了汪琬的这篇文章,欣然在梅林的崖壁上题写"香雪海"三字,终于使马驾山名扬天下。

  汪琬的散文如同他的个性,也追求奇崛的风格,不仅在文章结构造境上追求奇异，情趣上追求放逸，而且语言也不喜平易，爱用汉赋词汇，偶尔插入一段考据文字，使整篇文章富丽典雅，庄重幽深，颇有柳宗元永州游记的风采。

雨登木末亭①记 王士禛②

廿四日,为家兄西樵礼佛长干③,薄暮入寺,燃灯九级塔。塔皆五色琉璃陶埴④成之,表里莹彻,簋灯⑤百四十有四,放大光明,不可思议。礼佛毕,饭休上人方丈,夜宿北轩,窗外鸭脚⑥参天,下荫十亩。中夜风起,闻雨声洒叶上,与檐角琅珰⑦相应,枕簟间萧然有秋意。晨起盥栉,僧院中梧桐得雨,青覆檐溜⑧。盆山石菖蒲⑨数丛,勺水渟泓⑩,苍然可爱。南入高座寺,访山雨上人,时晨雨方零,空山寂历,宿鸟闻剥啄声⑪,扑剌惊起。坐僧楼泛览壁间衲子诗,有"鸟鸣山寺晓"之句,赏其幽绝。冒雨登木末亭,四顾烟岚蓊郁,紫青缭白,城阙、峰峦、江渚、林木,皆入空蒙,惟长干塔百仞,耸立亭左。东南望钟山,仿佛天外,蜿蜒而已。山头松柏数十株,疏密皆有画意。近俯长干诸刹,楼台丹碧,明灭烟雨中。他日得一筇一钵⑫,足迹遍南朝四百寺,足于此生矣。尝观南宫笔墨⑬,辄悠然远想,今乃恨不携米颠来泼墨数斗,尽收烟云奚囊⑭耳。雨泞甚,舆人数促迫,遂由景公祠而西,观无碍居士碑。抵青溪水榭,犹觉烟云荡胸。急索笔墨追记之。

《带经堂集》

【注释】

①木末亭:在今南京市附近,因王安石诗句"木末北山云冉冉"而得名。

②王士禛(1634~1711):字贻上,号阮亭,别号渔洋山人,

山东新城（今桓台）人。顺治进士，官至刑部尚书，谥文简。论诗继承晚唐司空图"自然"、"冲淡"与宋严羽"妙悟"、"兴趣"之说，创"神韵说"，要求在诗歌创作中追求一种清淡闲远的艺术境界，对后代影响很大。著有《带经堂集》、《池北偶谈》、《渔洋诗话》等数十种。

③西樵：即王士禛之兄王士禄，号西樵山人。长干：寺名，六朝时梁建，在今南京市南。

④琉璃：以黏土、长石、石青等为原料而烧成的瓦。陶埴：陶瓷黏土。

⑤篝灯：笼罩着的灯烛。

⑥鸭脚：银杏树，因叶子似鸭脚而得名。

⑦檐角：寺院庙宇檐角所装置的铜铃，称檐铃，亦名檐角。琅珰：风吹檐角的振响声。

⑧檐溜：屋檐下接水的长槽。

⑨盆山石：一种供玩赏的石头，形体玲珑。菖蒲：草名，有数种。其一为石菖蒲，生于水石之间，可栽作盆景。

⑩淳泓：积聚水泽，形容菖蒲受雨水滋润后茎叶饱满圆润的状态。

⑪剥啄声：敲门声。

⑫一筇一钵：和尚化缘的竹杖和食具。

⑬南宫笔墨：指北宋米芾的画。米芾被称作"米南宫"。

⑭奚囊：仆人的布袋子，也指诗囊。

【赏读】

王士禛论诗主"神韵说"，其诗歌追求清淡闲远的艺术境界，而散文创作受其诗歌的影响，也颇富清幽淡远的韵味。这篇《雨登木末亭记》就是典型的代表。

首先交代薄暮入寺，见到精制的五彩琉璃九级佛塔，表里晶莹澄澈，在一百四十四支灯烛的辉映下，大放光明，呈现出一派不可思议的端庄肃穆、金碧辉煌的佛家境界。这是第一层铺垫，王士禛也是信佛的，但是他的诗文追求的并非这种华彩缤纷的境界。因此很快转入夜宿北轩的幽静世界。这是第二层铺垫，引出次日登览山寺的兴致。

晨起盥栉完毕，先观览寺院中的景致，高大的梧桐树在夜雨的洗涤下，叶子青莹光洁，遮盖着屋檐四角；地上数丛盆山石菖蒲，经过雨水的滋润，茎叶饱满圆润，煞是可爱。接着写南入高座寺访问山雨上人的情景。这是第三层铺垫，有一种渐近佳境的感觉。空间变化上，也由轩内穿过院中，来到了山上，境界逐渐变得开阔。

冒雨登上最高的木末亭。举目四望，是一片雄奇宏阔的景象：烟岚蓊郁苍茫，青白错杂缭绕，城楼建筑、峰峦树木、江滨洲渚、人畜车马，都沉浸在空濛弥漫的晨霭之中，唯有长干寺百仞高塔，静静地耸立在亭子的左面；东南方向的钟山，则只见蜿蜒的一条痕迹，仿佛漂移到了天外；山顶上有数十棵松柏，疏密相间，颇有画意；再俯视山下长干寺其他的群塔，丹碧相映，明灭烟雨中。使人想到米氏父子的淡墨山水画卷，那意境不就是眼前悠然旷远的景致吗？这是第四层衬染烘托，将眼前景与想象的历史时空交接，别具韵味。正在此时，肩舆的挑夫在催促了，犹如执手相看泪眼时，兰舟催发。兴致顿时一扫而光，赶忙一路迤逦西去，过居士碑，抵达清溪水榭。即使在这样的匆忙中，王士禛也不忘他的皴染技巧，加上一句"犹觉烟云荡胸"，恰似石击水面波浪翻腾之后的回澜轻轻泛漾开去，将一缕缥缈的诗意荡向遥远的边际，隽永无穷。

王士禛散文描写景形象生动，尤其擅长营造清远的境界，颇有诗歌的韵味，艺术上讲究铺垫与映衬，显示他高超的技巧。在文中经常引用诗句，诗文相互借境，浑然一体。这类游记确实是玲珑剔透的艺术珍品。

焦山题名记 王士禛

来焦山①有四快事:观返照吸江亭②,青山落日,烟水苍茫中,居然米家父子③笔意;晚望月孝然祠外,太虚一碧,长江万里,无复微云点缀;听晚梵声④出松杪,悠然有遗世之想;晓起观海门⑤日出,始从远林微露红晕,倏然跃起数千丈,映射江水,悉成明霞,演漾⑥不定;《瘗鹤铭》⑦在雷轰石下,惊涛骇浪,朝夕喷激。予来游以冬月,江水方落,乃得踏危石于潮汐⑧汩没之中,披剔尽致⑨,实天幸也。

《带经堂集》

【注释】

①焦山:山名,在镇江东长江中,与金山对峙,因东汉末年焦光隐居山中而得名。

②吸江亭:焦山上的一座亭子。

③米家父子:米芾、米友仁父子,皆为宋代大书画家,其画天真发露,多用水墨点染,韵味无穷。

④梵声:寺院的钟声、诵经声。

⑤海门:焦山东北,有两石对峙,俗称海门。

⑥演漾:荡漾,水波动摇貌。

⑦《瘗鹤铭》:六朝摩崖正书石刻,上皇山樵书,刻于焦山。或谓南朝陶弘景所书。

⑧潮汐:潮水昼起称潮,晚起称汐。

⑨披剔尽致：谓详尽观察《瘗鹤铭》的文字。披剔，阅览。

【赏读】

  镇江东北的滔滔长江之中，有一座巍然耸立的山峰，虽然不足百米之高，却如中流砥柱一般，镇住浩荡江流，这就是焦山。王士禛任扬州推官时，常常往来扬子江上，对焦山奇丽雄浑的景象情有独钟，甚至说"风波不惮西津渡，一见金焦双眼明"（《瓜洲渡二首（其二）》）。使王士禛眼前发亮的焦山到底有什么神奇之处呢？他的游记小品《焦山题名记》给出了美妙的答案。

  这焦山有四大神奇美景。第一景是"吸江亭返照图"：黄昏时分，远处的青山衔着半边落日，西天晚霞绚丽多彩，江面上"半江瑟瑟半江红"，展现在眼前的是一派烟水苍茫的景象，简直就是一幅铺展开来的米芾泼墨山水画卷。第二景是"孝然望月图"：孝然亭立于山巅，夜晚明月初升，"江天一色无纤尘，皎皎空中孤月轮"（张若虚《春江花月夜》），万里长江风平浪静，一派清丽无边的静穆，而辽阔太虚无纤云点缀，一碧如洗。这是怎样的雄浑清远景象！第三景是"晚听梵声图"：夜深人寂，明月西坠，繁星满天，此时那黝黑的苍松树杪传来寺庙夜课诵经的声音，伴随声声悠远浑厚的钟磬声，洞入心扉，使你悠然有出世之想，仿佛自己也将融化在佛家的境界里。第四景是"海门观日图"：焦山与南岸的金山夹江对峙，形同锁住辽阔江面的大门，据说大海的潮汐沿江上溯，到这里就颓然返回。清晨起来，推开东窗，远处的林端微微露出羞涩的红晕，然后渐渐向四周扩散，红色越来越浓，越来越亮，突然之间太阳跃出，宽阔的江面上顿时铺满红霞，江波激滟，荡漾闪烁，那天，那水，那山，那亭，那人，都沐浴在融融日光中！

  四幅似乎独立的画面，恰好构成一整天焦山绝美景色的组合图，焦山得大自然的赐予，任何时候都会出现奇妙的佳景。除此之外，还有一独特的人文景观，这就是雷轰石下悬崖峭壁上留下的六朝摩崖石刻——《瘗鹤铭》。涨水季节，江面上升淹没崖壁，波涛汹涌，惊涛骇浪，喷射石壁，卷起千堆雪，雄伟壮观。而秋冬季节，江水枯退，水落石出，崖壁耸出水面，露出石刻的真容。幸好来的时候正值冬月，在潮汐汩没的空隙，欣赏到了全部的文字。

尽管王士禛强调神韵，似乎专门欣赏幽静闲远的境界，观此文深感不然，他其实也欣赏雄奇壮丽的宏大景象，在他的艺术世界里，焦山就是一个缩影，是一个阴柔与阳刚交织、清丽秀雅与雄浑壮阔相依的奇妙境界。

山中集饮记 廖 燕[①]

岁乙卯[②]端阳之月,予与友人相约为野外之饮。越一日,遂呼童携酒肩榼[③],择林阜轩敞处而布席焉。山与胸之垒块[④]赏,泉与胸之娟洁赏,草木云物与胸之文章怪奇赏,赏不期会,胸忽然开。俄而云起山溪中,乍雨,西北日光犹隐隐作灯影射人状。继而大雨,雷电交迅,众争持盖伏。予独浮白[⑤]不顾,忽万丈虹从碧落[⑥]划破天界,雨不敢敌,寂然避去。一时天宇清朗,林鸟和鸣,微风起处,觉有异香自远而近,掠襟裾而透肌骨,盖野塘中荷花香也。于是饮酒乐甚,人自为欢,或咏或歌,陶然已醉。客曰:"此游不可无诗。"因共拟题分韵,各赋一诗,并为此记而返。

《二十七松堂文集》

【注释】

①廖燕(1644~1705):初名燕生,字人也,号柴舟,曲江(今广东韶关)人。少习举业,后抛弃不为,专事著述。尝游蓟镇,东极辽阳,西至大同,又游金陵、吴门、南昌等地。屡遭贫病兵燹之灾,备尝流离险厄之苦,贫食著书二十年,至老未衰。其文见识卓荦不凡,描写平常事物,笔墨琐细,思致深刻。有《二十七松堂文集》。

②乙卯:康熙十四年(1675)。

③榼:古代盛酒和食物的器具。

④垒块：郁积在胸中的愁闷。
⑤浮白：举杯喝酒。
⑥碧落：天空。

【赏读】

廖燕是一个旷世奇士，一生不习举止，也从未入仕，漫游天下，专事著述，形成狂狷特立的性格。他既不反清，也不与其合作，仿佛孤云野鹤一般悠游于山林泉壤之间，与天地之元气独往还。大自然也慷慨赠予他浩瀚充沛的灵气，使他的小品散文别具韵味。这篇《山中集饮记》就是典型的代表。

康熙十四年（1675）五月的一天，天朗气清，作者与友人相约去野外饮酒，次日即携带美酒与食盒，选择树林茂密而视野开阔的山冈摆上酒菜。此时，眼前那如波涛般起伏的群峰仿佛是胸中吐出的块垒，那潺湲娟洁的清泉也宛如心中流出的轻快歌吟，那绿意融融的树木、芳鲜嫩翠的花草，那湛蓝天空中随风飘荡的白云，都好像是胸中神奇变化的华美文章的外泄。美妙的大自然与作者目击心游，相互欣赏，相互交融，这是怎样的天人合一境界！

正当作者胸胆开张、雅兴浓郁之时，忽然风云突变，转瞬间下起雨来，众人惊呼躲避，纷纷寻找遮盖的物件及藏身之处，唯有作者傲立雨中，举起酒杯仰天狂饮，犹如当年的谢太傅在颠簸动荡的船上，在众人的惊恐万状中，面对惊涛骇浪，依然镇定自若，神态安详。

不经历风雨哪能见彩虹？果然，壮丽的彩虹从东面的山涧中倏然升起，雨渐渐停止了。天宇蔚蓝如洗，林峰云树娟洁如拭，野花芳草清新媚眼，林间的百鸟又欢歌起来，多么清新明媚的五月雨后黄昏！不经意间，微风送来一阵奇异的香气，风撩起衣裾，而那香气却沁人心脾，原来是野塘中荷花的芳香。有了香远益清，亭亭净植的荷花，犹如再添了一位优雅芳洁的奇士相伴，于是大家重新摆上酒席，欢歌痛饮，乃至陶然大醉。独特的畅乐情景，不赋诗何以遣雅怀？于是分韵赋诗，尽兴而归。

题壁记 廖 燕

予某友宅后有圃①数亩,在予西河旧里之西,相去数十武。高下其地,如居山麓,下视矮屋、平畴,隐隐可数也。中多旷墅,予教之种竹。竹荫接处,轩窗值之。林木苍郁,异草杂花不植自有,为予辈觞咏之地。遇酒酣兴适,辄题数句于壁,已相忘也。

丁巳之变②,则仅余败屋数椽,其墙坏处,正值诗字尽处。兹岁庚申始稍葺之,予复过其处,恍然有今昔之感。壁间旧题,主人以予故,不忍抹去。然墨痕断落,仅存字迹而已。睹此茫茫,有如隔世,因忆当时同辈数人,俱作落落晨星③,惟某与予犹得复临兹地,觞咏愈健,正复不易,安得不记?醉后潦倒,拾烂笔败墨漫书数行于旧题之后,使后人见之,知此地某年某月兵燹④摧残之后,犹有诗酒不衰如柴舟⑤其人者。彷徨赏叹,因访其全文而读之,不可谓非此数行之一助也。庚申⑥四月日。

《二十七松堂文集》

【注释】

①圃:种花草、蔬菜的园地。
②丁巳之变:康熙十六年(1677)遭遇战乱。
③落落晨星:以晨星的稀疏比喻故交零落殆尽。
④兵燹(xiǎn):战争的焚烧与破坏。

⑤柴舟：廖燕的自号。
⑥庚申：康熙十九年（1680）。

【赏读】

  廖燕一生与山石林泉为伴，寻找野趣超然的胜境狂歌酣饮是他生活的常态，即使在宴居之所他也能匠心独运，在无风景处开辟出风景来。你看，他竟然在西河旧居相隔数十步的邻居友人的园囿中，找到了富有诗意的酣饮游赏场所。那是一块数亩大的园囿，地势高低起伏，靠着邻居的高墙，犹如山麓倾斜的形状。放眼山下，隐隐看到远近平野田畴之间参差点缀着农家低矮的房屋。在园中空旷之地种上竹子，竹荫交接的地方建造轩窗，这样推开窗户，绿竹就扑面而来。加上园中茂密的树木和遍地杂生的青草野花，不就成了理想的觞咏之所吗？每当酒酣兴适的时候，就会在小轩的墙壁上题写诗句，事后也就忘却了。

  世事如白云苍狗，难测其变幻。廖燕离家远游，数年之后才返归故乡。谁知家乡在康熙十六年（1677）遭遇兵战，友人的房屋变成断壁残垣的废墟，神奇的是那墙壁恰好从当年题壁诗的尽处断塌，几行已经模糊的字迹还在惹人回忆往昔的岁月。这些狂放瘦硬、仅依稀可辨的文字，恍然有茫茫隔世之感。想当年，一起宴饮欢歌的同辈们，如今已寥若晨星，凋零殆尽，唯余廖燕与友人岿然独存，还能够故地重游，而且依然觞咏不辍，仍然健在，岂非天幸？于是，再次举杯痛饮，这回喝下的就不仅仅是酒水了，更有数十年的沧桑经历，还有难以抹平的伤痛和物是人非事事休的无奈！于是再在残垣上用枯笔烂墨题写几行文字，让后人知道在兵火烈焰的摧残之后，依然有诗酒不衰的廖某健在，史以诗存，人在字中。因此一番彷徨叹息赏玩之后，满怀余哀地离去。

  这篇小品抒发"木犹如此，人何以堪"的人生悲怀，我们可以看到这位飘逸不群的狂狷者内心深处的痛楚和他不能忘情世事的精神世界。艺术上运用对比映衬，生出无穷慨叹，而兴叹中又见出人物的真性情，颇堪玩味。

所好轩①记 袁 枚②

所好轩者，袁子藏书处也。袁子之好众矣，而胡以书名？盖与群好敌而书胜也。其胜群好奈何？曰：袁子好味，好色，好葺屋，好游，好友，好花竹泉石，好珪璋彝尊③、名人字画，又好书。书之好无以异于群好也，而又何以书独名？曰：色宜少年，食宜饥，友宜同志，游宜晴明，宫室花石古玩宜初购，过是欲少味矣。书之为物，少壮、老病、饥寒、风雨，无勿宜也。而其事又无尽，故胜也。

虽然，谢众好而昵焉，此如辞狎友而就严师也，好之伪者也。毕④众好而从焉，如宾客散而故人尚存也，好之独者也。昔曾晳嗜羊枣⑤，非不嗜脍炙也，然谓之嗜脍炙，曾晳所不受也。何也？从人所同也。余之他好从同，而好书从独，则以所好归书也固宜。

余幼爱书，得之苦无力。今老矣，以俸易书，凡清秘⑥之本，约十得六七。患得之，又患失之。苟患失之，则以"所好"名轩也更宜。

《小仓山房续文集》

【注释】

①所好轩：袁枚的藏书楼名。好，爱好、喜欢。

②袁枚（1716～1798）：字子才，号简斋，别号随园老人。浙江钱塘（今杭州）人。乾隆四年（1739）进士，官溧水、江浦、江

宁等县知县,后以父亲去世辞官归家,不复出仕。筑随园于江宁城西小仓山,远近投诗文者无虚日,享盛名五十余年。其文不拘义法,以才运情,笔力雄逸。作诗提倡独抒性灵,与"格调说"代表沈德潜相对。有《小仓山房集》、《随园诗话》等传世。

③珪璋彝尊:泛指玉器、青铜器等古玩珍品。

④毕:网罗无遗之意。

⑤曾皙:名点,孔子弟子。羊枣:一种紫黑色的果实小而圆的枣子,俗名羊矢枣。

⑥清秘:此指藏书之所。

【赏读】

人生是不过百年的一段短暂历程,生命的精彩不在于它的长度,而在于它的密度与厚度,在一路艰辛与欢快中留下生命的印记,到临终时回首往事,没有留下遗憾的人生才是完美的人生。然而人生又都是残缺的,因为人有太多的似乎是无穷的欲望,这些欲望往往难以全部实现,因此欲壑难填的人生会形成各种各样的嗜好。有人爱钱财,像蝜蝂一样拼命积累,一生唯伴孔方兄;有人热衷豪宅园林,一块石材一根木料不惜千金不惮千里也要罗致;有人爱美酒佳肴,豪饮千盅,乾坤醉卧,徜徉醉乡,迷途不返;有人爱美色,面对"玉质随月满,艳态逐春舒"的豆蔻少女,或风情万种、温柔旖旎的美艳少妇,甘愿一生拜倒在她们的石榴裙下;有人爱结交天下朋友,一诺千金重,五岳倒为轻,与挚友林下隐居、竹里品茗、雨中豪饮、幽斋赏月、荡舟江湖、登山览胜,何等舒心畅快;有人爱悠游山林泉壤,五湖云山收眼里,脚底常带九州烟,甚至害上泉石膏肓之疾;也有人爱金石书画、文物古董、精刻古籍,像赵明诚夫妇那样成天悠游品茗于藏品之间。总之,人生百态,芸芸众生,各有嗜好。而一代才子袁枚,却兼嗜各类,颇为奇特,而更为奇特的是他在众多的嗜好中唯独最爱藏书,并专门建造藏书楼,取名曰所好轩。

为何爱好藏书超出其他众好之上?袁枚自有他的一套理论。爱美色只适合青春年少时期,此时血气方刚,激情澎湃,顾盼之间,欢情无限,谑浪笑傲,神魂颠倒;爱美食只适合非常饥饿的时候,当年朱元璋饿得昏死于桥头,一盘菠菜竟成为他终生追念的"红嘴绿鹦哥";朋友只适合志同道合者,铁肩担道义,妙手著文章,忠肝义胆,义薄云天,朋友就是在你最困难的时候,不离不弃陪在你身边的人,而那些蝇营狗苟因利益纠集在一起的假友,必定会利尽交疏;好游览只适宜天朗气清的春秋季节,暴雨长夏泥泞载途,风雪寒冬冰霜雕额,登山泛湖,往往险象环生,情趣全无;宫室花石等古玩之爱,也只适宜初次获得的时候,新鲜光润,玲珑剔透,古色古香,摩玩观赏,爱不释手,但是惊喜之后,就是厌倦乏味,审美疲劳。只有藏书的爱好少壮皆宜,老病孤独时,书是良友,饥寒风雨时,书是慰藉,一生与书为伴,就会温馨无限,一路与书为友,就会快乐无穷,而读书又是一项永无止境的事情,值得你付出生命的全部能量和积蓄,是点缀人生精彩的最美风景。

袁枚是一个袒露真实胸怀的人,敢于承认自己声色犬马、宫室古玩等各种爱好,其实这才是真切丰满、博大精深的袁子才形象。他众好同人、独好从异的性情,也是值得仿效的。他爱好读书是出于天性,因为小时候无书可读,借书曾遭到藏书家张氏的拒绝,归而形诸梦寐,那份痴情与执著,确实罕见,后来辗转抄书,勤于记诵,终成大器。为官后不惜俸禄购买精刻典籍,还乐于借书给爱读书的贫穷士子,则表现他坦荡如砥的襟怀。这篇小记虽然全篇充满议论,运用辩驳的结构方式,但从广义的角度看,也可视作游览书山的一次精神之旅。

书山有路勤为径,高卧书香魂安眠。

峡江寺①飞泉亭记 袁 枚

余年来观瀑屡矣。至峡江寺而意难决舍,则飞泉一亭为之也。凡人之情,其目悦,其体不适,势不能久留。天台之瀑,离寺百步;雁荡瀑旁无寺;他若匡庐,若罗浮②,若青田之石门③,瀑未尝不奇,而游者皆暴日中,踞危崖,不得从容以观;如倾盖交④,虽欢易别。

惟粤东峡山高不过里许,而蹬级⑤纡曲,古松张覆,骄阳不炙。过石桥,有三奇树鼎足立,忽至半空,凝结为一。凡树皆根合而枝分,此独根分而枝合,奇已。登山大半,飞瀑雷震,从空而下,瀑旁有室,即飞泉亭也。纵横丈余,八窗明净;闭窗瀑闻,开窗瀑至。人可坐可卧,可箕踞,可偃仰,可放笔砚,可瀹茗⑥置饮,以人之逸,待水之劳,取九天银河,置几席间作玩。当时建此亭者,其仙乎!

僧澄波善弈,余命霞裳与之对枰。于是水声、棋声、松声、鸟声,参错并奏。顷之又有曳杖声从云中来者,则老僧怀远抱诗集尺许来索余序。于是吟咏之声,又复大作。天籁人籁,合同而化。不图观瀑之娱,一至于斯!亭之功大矣!

坐久,日落,不得已下山,宿带玉堂。正对南山,六树蓊郁,中隔长江,风帆往来,妙无一人肯泊岩⑦来此寺者。僧告余曰:"峡江寺俗名飞来寺。"余笑曰:"寺何能飞!惟他日余之魂梦,或飞来耳!"僧曰:"无征不信。公爱之,何不记之?"余曰:"诺。"已遂述数行,一以自存,一以与僧。

《小仓山房续文集》

【注释】

①峡江寺:在广东清远市东峡山上。峡山,一名观亭山,其隘处名为观峡,连山交枕,绝岸壁耸,江流湍急,鼓怒翻腾。

②罗浮:山名,位于广东增城、博罗等县之间。

③石门:山名,在浙江青田县西。

④倾盖交:行车相遇,停车而语,车盖接近,因以得交。但这种停车倾盖相谈,终归要各奔前程。

⑤蹬级:登山的石级。

⑥瀹(yuè)茗:烹茶。

⑦泊岩:停船靠在岩边。

【赏读】

人们之所以欣赏瀑布,是因为人们酷爱瀑布飘逸洒脱的风度、纵身飞跃的胆量、豪迈奔放的激情、雄壮浑厚的气象。"海风吹不断,江月照还空",瀑布就是宇宙间活泼泼的生命奇观。

袁枚观赏过数不清的瀑布,但总觉得一些瀑布美中不足。像天台山的瀑布,离寺庙不过百步,一览无余,过于袒露;雁荡山的双龙潭瀑布,可谓壮伟,但旁边又没有寺庙,只能野观其势,不能细细品赏;还有匡庐瀑布、罗浮瀑布、青田石门瀑布,虽然奇丽壮观,但是游人观览必须暴露日中,或者蹲踞危岩,不能从容观赏,犹如倾盖之交,虽欢易别。这一系列的陪衬是为了突出峡江瀑布令人流连忘返的魅力,而瀑布的美又全赖飞泉亭的玉成。

粤东峡山并不雄伟,高不过里许,然而登山的石级曲折盘旋,沿途古松如盖，绿荫浓密。转过一座凌空飞度的石桥，则见三棵奇树鼎足而立。登上半山腰，忽听水声轰鸣于山谷，喷涌倾泻的飞流，从陡峭的悬崖上垂直落下，以磅礴万钧的力量，触击深涧巨石，飞溅起雪白的浪花。更妙的是，瀑布旁边有一间"纵横丈余，八窗明净"的小亭子，这就是飞泉亭。闭上窗户，能听到瀑布的轰鸣；推开窗户则瀑布扑入眼帘。亭间可以坐卧，箕踞偃仰，一任自如；桌上有砚台笔墨，可以挥洒才情；旁边有茶炉酒桌，可以烹茗畅饮；人们可以以逸待劳，将九天银河飞落的瀑布当做几席之间的珍物赏玩。

亭中有善弈棋的高僧澄波，于是对弈起来，一时间水声、棋声、松声、鸟声，交错融合。远远传来曳杖之声，原来是老僧怀远抱着诗集来要作者作序，于是吟咏之声又起，人籁天籁，合而为一，大有人间仙境的韵味。

日落霞散，恋恋难舍地下得山来，夜宿峡江寺的带玉堂。寺门正对南山，山上云树蓊郁，中间就是湍急迅疾的大江，江上风帆往来，竟没有一只船肯前来泊靠岩际，也没有俗客来打破峡江寺的幽静。于是，峡江寺的飞泉亭得以成为一个清静雅韵的观瀑胜境。和尚忽然告诉袁枚说："这峡江寺俗名飞来寺。"袁枚不禁开怀大笑："寺何能飞，只恐怕他日我的魂梦，或许可以飞来！"呼应开篇"意难决舍"之情。一缕袅袅余音淡荡开去，泛向无边的空际。

这篇游记小品，空灵飞动，神采张扬，尤其能够表现袁枚畅游山水的才子雅怀，也体现出其散文追求天然真趣的艺术个性。

戊子中秋记游 袁　枚

佳节也，胜境也，四方之名流也，三者合，非偶然也。以不偶然之事，而偶然得之，乐也。乐过而虑其忘，则必假文字以存之。古之人皆然。

乾隆戊子①中秋，姑苏唐眉岑挈②其儿主随园，数烹饪之能，于烝凫首③也尤。且曰："兹物难独啖，就办治，顾安得客？"余曰："始置具，客来当有不速者。"已而，泾邑翟进士云九至。亡何，真州尤贡父至。又顷之，南郊陈古渔至。日犹未昳④。眉岑曰："余四人皆他乡，未揽金陵胜，盍小游乎？"三人者喜，纳屦⑤起，趋趋⑥以数，而不知眉岑欲饥客以柔其口也。

从园南穿篱出，至小龙窝，双峰夹长溪，桃麻铺芳。一渔者来，道客登大仓山，见西南角烂银垒涌⑦，曰："此江也。"江中帆樯，如月中桂影，不可辨。沿山而东至蛤蟆石，高壤穹然。金陵全局下浮，曰"谢公墩"⑧也。余久居金陵，屡见人指墩处，皆不若兹之旷且周。窃念墩不过土一抔耳，能使公有遗世想，必此是耶？就使非是，而公九原有灵，亦必不舍此而之他也。从蛾眉岭登永庆寺亭，则日已落，苍烟四生，望随园楼台，如障轻容纱，参差掩映，又如取镜照影，自喜其美。方知不从其外观之，竟不知居其中者若何乐也。

还园，月大明，羹定酒良，凫首如泥，客皆甘而不能绝于口，以醉觏髳⑨。席间各分八题，以记属予。嘻，余过来五十三中秋矣。幼时不能记，长大后无可记。今以一烝首故，得与群贤披烟云，辨古迹，遂历历然若真可记者。然则人生百年，无岁不逢节，无境不逢人，而其间可记者几何也！余又以是执笔而悲也。

《小仓山房续文集》

【注释】

①乾隆戊子：即乾隆三十三年（1768）。

②挈：携带，此处是偕同一起的意思。

③烝彘首：蒸煮猪首，此肴以软烂为美。

④昳（dié）：太阳偏西。

⑤纳屦：穿鞋。

⑥趋趋：急切欲行的样子。

⑦烂银垒涌：银光闪烁，形容江面波光奔涌不息。

⑧谢公墩：东晋谢安尝居此半山，因得名。

⑨觍髳（míng máo）：醉态蒙眬的样子。

【赏读】

古人说："四美具，二难并。"是说良辰、美景、赏心、乐事四样畅快人生的美好事物可以齐备，而贤主、嘉宾往往难以际会，因此兴酣淋漓的宴会总不免美中不足。而袁枚却认为：佳节、胜境与四方名流，三者巧然相合，并非偶然。不偶然的事情，却偶然得之，则是人生意外的惊喜。

乾隆三十三年（1768）中秋，袁枚就遇上了这样奇妙的事。姑苏唐眉岑父子来随园主持烹饪之事，在他们精湛的厨艺中，最拿手的一道菜叫蒸猪首。这道菜要将猪首煮得糜烂软糯又香嫩可口，绝非易事。尤其当客人不期而至，而用餐又急，则相当难办。说话之间，第一位嘉宾泾县翟云九进士跨进了大门；不久，真州尤贡父也赶到了厅堂；又过了一会儿，南郊的陈古渔也到了。这时太阳刚刚偏西，而猪首还未烂熟。于是唐眉岑提议："我们四位外乡人，初到金陵，还未游览此地胜境，何不结伴小游一番呢？"另三人十分欢喜，赶紧穿鞋整衣，游兴浓郁，急切欲行。殊不知这是唐眉岑的饥客之法。

从随园南门穿篱而出，来到小龙窝，双峰耸峙，中间长溪东流，两岸桃树麻林，芬芳袭人。登上大仓山，则见西南波涛汹涌的大江。江上帆樯参差错落，像月中桂影，迷离难辨。沿山东行，又到一处穹然而高的蛤蟆石，眼前金陵下浮的一块地方，就是所谓的"谢公墩"。想当年，风流儒雅的谢太傅怎么会选择如此低洼的土堆来寄托他的遗世情怀？继续前进，从峨眉岭登上永庆寺亭，这时夕阳已经西沉，展现在眼前的是一幅绝妙的山水画卷：暮霭升起，苍烟四合，远处随园的楼台亭阁，都像蒙着一层薄薄的轻纱，参差掩映，美不胜收。自己看暮色中自家的随园，犹如取镜照影，才发现自己天天生活其中的地方如此美好，正如古诗所说："今日偶从江上望，始知家在画图中。"

一行人回到随园，一轮明月已经升上苍穹，清洁明净的餐桌上早已摆上了美酒佳肴，正等待饥肠辘辘的宾客。尤其那盘蒸得稀烂如泥的猪首，让诸位赞不绝口，一时间杯碗交错，酣畅淋漓，直到面颊桃花、醉意蒙眬方罢。于是大家分题赋诗，推作者为序。回首人生，自己已度过了五十三个中秋，小时候不能记，长大后因生活窘迫落寞又无可记，而今年中秋竟因为一盘蒸猪首，得与群贤登山览胜，诗酒风流，似乎真值得记录。啊！人生百年，"无岁不逢节，无境不逢人"，而其间值得一记的又有多少呢？

这是袁枚晚年的一篇杂记生活中细屑韵事的小品游记，可以看出他对生活执著的态度，也可以看到他善于从日常生活中发现诗意。而从文笔来看，白描写景，胜慨自现，抒发雅怀，幽韵自生，且幽默风趣，情味深长。

游万柳堂①记 刘大櫆②

　　昔之人贵极富溢,则往往为别馆以自娱,穷极土木之工,而无所爱惜。既成,则不得久居其中,偶一至焉而已,有终身不得至者焉。而人之得久居其中者,力又不足以为之。夫贤公卿勤劳王事,固将不暇于此,而卑庸者类欲以此震耀其乡里之愚。

　　临朐相国冯公③,其在廷时无可訾亦无可称④,而有园在都城之东南隅。其广三十亩,无杂树,随地势之高下,尽植以柳,而榜⑤其堂曰"万柳之堂"。短墙之外,骑行者可望而见其中。径曲而深,因其洼以为池,而累其土以成山,池旁皆蒹葭,云水萧疏可爱。

　　雍正之初,予始至京师,则好游者咸为予言此地之胜。一至犹稍有亭榭;再至则向之飞梁架于水上者,今欹卧⑥于水中矣;三至则凡其所植柳,斩焉无一株之存。

　　人世富贵之光荣,其与时升降,盖略与此园等。然则士苟有以自得,宜其不外慕乎富贵。彼身在富贵之中者,方殷忧之不暇,又何必朘⑦民之膏以为苑囿也哉!

《海峰先生文集》

【注释】

　　①万柳堂:原为元代大臣廉希宪的别墅,其地在北京右安门外,赵孟頫等曾为之吟诗作画,故甚有名。康熙时,宰相冯溥在广渠门内东南角建造别墅,采用"万柳堂"之名,不久即改为拈花禅寺。

康熙雍正时期著名文人李渔、朱彝尊、徐乾学、杭世骏等曾为冯的万柳堂写过诗赋。

②刘大櫆（1698～1780）：字才甫，一字耕南，自号海峰，桐城人。雍正年间多次赴考未获举，乾隆初应博学鸿词，举经学，皆不中。晚年任安徽黟县教谕。刘大櫆受业于方苞，论文强调"文理、书卷、经济"，注重神气、音节、字句的统一。其文气势盛大，富有文采。有《海峰诗集》、《海峰文集》、《论文偶记》等。

③临朐（qú）：县名，在山东中部。相国冯公：宰相冯溥，官为文华殿大学士。

④无可訾亦无可称：没有可非议之处，也没有值得称赞的地方。指冯溥庸庸碌碌，持禄保位。冯溥在当时，因屡次主考，门生很多，名望很大。

⑤榜：匾额，这里是题写匾额的意思。

⑥欹卧：倾斜倒下。

⑦朘（juān）：剥削。

【赏读】

古人云："富润屋，德润身。"尽管谁都明白财富乃身外之物，德性才是自己终身的瑰宝，但是红尘滚滚中，人们仿佛都在为财富奔忙，犹如那蝜蝂小虫，遇物辄取，以积累金钱作为自己辉煌的事业。尤其是一些贪图享乐的富贵官僚们，特别喜欢大兴土木，修建豪宅与园林，别墅落成之后，往往一年来住几天，甚至终生未去一次。他们不过想凭此向家乡百姓炫耀自己的财富与权势而已。

与永恒的宇宙相比，人生则如白驹过隙般短暂，再富丽堂皇的亭台楼阁，也经不住时间沧桑的消磨，烂漫绽放的鲜花必定会凋谢，金碧辉煌的繁盛之后一定是断壁残垣的萧瑟，烈火烹油的热闹场景将会变成白茫茫大地一片真干净。刘大櫆的《游万柳堂记》就记载了一个这样的真实故事。康熙朝宰相临朐人冯溥是一位"无可訾亦无可称"的贵人，特意将建造于城东南的别墅称为"万柳堂"，袭用元代大臣廉希宪别墅的雅号，其园面积达到三十余亩，园内景象可以越过矮墙进入墙外骑马人的视线。随着地势的高低全部种上柳树，弯弯曲曲的小径通向深处，低洼处掘成池塘，池塘边种上芦苇，幽静清澈的水面犹如明镜，蓝天白云、亭台楼阁与萧萧芦苇一齐倒映水中，确实别有境界。

这个曾被杭世骏描述为"半天婀娜绿梯抽，拂拂新条乱打头。两翼画栏红不断，荻芽茭叶满春流"的万柳胜境，随着它的主人的离去，渐渐走进时间无情的激流之中。作者雍正初年，刚到北京时第一次游万柳堂，还多少有些亭台水阁；而第二次到那里，以前凌空飞架水上的画桥，已经欹塌斜卧在水中了；当第三次再去，则见园中所种的柳树，都被斩伐干净，无一幸存。曾经以万柳为标志的园林最终成为一个无柳的禅寺，声声钟磬木鱼的清响，传出无限的寂寞与凄凉。

刘大櫆是桐城三祖之一，为文推崇韩愈，讲究"以法为主"，注意字句、音节之妙，强调变化。这篇小品文，游览只占极少的篇幅，三次游历只不过作为园林兴衰的见证，成为表达主旨的一个有力的论据，结构颇为独具匠心。行文简洁流畅，具有抑扬顿挫的美感。

登泰山记　姚　鼐①

泰山之阳，汶水西流；其阴，济水东流②。阳谷皆入汶，阴谷皆入济。当其南北分者，古长城③也。最高日观峰，在长城南十五里。

余以乾隆三十九年十二月，自京师乘风雪，历齐河、长清，穿泰山西北谷，越长城之限④，至于泰安。是月丁未，与知府朱孝纯⑤子颖由南麓登。四十五里，道皆砌石为磴⑥，其级七千有余。泰山正南面有三谷，中谷绕泰安城下，郦道元所谓环水也。余始循以入，道少半，越中岭，复循西谷⑦，遂至其巅。古时登山，循东谷⑧入，道有天门。东谷者，古谓之天门溪水，余所不至也。今所经中岭及山巅崖限当道者，世皆谓之天门云。道中迷雾冰滑，磴几不可登。及既上，苍山负雪，明烛天南，望晚⑨日照城郭，汶水、徂徕如画，而半山居雾若带然。

戊申晦，五鼓，与子颖坐日观亭⑩待日出。大风扬积雪击面，亭东自足下皆云漫。稍见云中白若樗蒱⑪数十立者，山也。极天，云一线异色，须臾成五采。日上，正赤如丹，下有红光，动摇承之。或曰：此东海也。回视日观以西峰，或得日，或否，绛皜驳色，而皆若偻。

亭西有岱祠⑫，又有碧霞元君祠⑬，皇帝行宫⑭在碧霞元君祠东。是日，观道中石刻，自唐显庆⑮以来，其远古刻尽漫失。僻不当道者，皆不及往。

山多石，少土，石苍黑色，多平方，少圜⑯。少杂树，多松，生石罅，皆平顶。冰雪，无瀑水，无鸟兽音迹。至日观，数里内无树，而雪与人膝齐。

桐城姚鼐记。

《惜抱轩文集》

【注释】

①姚鼐（1732～1815）：字姬传，一字梦榖，室名惜抱轩，世称惜抱先生。安徽桐城人。乾隆二十八年（1763）进士，官至刑部郎中，记名御史。历主江宁、扬州等地书院，凡四十年。曾受业于刘大櫆，为桐城派主要散文家，为文言简意丰，富于韵味。所选《古文辞类纂》，流传甚广。诗以清雅为宗，风格亦近其文。有《惜抱轩文集》。

②"泰山"四句：阳，山的南面。阴，山的北面。汶水，大汶河，源出山东莱芜北的原山，西南流经泰安、古嬴县南，汇合一些支流后入济水。济水，发源于河南济源西的王屋山，东流入山东。

③古长城：战国时齐国所修的长城，从山东肥城西北延伸到黄海。

④限：阻隔。

⑤朱孝纯：字子颖，山东历城人。当时官泰安知府。能诗文，与姚鼐交谊深厚。

⑥磴：石台阶。

⑦循：沿着。西谷：泰山西路，沿西溪的山路经凤凰岭山脊，到中天门，再到日观峰。

⑧东谷：泰山东路，经岱宗坊、斗田宫、经石峪、中天门、南天门，到日观峰。

⑨望晚：傍晚。

⑩日观亭：日观峰上观看日出的亭子，在泰山玉皇顶东南。

⑪樗蒱（chū pú）：古时的一种赌具，类似今天所称的骰子，上尖下方，形似山峰。

⑫岱祠：东岳庙，为古时祭祀泰山神东岳大帝的庙宇。

⑬碧霞元君祠：祭祀东岳大帝女儿的庙宇。

⑭皇帝行宫：乾隆皇帝游泰山时临时修建的宫殿。

⑮显庆：唐高宗李治的年号。

⑯圜：圆。

【赏读】

东岳泰山，气势雄伟，风景壮丽，并以其丰厚深邃的文化底蕴，独尊于五岳。吟咏描摹泰山，历代文人一般多选择春秋佳日联袂登山来展现泰山的雄姿庄韵，唯姚鼐的《登泰山记》描写酷寒严冬季节里泰山的冰雪风采，因而更显独特。

乾隆三十九年（1774），作为《四库全书》编纂官的姚鼐，以养亲为名，告归乡里。严冬十二月，与朱孝纯一起，由南麓入山，行走了四十五里，翻过中岭，来到南天门。登上山巅，终于见到了当年杜甫想象的"一览众山小"的壮丽画面：视野中座座青峰披着皑皑白雪，照亮了南面的天空；夕阳正斜照着泰安古城，汶水和徂徕山宛如泼墨山水画卷；环绕山腰的云雾就像轻柔的银丝飘带。此时正是腊月二十八的傍晚。次日除夕五更时分，作者与朱孝纯一起来到最高日观峰的日观亭，坐等日出，这是怎样的与天地奇观同伟的壮举！这时大风扬起积雪扑面而来，日观亭东面弥漫的云雾从脚底开始一直延伸向远方，依稀可见云海中有几十个白点像骰子一样耸立着，原来那些是远山。慢慢地，天边云彩尽处呈现出一线奇异的颜色，瞬间变幻成五彩缤纷的朝霞。太阳升起来了，颜色如纯正的朱丹,下有红光摇荡,托着它冉冉上升,有人说那就是东海,原来太阳是从东海的滚滚波涛中喷薄而出的,何等壮观!回视日观峰西边的群山,有的沐着阳光,有的背着阳光,紫红、银白等各种深浅不同的颜色交杂在一起,像弯腰曲背的老人静静地沐浴在万丈霞光之中。

这就是千古奇观——泰山日出。姚鼐特别钟情于泰山日出的壮美,此文以外,还创作了著名的七古长歌《岁除日与子颖登日观峰观日出歌》:"泰山到海五百里,日观东看直一指。万峰海上碧沉沉,象伏龙蹲呼不起。夜半云海浮岩空,雪山灭没空云中。……海隅云光一线动,山如舞袖招长风。……天风飘飘拂向东,拄杖探出扶桑红。地底金轮几及丈,海右天鸡才一唱。不知万顷冯夷宫,并作红光上天上……"可以说,诗歌想象更为丰富奇特,与文的真切刻画相互补充,显示出姚鼐丰富深厚的才情。

最后交代泰山多石少土,石多方形,黑色,很少圆形;而树多松平顶,生长在石罅中。周围冰天雪地没有瀑布溪水,也没有飞鸟走兽的踪迹,积雪有没膝之深。从容平淡的语气,简洁明净的语言,写出观雄壮日出的严酷背景,烘托出作者不平凡的坚韧精神,一股悠悠远韵泛向冰雪深处。

记九溪十八涧① 林 纾②

过龙井③山数里,溪色澄然迎面,九溪之北流也。溪发源于杨梅坞④。余之溯溪,则自龙井始。溪流道万山中,山不陡而垫⑤,踵趾错互,苍碧莫辨途径。沿溪取道,东瞥西匿,前若有阻而旋得路。水之未入溪号皆曰涧,涧以十八数,倍于九也。余遇涧即止,过涧之水,必有大石亘其流⑥,水石冲击,蒲藻⑦交舞。溪身广四五尺,浅者沮洳⑧,由草中行。其稍深者,虽渟蓄⑨犹见沙石。其山多茶树,多枫叶,多松。过小石桥,向理安寺⑩路,石犹诡异,春箨始解,攒动岩顶,如老人晞发⑪。怪石折叠,隐起山腹,若橱若几若函书状。即林表望之,瀹然⑫带云气,杜鹃作花,点缀山路。岩日翳吐⑬,出山已亭午矣。时光绪己亥⑭三月六日,同游者达县吴小村,长乐高凤岐,钱塘邵伯絅。

《畏庐文集》

【注释】

①九溪十八涧:九溪,在浙江杭州烟霞岭西南,其支流为十八涧。

②林纾(1852~1924):原名群玉,字琴南,号畏庐、冷红生,福建闽县(今福州)人。工诗词古文,兼作小说戏曲,尤以译著名世。用文言翻译欧美小说,译笔典雅流畅。所撰诗文有《畏庐诗存》、《畏庐文集》等。

③龙井：在杭州西南风篁岭下，旧名龙泓，亦名龙泉。

④杨梅坞：在龙井东南，宋时有金妪者，所栽杨梅盛美，因以取名。

⑤不陡而堑：不陡峭却处处有断沟。

⑥亘其流：塞在水中间的河道上。

⑦蒲藻：蒲，香蒲，多年生草本植物，多生水边。藻，生长在水中，叶如丝带的绿色植物。

⑧沮洳（jù rù）：由腐烂植物埋在地下而形成的泥淖。

⑨渟蓄（tíng xù）：水流到拐弯处形成的平静水潭。

⑩理安寺：在九溪东北理安山麓，旧名法雨寺，宋理宗改题今名。

⑪晞发：披下头发，使之晒干。

⑫瀹然：云气蒸腾的样子。

⑬翳吐：指太阳隐隐露出。

⑭光绪己亥：即光绪二十五年（1899）。

【赏读】

杭州烟霞岭的九溪十八涧是一处深邃幽静、清奇秀美的风景胜地。明人张岱《西湖梦寻》中这样描写九溪："径路崎岖，草木蔚秀，人烟旷绝，幽阒静悄，别有天地，自非人间。"清人俞樾有诗赞曰："重重叠叠山，曲曲环环路，叮叮咚咚泉，高高下下树。"四组叠词颇能表现山水景物的特点。林纾的这篇游记小品真切而简明地写出了游览九溪十八涧的经过，颇能表现他追求的清淡古朴的散文风格。

九溪发源于烟霞岭北坡的杨梅坞，作者一行数人自龙井山溯流而上。这龙井山就是著名的龙井茶的主要产地，据说这茶必须山下的泉水烹煮才清香满口，因为这里的溪水澄碧晶莹，清润甘甜。溪水穿行于万山丛中，山虽不陡峭，但沟壑天堑纵横交错，满眼皆是郁郁苍苍的林木，蓊荫蔽日，几乎无法辨识山间小路。只得沿着弯弯曲曲的溪流，左顾右盼寻找道路，奇怪的是每次在遭遇崎岖险阻之后，不久就会柳暗花明，豁然出现一条小径。小溪沿途接纳很多深涧中流出来的泉水，据说有十八条之多。

这些山涧非常有特色。涧水湍急，河道中必定有大石挡道，水石冲击，翻卷着浪花，形成一圈圈旋涡。河床沙土上遍生蒲藻，那些绿色的细长叶片随水波流动，极像美女的长发随风飘舞。河面宽度大约四五尺，水浅处可以踏着柔软的水草蹚过去，而水深的地方，则形成深碧幽邃的水潭，透过水面可以看见水底洁白的沙石。

在通向法雨寺的小路上，到处是奇形怪状的石头，石丛中的空隙处，有春笋破土而出，它们或从石缝中挤出来，或从巨石背后斜生而出，攒集在岩石四周，身上的笋衣裂开欲落未落，片片悬挂在半空，仿佛老人在晾晒洗湿的头发，那顽强的生命力让人感动。山腰处怪石重重叠叠，千形万状，有的像橱柜，有的像茶几，有的像古书的封套……登上山顶，向林外望去，但见云雾四合，呈现出一片混沌弥漫的景象。山路两侧点缀着盛开的杜鹃花，深红浅紫，色彩鲜艳，十分可爱。

林纾的散文深得桐城家法，叙事清晰简明扼要，写景注重白描，很少作细腻的刻画，但由于能够抓住景物的典型特征，所以仍然很生动，有一种豪华脱尽见真纯的洁净之美。

湖心泛月记 林 纾

杭人佞佛①,以六月十九日为佛诞。先一日,阖城士女皆夜出,进香于三竺诸寺②,有司不能禁,留涌金门③待之。余既食,同陈氏二生霞轩、诒孙,亦出城荡舟为湖游。霞轩能洞箫,遂以箫从。

月上吴山④,雾霭溟濛,截然划湖之半。幽火明灭相间约丈许者六七处,画船也。洞箫于中流发声,声细微,受风若咽,而凄悄哀怨,湖山触之,仿佛若中秋气。雾消,月中湖水纯碧。舟沿白堤止焉。余登锦带桥,霞轩乃吹箫背月而行,入柳荫中。堤柳翁郁为黑影,柳断处,乃见月。霞轩著白袷衫⑤,立月中,凉蝉触箫,警而群噪,夜景澄澈,画船经堤下者,咸止而听,有歌而和者。

诒孙顾余:"此赤壁之续也。"余读东坡《夜泛西湖五绝句》,景物凄黯,忆南宋之前,湖面尚萧寥,恨赤壁之箫,弗集于此。然则今夜之游,余固未袭⑥东坡耳。夫以湖山遭幽人踪迹,往往而类,安知百余年后,不有袭我者?宁能责之袭东坡也?天明入城,二生趣⑦余急为之记。

《畏庐文集》

【注释】

①佞佛:虔诚信奉佛教。

②三竺诸寺:杭州有三天竺寺:上天竺寺,在北高峰;中天竺

寺，在稽留峰；下天竺寺，在飞来峰。

③涌金门：杭州城门之一，在城正西面。

④吴山：在西湖东南，春秋时为吴国南界，故名。一曰胥山，上有伍子胥祠。又因山多城隍庙，俗称城隍山。

⑤白袷衫：白色的衣领交于胸前的单衣。

⑥袭：模仿。

⑦趣：催促。

【赏读】

林纾仕途遭遇挫折，客居杭城，幽居郁闷，故遍游当地名胜，唯对湖心泛月感触最深，于是写下这篇著名的《湖心泛月记》。

佛诞的前一日夜晚，杭州士女都会倾城而出，到天竺寺去进香礼佛。林纾于是与擅长吹箫的霞轩等人，从涌金门出发，泛舟西湖。不一会儿，月上东山，清辉洒满人间，迷蒙的雾霭如轻纱遮盖了半个湖面，不远处闪着六七处明暗不定的灯火，原来那是停泊湖边的画船。船桨一路欸乃于中流，清风徐来，水波微漾。霞轩开始吹箫，箫声细微幽咽，如泣如诉，仿佛满怀凄切哀怨，湖山感染洞箫的情调，仿佛也染上了秋气。

夜雾消散，清辉满湖，湖水纯碧如玉，风恬浪静。小船停靠在白堤旁，作者登上锦带桥，霞轩吹箫背月而行，走入柳荫深处。霞轩穿着白袷衫，站在月中，犹如飘逸的仙人。箫声清远悠扬，惊动了栖宿的夜蝉，四散惊飞乱鸣。此时，夜景澄澈明亮，箫声婉转动听，意境清远幽邃，经过堤下的画船无不停桨谛听，还有以歌声相和者。同行的诒孙说："此情此境，简直就是东坡赤壁的后续啊！"但作者认为苏轼在杭州任通判时所作的《夜泛西湖五绝句》，景物凄清黯然，大概南宋之前湖面还是一片萧瑟，倒不如他的《赤壁赋》精彩。同样是月明之夜，同样是泛舟夜游，也同样是如泣如诉的箫声,当年苏轼感慨英雄长逝、宇宙无穷而自己功业无成,于是投向自然的怀抱:"天地之间,物各有主,苟非吾之所有,虽一毫而莫取。惟江上之清风,与山间之明月,耳得之而为声,目遇之而成色,是造物者之无尽藏也,而吾与子之所共适。"(苏轼《前赤壁赋》)岂知八百年后,又有林纾在这样的明月下、箫声中寻觅生命真谛,真是"怅望千秋一洒泪,萧条异代不同时"(杜甫《咏怀古迹其二》)啊!这就是万年湖山在接纳幽人的时候,所产生的千古不变的超脱情怀。焉知若干年后就没有再重复我林纾遭遇的人呢?一时间,前有古人,后有来者,也就不必再像陈子昂那样"独怆然而涕下"了。

  这篇散文,以游踪为线索,以所见所闻所感为主体,把对自然美景的欣赏,上升到对人生境界的理性思考。结构上,以前后箫声贯穿全文,衔接巧妙。描写景物真切生动,含有诗意。整篇小品简直就是一首意蕴幽远的散文诗。